ホーム

堂場瞬一

集英社文庫

目次

ホーム

第一部　決　意

あなたは、二〇〇〇年九月二十七日を覚えているだろうか。

この日は、アメリカのオリンピック史に新たな金メダルが加わった日である——しかも野球という極めて重要な競技で。

しかしオリンピックにおいて、野球は常に不安定な立場にあった。一九八四年ロサンゼルス、一九八八年ソウルと二大会での公開競技を経て正式競技になったのは、一九九二年のバルセロナ大会だった。以降、五大会にわたってアメリカ代表は私たちをエキサイトさせてくれたが、二〇〇八年の北京《ペキン》オリンピックを最後に、野球は正式競技から外れている。

こんなふざけた話があろうか。

野球はアメリカで生まれた、アメリカを象徴するスポーツである。同じくアメリカ生まれのバスケットボール、バレーボールがオリンピック競技として世界中で親しまれているのに、野球だけが排除されているのは理不尽としか言いようがない。

野球がオリンピック競技から外されることが決まった日、私はこのコラムを黒枠で囲んだ。それはある意味、野球が死んだ日だったからだ。

しかし関係者の尽力で復活ののろしは上がった。野球は東京で蘇《よみがえ》る。

我らがアメリカ代表にとって大事なのは、ここで必ず勝つことである。しかも美しく、華麗に、力強く、感動的に。野球は、世界中の人々が熱中するオリンピックに相応《ふさわ》しいスポーツであることを、猛烈にアピールしなければならない。

幸い我々は、勝つために最高の監督を得た。野球生活五十年、大リーグだけでなく国際大会での指揮経験も豊富なアンドリュー・ムーアが、若きアメリカ代表を率いる。彼に任せておけば、選手たちは最高のパフォーマンスを発揮するだろう。

そこで一つ、提案だ。

私は、オリンピック取材のために東京へ飛ぶ予定である。本コラムの読者諸氏も、ぜひ東京へ向かって欲しい。選手たちには声援が必要なのだ。我々の声援が、東京という絶対的アウェーの環境をホームゲームに変えるだろう。

アメリカの野球は強くあらねばならない。

そのために絶対必要な最後のパーツが、我々の応援の力なのだ。

1

カリフォルニア州バークリー。

藤原雄大《ふじわらゆうだい》にも馴染《なじ》みのこの街は、全米屈指のリベラルタウンとして有名だ。その象徴とも言えるのが、カリフォルニア大学バークリー校である。一九六〇年代、学生運動の拠点になった時代の空気と学生気質は今に受け継がれている——という話をだいぶ前に聞いたことがあったが、藤原自身は、そういう気配を感じたことはほとんどない。選挙になると、アメリカの民家の前には候補者のプラカードが立つのが常だが、民主党候補ばかりなのを見て「そんなものか」と思う程度だった。

大学に足を踏み入れればリベラルな空気を感じられるかもしれないが、この街における藤原の仕事場は、そこからはだいぶ離れた「バークリー・フィールド」である。

ニューヨーク・フリーバーズ傘下のトリプルA、バークリー・フリーバーズの本拠地であるこの球場は、十年前にオープンした。収容人数一万人。こぢんまりとした、いかにもマイナーチームの本拠地らしい球場で、藤原のお気に入りだった。ニューヨーク・フリーバーズの本拠地である「スプリント・スタジアム」——旧リバーサイド・スタジアム——は、収容人数五万人の大球場だが、あそこはまた違うのんびりした空気感が楽しい。大接戦になってもさほどピリピリしないのは、やはりマイナー特有の気楽さ故だろう。しかし野球の原点はこういう雰囲気ではないかと、藤原はここへ来る度に感じる。所詮は遊びから生まれたスポーツなのだから。

今はデーゲームのプレーボール前で、芝に水が撒《ま》かれている最中だった。散水機の水が細かい霧になり、あちこちに小さな虹ができている。後ろ手を組んだまま、藤原は外野をぶらぶら歩き続けた。

球場周辺は、小さな工場が集まったごみごみした雰囲気で、「大学街」の印象とは程遠い。どちらかというと、一時「全米最悪の治安」とも言われた隣町のオークランドのミニチュア版というところだ。しかし、球場の中は別世界である。試合前の球場は、世界のどこよりも美しい。

選手たちは、三々五々ダグアウトに集まって来ている。これからウォームアップ、そして二時間後にはプレーボール……フリーバーズは現在、パシフィック・コーストリーグのパシフィックカンファレンスで二位につけている。一方「親」チームのニューヨーク・フリーバーズは、ナショナルリーグ東地区の五位。ある意味、定位置だ。

それを考えると、つい苦笑いしてしまう。チーム創設から二十年、フリーバーズは何度も揺れてきた。初代オーナーのスキャンダル、経営陣の度重なる交代——一時は大リーグ機構の管理下にも置かれるほど、経営は不安定だった。変わらないのは負け犬根性だけ。二十年間で、プレーオフ進出は一度もない。唯一のチャンスは藤原が引退した年だった。レギュラーシーズン終了時に東地区で同率首位に立ち、ワンゲームプレーオフに進んだのだが、思い出したくもない試合である。あの試合で打たれ、藤原は引退を決意したのだった。

アップシューズの靴底を通して、サクサクとした芝の感触が伝わってくる。今はこれに慣れているが、時々、土がむき出しだった高校時代のグラウンドをふいに思い出すことがある。夏、水を撒いた後に立ち上る湿った土の匂い……昔はあれが「野球の匂い」だと思っていたのだが、今は違う。濡《ぬ》れた芝と土だったら、圧倒的に芝の方が「野球」だ。

「ヘイ」

声をかけられたのは、内野の方へ戻って来た時だった。ホームチームのダグアウトがある一塁側――ダグアウトのすぐ上の観客席に、見慣れた顔がいる。思わず頬が緩んでしまったが、すぐに表情を引き締めた。

何かあったに違いない――それがいいことか悪いことかは分からないが。

アレックス・ヘルナンデス。藤原の人生を変えた男。

「率直に言おう」

ヘルナンデスが切り出した。藤原がスタンドに上がり、彼の横に腰を下ろそうとした瞬間だった。こいつにはこういうところがある——相手の動きを邪魔するようなタイミングで、大事な話を持ち出すのだ。昔はわざと嫌がらせしているのではないかと思っていたのだが、実は性急なだけだと今では分かっている。大リーグ機構上級副社長——大リーグの「顔」として国内、国外で活躍しているのだから、もっとゆったり、大物らしく構えていてもいいのに。

「いい話か？　悪い話か？」

「我々にとっては極めて悪い話だ。君にとっては何とも言えない——現段階では。聞いてから判断してもらおう」

「おいおい」藤原はようやく腰を下ろした。「バークリー・フィールド」のシートはゆったりしており、座り心地がいい。藤原の知る限り、マイナーの球場では最高だったが、この状況ではどうにも落ち着かない。

それにしても、ヘルナンデスは常に若々しい。今はユニフォームを着ることはなく、どこで会ってもスーツ姿だが、それがまた似合っている——現役時代のがっしりした体から、余分な筋肉を上手《うま》く削《そ》ぎ落とした感じである。唯一年齢を感じさせるのは、髪に混じり始めた白いものだが、それも年寄りじみた印象を与えるものではない。若さがいい感じに渋さに転換しつつあるし、体調もいいようだ。今や、ＨＩＶポジティブであっても、イコール死を意味するわけではない。治療方法は進歩し、彼も結局、三十八歳まで現役でプレーした。その後はＨＩＶに関する講演活動などをこなし、自伝――藤原も登場していて、印税の一部を寄越《よこ》せと要求したが断られた――は大ベストセラーを記録した。そして大リーグ機構は、彼を「広告塔」として起用した。キューバ難民の少年が野球の腕一つで夢を摑《つか》み、さらにＨＩＶポジティブという生命の危機を乗り越えている――ニューヨークの広告代理店が飛びつきたくなる経歴である。実際、彼をモデルにした映画の企画も進んでいたという。しかしヘルナンデス曰《いわ》く「馬鹿馬鹿しいから潰した」。

彼と藤原の因縁は、実に三十年以上前に遡る――オリンピックで、日本とアメリカの代表として対戦し、藤原はヘルナンデスに痛打を浴びてプライドを打ち砕かれた。それこそ人生で最も強烈な一撃で、寝ても覚めても脳裏から離れなかった。その借りを返すべく、藤原は実業団チームから直接大リーグに挑戦したのだ。娘を幼くして失った私生活の苦しみから逃れようともしていたのだが……当時の自分の思い切った行動は、今になるととても信じられない。大リーグで投げられる保証などなく、ただ夢の大きさだけに背中を押された。

「で？　悪い話って何なんだ？」

「アンディが亡くなった」

藤原は一瞬、それが誰なのか分からなかった。「アンドリュー」の短縮形である「アンディ」という名前の知り合いは、何人かいる。しかし、特に親しい人間はいない……。

ヘルナンデスは、分かって当然だろうとでも言いたげな表情を浮かべたまま、藤原の反応を待っていた。藤原は爪を弄《いじ》った。アンディ、アンディ……誰だ？

「ユウ、君はニュースを見てないのか？」溜息《ためいき》をつくようにヘルナンデスが訊《たず》ねる。

「何の話だ」ニュースになるような人物なのか？

「アンドリュー・ムーア」

「ムーア爺《じい》さん？」ピンときた瞬間、頭に血が上る。

「爺さんと呼ぶのはいかがなものかと思うが、とにかく亡くなった」

藤原は、自然に背筋がすっと伸びるのを感じた。アンドリュー・ムーア――大リーグの三チームで指揮を執り、WBCなどでアメリカ代表も率いた、いわば「監督のプロ」である。

「何歳だった？」

「七十二歳」

「どうしてまた」

「心臓だ」ヘルナンデスが拳で自分の胸を叩《たた》いた。「三日前にボストンで倒れて、緊急手術が行われたんだが、昨夜遅くに亡くなった。とっくにニュースが流れてるぞ」

「基本的にニュースは見ないんだ」

アメリカのニュースはろくなものではない――いや、ろくでもないことを伝えるのがニュースなのかもしれないが、藤原の中では、同時多発テロの記憶があまりにも鮮明だった。アメリカに来て、フリーバーズで投げ始めた翌年に起きた大事件。情報は錯綜《さくそう》し、大リーグもシーズンは一時中断して、アメリカ全体が喪に服した。フリーバーズは遠征でシンシナティにいたのだが、当然試合は中止になり、藤原はどうしていいか分からぬまま、ホテルで不安な心持ちで過ごした。あの時間は今でも忘れられない。「何か持病でもあったのか？」

「いや、まったく突然だったらしい」

「そう言えば、少し前に『ザ・トゥナイト・ショー』に出てたな」

「あれは私も見た」ヘルナンデスの声はどこか悲しげだった。「あの時も、体調が悪い感じはまったくなかった」

「ああ」

藤原は、ムーアと直接の接点はない。インターリーグで、彼が率いるア・リーグのチームと試合をしたことはあるが、話したことは一度もなかった。どちらかというと「テレビで観《み》る人」のイメージである。とにかく喋《しゃべ》りが達者で、トーク番組に出れば司会者を圧倒するほどの話術を披露するのだ。野球界とメディア、双方から引っ張りだこだった、数少ない人間である。

「とにかくいきなりだったんだ」

「そうか」

藤原は立ち上がった。混乱している。ムーアのことは分かったが、ヘルナンデスは、わざわざそれを伝えに来たのか？　大リーグ機構の上級副社長という立場故、様々なことにコミットするのは分かる。しかし今、ムーアの身柄は大リーグ機構ではなく、USAベースボール《アメリカ野球協会》にあるはずだ。東京オリンピックで、野球のアメリカ代表チームを指揮することになっている——いた。

「座れよ」

「……ああ」藤原はゆっくりと腰を下ろした。

「ここからが大事な話なんだ」

「俺に？」藤原は自分の鼻を指差した。

「そうだ。そのために、私はわざわざここに来た」

「アレックス……お前、どこから来たんだ？」

「大陸横断したわけじゃない。たまたまサンフランシスコにいたんだ」

湾を挟んでバークリーの反対側——藤原もよく知った街である。

「仕事で？」

「ああ」

「それで急いで、マイバッハのリムジンに乗ってここへ駆けつけたわけか」

「そんなものは使っていない」ヘルナンデスが苦笑した。「レンタカーのフォードを自分で運転してきた」

「おいおい」藤原は首を横に振った。「イメージが崩れるからやめてくれ。お前が自分で運転するなら、最低でもキャデラックだ」

「車のことなんかどうでもいい」ヘルナンデスの声に少しだけ苛立《いらだ》ちが混じった。「君と話していると、話が進まなくて困る」

「それはこっちの台詞《せりふ》だ」

いったい何なんだ？　ヘルナンデスは、かつて藤原が「永遠のライバル」と思いこんでいた男である。しかし互いに引退してからは、普通に友だちづき合いをするようになった。アメリカにおけるたった一人の友人と言ってもいい。冬場はマイアミにある彼の別荘に滞在することもあったし、子どもの結婚式にも参列した。今は、だらだらと現役の選手たちの噂話《うわさばなし》をしている時間が快感でもある。しかし今日は、いつまでも無駄話をしているわけにはいかないようだ。大リーグ機構上級副社長がわざわざ俺に会いに来た——ムーアが死んだというニュースを個人的に知らせるだけなら、電話でもメールでも済むのに。藤原は先を急がせた。

「で？」

「ムーアが亡くなったことで、オリンピック代表監督の席が空いた」

「ああ……そういうことになるわけか」

「それで、君に代表監督を頼みたい」

「何だって？」藤原は耳に手を当てた。こいつ、何を言ってるんだ。

「君に、東京オリンピックアメリカ代表監督を頼みたい」ヘルナンデスが繰り返す。

「馬鹿言うな。俺は日本人だぞ」

「グリーンカードは持ってるだろう。そもそも、代表チームの監督が外国人でも、何の問題もない。そういう競技だって多いじゃないか」

「アメリカはちょっと違うんじゃないか？」

「いや、サッカーの代表チーム監督は、ドイツ人のクリンスマンだった」

「サッカーのことはよく分からないよ」

「とにかく、今や指導者に関しては、国籍は関係ないんだ。優秀な人なら、どこでも引く手数多《あまた》だよ」

「俺には監督の経験がない」

現在の藤原の肩書きは、フリーバーズのマイナー巡回投手コーチである。若手の有望な投手にアドバイスし、メジャーに引っ張り上げるのが仕事だ。若手育成の手腕には自信があるし、それはフリーバーズの経営陣からも評価されていた。旅から旅への気楽な毎日を楽しんでもいた。元々、日本を離れてアメリカに渡って以来、自分の「本拠地《ホーム》」がどこかなど、どうでもよくなってしまった……今もシーズン中は、ホテルやモーテルの部屋が自宅のようなものである。

コーチと監督の仕事はまったく違う。特に巡回コーチは、選手は育てるが、チームの勝ち負けには一切関与しない。ある意味、責任がない故の気楽さに満ちている。藤原はそれに慣れ、愛していた。

「経験は関係ない」ヘルナンデスがあっさり言った。

「無茶だ」

「誰だって、初めてはある」

「五十を過ぎて初めてって言われても困る」

「君ならやれる」

ヘルナンデスの声には深みと自信があった。これに騙《だま》されてはいけない……いかにも誠実そうに聞こえるし、信用できる人間なのは間違いないが、今回は話が唐突、かつ大き過ぎる。

「どうしてそう思う?」自分が監督として期待される理由が分からず、藤原は首を傾《かし》げた。

「君とはつき合いが長い。監督に向いているかどうかぐらいは分かる」

「根拠は」

「勘だ」ヘルナンデスが、耳の上を人差し指で突いた。

勘と言われても……藤原は苦笑した。何でもデータ優先の現代の大リーグに、勘が入りこむ隙間は少ない。その傾向は、藤原がアメリカでプレーするようになってから、年を追うごとに拍車がかかっている。

「もう一つ理由を挙げるとすれば、君が日本人だからだ。君は日本を知っている——日本の野球環境をよく知っている」

「俺が知っている日本の野球は、二十年以上前のものだ。今は変わっていると思う」

「それでも、だ」

「何なんだ？」藤原は少しだけ声を荒らげた。「いきなりそんな話を振られても、イエスと言えるわけがないだろう。急過ぎる」

「何かやる時に、いつもゆっくり準備している余裕があるわけじゃないぞ。五分で決断しなくちゃいけない時もある。君たちは、マウンドで一球一球決断してるじゃないか」

「自分でプレーするのと監督になるのでは、話が全然違う」

「引き受けてくれ。これはＵＳＡベースボールと大リーグ機構の総意だ……どうして弱気になってる？」

「弱気じゃない」否定したものの、自分には荷が重いと自覚している。それに、今の生活から離れることに抵抗もあった。「監督ができる人なんて、俺以外にいくらでもいるだろう。それこそ、お前でもいいじゃないか」

「私には仕事が詰まっている」

「何だよ、俺が暇みたいじゃないか」藤原はむっとして言い返した。

「忙しいのは分かってる。だけど心配するな。フリーバーズにはもう許可を取った」

「おいおい――」

「事態はもう動いているんだ。決めてくれ。もう時間がない」

確かにそうだろう……藤原はスマートフォンを取り出してカレンダーを確認した。今日は五月十九日。

「オリンピック、いつからだ？」

「開会式が七月二十四日。野球は二十九日に初戦だ」ヘルナンデスが即座に答えた。

あと二ヶ月しかないのか……本番を想像した瞬間、藤原は汗が噴き出すのを感じた。七月二十九日――だいたいどこでも梅雨が明け、高校野球の地方代表がほぼ決まっている頃だ。もしかしたらオリンピックの野球競技は、甲子園の前半と被《かぶ》ってくるかもしれない。大騒ぎになるだろうな……日本人は高校野球が大好きだ。オリンピックの野球と高校野球、ファンはどちらを観るか迷って悶絶《もんぜつ》するかもしれない。

「この切羽詰まった状況で、チームを任せられる人間は君しかいない」

「馬鹿言うな。適任者は他にもいるだろう」

「例えば？」

問いかけられ、藤原は言葉に詰まった。改めてそう言われると、すぐには名前が浮かばない。あまりにも人材が豊富過ぎるせいだ。だからこそ、自分に白羽の矢が立った理由が分からない。

「とにかく、大リーグ機構もUSAベースボールも、今現在は君以外の候補を考えていない。君が受けなければ、大変面倒なことになる」

「脅すのか？」

「アメリカは好きか？」藤原の質問には答えず、ヘルナンデスは逆に質問した。

「好きとか嫌いとか、そういう問題じゃない。ここは俺が暮らして――たぶん死ぬ国だ」

「つまり、故郷《ホーム》だな」

「故郷じゃない」藤原は否定した。「故郷は日本だ」

「その故郷と戦うのが嫌なのか？」

「……どうかな」想像もできなかった――いや、かすかに想像はできる。喧《やかま》しい連中があれこれ噂して、ネットでは批判の声が広がるだろう。「裏切り者」という言葉が頭の中を去来した。わざわざ敵国の監督を引き受けるなんて、奴《やつ》は何を考えてるんだ？

「猶予は三日だけある」

「三日？」藤原は目を見開いた。

「君たちはこれから三日間、ここでホームゲームだろう。その間に決めてくれ」

「おい――」

「よろしく頼む」ヘルナンデスが立ち上がった。完全にビジネスマン然とした態度で、自分の役目――メッセンジャーというか交渉役というか――を果たした、という感じだった。「明後日、もう一度ここへ来る。その時に返事を聞かせてくれ」

「無理だ」

「無理じゃない」

「断る――」

「とにかく三日間、考えてくれ」ヘルナンデスが、藤原の言葉を断ち切った。「いきなり拒否するのは、あまりにも考えが浅いぞ」

カチンときたが、反論できない。本能は無理だと告げていたが……ヘルナンデスはそれ以上何も言わず、シートの合間を縫うようにして歩み去った。その背中は現役時代と同様に広く、自信に満ちてピンと張っている。

あの野郎、いきなり面倒な話を振ってきやがった……。

試合が始まる直前、藤原は駐車場に向かった。レンタカーのホンダに乗りこみ、エンジンをかけてエアコンを効かせる。五月とはいえ陽射《ひざ》しは強く、車の中は暑くなっていた。汗が一筋、こめかみを伝う。それを掌《てのひら》で拭ってから、スマートフォンを取り出した。電話をかける相手は、フリーバーズの副社長、アラン・キャスパー。野球の世界では珍しい、フランス系アメリカ人である。

「やあ、そろそろ電話してくると思ってたよ」キャスパーは気楽な調子だった。

「アラン……話は聞いた。フリーバーズでも了承しているそうだけど、どういうことなんだ。俺は初耳だぞ」

「アレックスはどこまで話したかな」

「たぶん、全部」

「だったら、こちらでつけ加えることは何もない。あとは君の決断次第だ」

「つまり俺は、フリーバーズにはいらない存在ということか」

「何言ってる」キャスパーが笑った。「オリンピックは永遠に続くわけじゃない。終われば、今まで通りの仕事に戻ってもらうよ。いや、仕事は変わるかもしれないな。そろそろフロント入りも考えてもらわないと」

「それは断る」藤原はきっぱりと言い切った。「俺は現場の人間だ。ずっと座って仕事をするなんて、想像もできない」

「紫外線を浴びてばかりだと、肌に悪いぞ」

「俺の肌のことなんか気にするのは、あんただけだよ」

「とにかく、今回の件は緊急事態だ。先発がいきなり怪我《けが》してマウンドを引き継いだリリーフのようなものじゃないか。そういうのには慣れてるだろう」

「俺は基本的に、最終回の一イニングしか投げなかった」それがクローザーとしての矜持《きょうじ》であった。任された一イニングは、全責任を持って必ず抑える、だから無駄な使い方はしてくれるな——いや、今回はまったく状況が違う。

「これは、大リーグ機構とＵＳＡベースボールからの正式な依頼だからな。フリーバーズとしても断る理由はない。アメリカのために仕事ができる——悪い話じゃないと思うが」

「俺には俺の仕事がある」

「何も、一つの仕事だけに執着する必要はないだろう。君のキャリアのためにもいい話だと思うがね」

「俺は日本人だぞ」

「だから？」キャスパーが不思議そうに訊ねた。「君はもう、二十年もアメリカに住んでいる。グリーンカードも取得済みだ。アメリカこそ故郷《ホーム》みたいなものだろう。アメリカ代表チームを率いるのに、何か障害でもあるか？　ないだろう」

「しかし――」

「怖いか？」

「馬鹿言うな」藤原は吐き捨てた。

「君、何歳になった」

「五十二」

「何かを始めるのに遅過ぎる年齢じゃない。私は五十三歳でウィンドサーフィンを始めたぞ」

まったくこいつは……キャスパーは、現在のフリーバーズのオーナーである投資家グループの一員として経営に辣腕を振るっているのだが、野球経験はまったくない。それどころか、フリーバーズ買収に乗り出すまで、「野球には興味がなかった」と公言しているほどである。個人的な熱意と金と時間を注《つ》ぎこんでいるのは、アウトドアスポーツ。青年時代からフリークライミングに熱中してヨセミテに通い詰めていたし、ウィンドサーフィンを始めたのも事実である。常に綺麗《きれい》に日焼けして、無駄に白い歯を目立たせているので、典型的な西海岸の人間のように見えるが、実はデトロイト出身だ。

「言い分は分かるけど……」

「断るつもりか？」

藤原は言葉を失った。これは――もちろん名誉なことではある。人間は、名誉のためだけに動くわけではないが、それでも魅力がないと言ったら嘘《うそ》になる。しかし「やるか」「やらないか」の天秤《てんびん》は、今は「やらない」方にはっきりと傾いていた。じっくり考えたわけではないが、本能が「やめておけ」と告げている。今の生活から離れる必要はない――

「失うものは何もないと思うがね」

「あんたにとっては他人事《ひとごと》だから、そういう風に言う――」

「いやいや、他人事じゃない。君はフリーバーズファミリーの一員じゃないか。しかも生え抜きと言っていい。いわば、フリーバーズにとって一番大事な人間だ。そういう人にもう一段階高いところに行って欲しい――これはフリーバーズの総意なんだ」

勝手なことを。

通話を終えた藤原は、溜息をついた。どいつもこいつも好き勝手なことばかり言いやがって……突然強烈な一発を食らって、コーナーに追い詰められたボクサーの心理状態が理解できる。

とにかく俺は今の生活――繰り返される毎日に慣れてしまっているのだ。五十二歳になって、新しい一歩を踏み出すのはきつい。

マイナーの巡回コーチの仕事は好きだが、いろいろ面倒臭いこともある。フリーバーズ傘下には、ルーキーリーグからトリプルAまで、七つのマイナーチームがある。藤原の仕事は、全米各地に散らばるチームを回って、主に若いピッチャーを教えることだった。現役を引退した時に就任を打診され、以来、ずっと同じ仕事を続けている。旅から旅への日々で、自分がどこにいるのか確認するために、毎朝地元の新聞を手に入れなければならないほどだった。

肉体的にも精神的にもきついのだが、藤原は、この仕事にすっかり慣れていた。若い選手の面倒を見るのは好きだったし、彼らがメジャーに上がって活躍した時には心の底から嬉《うれ》しく思う。それに、シーズン中ずっと旅を続けていることで、煩わしい人間関係からも逃れることができる。別に人間嫌いというわけではないが、ジャーナリスト連中には辟易《へきえき》しているのだ。特に日本のメディア。彼らは、毎年のように海を渡ってくる日本人大リーガーを取材するために動き回っているのだが、時折思い出したように藤原に接触を試みてくる。引退後、ずっとアメリカで暮らしている日本人の元選手は、何かと珍しい存在ということなのだろう。それに、「若手の育て方」のような記事は、いつでもある程度の需要があるはずだ。

全米各地を旅していると、面倒な取材から逃れやすい。

チームからは、フリーバーズ本体をはじめ、傘下の各チームでの投手コーチ就任を依頼されたことも何度もあったが、その都度断ってきた。一つのチームに縛られると、責任も取らねばならないし、自由もなくなるだろう。現役時代常に抱いていた緊張感の反動か、今は気楽な生活がありがたい。有望な若手がいると聞けば駆けつけ、不調でマイナーに落ちてきたベテランが調整していればそれにつき合う。やることは様々で、ルーティーンのようなものはなかった。

今回バークリーに来た主な目的は、今年中にもメジャー昇格を期待されている二年目のマイク・タケダの視察だった。日系四世のタケダは、一九二センチ、九五キロの堂々たる体格で、常時時速九五マイル《153キロ》を超える速球を投げこむ。力投型にしてはコントロールもよく、去年ルーキーリーグでデビューを飾って以来、マイナーの階段を駆け足で上ってきた。幼少時に三年ほど日本で暮らしたことがあり、今でも片言ながら日本語も話す。藤原は未《いま》だに英語に自信がないので、多少なりとも日本語を交えて会話できるのはありがたかった。

ヘルナンデスが訪ねて来た翌日が、タケダの先発予定だった。その前に一仕事……藤原は、チームのバッティング練習の時には、なるべくピッチャーを務めるようにしてきた。できるだけ体を動かして、現役時代の体型を保つため、そして投げる感触を忘れたくなかったためだ。もちろん、バッティングピッチャーをやるのと試合で投げるのではまったく違うのだが、それでもバッターに対峙《たいじ》することが大事だと思っている。

それにしても、皆よく打ちやがる。テンポよく投げこむボールを、どの選手もことごとく外野へ打ち返すのだ。時には軽々とフェンス越え。この球場は右中間と左中間の膨らみが少し大きいのだが、誰も気にしていないようだった。打たせるのが役目だと分かってはいるのだが、少しカチンとくる。まだ現役時代の感覚が残っているのかもしれない。

五月、それほど気温は上がっていないが、バッティングピッチャーを務め終えると、さすがに全身汗だくだった。アンダーシャツの前腕で額を拭いながら散らばったボールを拾い集め、ダグアウトではなくブルペンへ向かう。

外野フェンスの一部を利用して造られたブルペンには、贅沢《ぜいたく》なことに冷房が入っている。例によって冷房は効き過ぎ――アメリカに来て二十年も経《た》つのに、夏の屋内の不自然な寒さには未だに慣れない。アメリカ人とは体の作りが根本的に違うと感じる瞬間だ。

先発のタケダは、試合前の準備を終えたところで、アンダーシャツを着替えているところだった。裸を見ると、実にピッチャーらしい体型だと改めて思う。上半身は筋骨隆々というわけではなく、どちらかというと細い。一方で下半身は、どっしりと安定している。締めつけのきついアンダーシャツを着替えている様子を見ると、体――特に肩の可動域が大きいのがよく分かる。ピッチャーに欠かせぬ柔軟性が、しっかり身についているのだ。

「フジワラサン」タケダが笑みを浮かべる。日本人的な愛想笑いではなく、心からの笑みだった。

藤原は軽く右手を挙げて挨拶し、日本語ではなく英語で話しかけた。自分の英語力とタケダの日本語力――自分の英語の方が、多少ましだろう。

「調子はどうだ？」

「いいですよ」

「今日はじっくり見せてもらうから」

「頑張ります」

愛想はいいが口数は少ない。余計なことは言わずにピッチングで見せるタイプだ。それでいいと思う。アメリカのアスリートは「喋る」能力も重視されるが、喋ればいいというものではない。まずはプレーで、観る者を納得させないと。タケダはそれができるタイプだと藤原は読んでいた。言葉なんか、後からついてくる。

「あと二ヶ月ですから」

「二ヶ月……」一瞬何のことか分からなかったが、すぐにピンときた。そう、タケダもオリンピックのアメリカ代表に名を連ねているのだ。「オリンピックか」

「そうです」

「その時期にメジャーに上げると言われたらどうするんだ？」

「それはないです」タケダがさらりと言った。「代表に選ばれた時から、その前後のメジャー昇格はないって言われてますから。そういう契約です」

大リーグ機構の基本方針は、「シーズン中なので、メジャーの選手はオリンピックに送らない」だ。それ故アメリカ代表はトリプルAの選手中心で編成されるのだが、タケダはそういう処遇に納得しているのだろうか。

「コーチもオリンピックに二回出たんですよね」目を輝かせながらタケダが訊ねた。

「古い話だよ」

それこそ三十年近く——二十八年も前だ。しかし思いはあっという間に過去に引き戻される。バルセロナの白い街並み。茶色い屋根。やたらと凶暴な陽射し。観客がほぼゼロのビラデカンス球場。自分がどんな風に投げ、人生が変わってしまったかもきっちり覚えている。

「国を代表して投げるのはどんな気分でしたか？」

「当時は、そういう意識はあまりなかったんだ」藤原は打ち明けた。「強敵のキューバやアメリカとどう戦うか——大事なのは目の前の試合のことだけだった。自分のことばかり考えていたと思う」

「そんなものですか？」タケダは不満そうだった。

「君はどうなんだ？　国を代表して投げるのは、そんなに名誉なことだと思うか」

「もちろんです」タケダがぐっと胸を反らした。「そういうことは何度もないですから——特に野球では」

「それで、メジャーに上がるのが遅れるかもしれないんだぞ。あとほんの少し経験を積めば、君は間違いなくメジャーで投げられる」

今シーズンの始まりをトリプルAで迎えたタケダは、既にメジャーレベルのピッチングを続けている。ここまで九試合に投げて六勝〇敗、防御率はまだ0点台である。七十イニングで奪三振が百というのも驚異的な数字だった。フリーバーズの首脳陣が歯嚙《はが》みしているのを藤原も知っている。嘘の怪我でも何でもいいからタケダが代表入りを断っていたら——タケダは既にメジャーに上がって、ガンガン投げていたかもしれない。藤原の目から見ても、彼のピッチングは十分上で通用する。

「本当のところはどうなんだ？　メジャーで投げるのとオリンピックに出るのと、どっちが大事だ？」

「コーチと同じですよ。オリンピック第一です」

「いやいや」藤原は苦笑した。「俺の時は、オリンピックかメジャーかという選択肢はなかった。まだ日本からメジャーへ行くルートはなかったし」

その後、日本の野球人の選択肢はぐっと増えたが——自分の場合、私生活による制限もあった。今でも時に夢に見ることがある、一人娘の存在。難病を抱えた娘と一緒に暮らすために、プロ入りは諦めたのだった。そして娘の死で、抑えていた野球への思いが一気に噴き出した。

「とにかく僕は、オリンピックで投げたいんです。故郷で開かれるオリンピックですし」

「君の故郷はここだろう」藤原は人差し指を下に向けた。「アメリカ」

「そうですけど、ルーツは日本ですから。日本で暮らしたこともありますし」

「ああ――福島だったな」

タケダが無言でうなずく。詳しい事情は聞いていないが、七歳――小学校一年生から三年生にかけて、母親のルーツである福島で暮らしていたそうだ。それで特に、福島に思い入れがあるのかもしれない。東日本大震災と原発事故で、彼の故郷は蹂躙《じゅうりん》された。そして未だに復興したとは言えない。藤原の胸にも、絶対に抜けない棘《とげ》のように刺さった一件である。あの地震が起きた時には、もうアメリカに住んで十年以上――日本に帰るつもりはなかったとはいえ、突然の大地震に心が激しく揺さぶられたのも事実である。自分が帰っても何かができるわけではなかったが、寄付をしても後ろめたい気持ちは消えなかった。タケダにとっては地縁、血縁のある県であり、自分よりも特別な思いを抱いていることも理解できる。移民国家であるアメリカでは、自分が生まれたわけでなくても「故郷」を大事に思う人が多い。

「福島のどこだっけ？」

「アイヅワカマツです」

「だったら、地震の被害は少なかったんじゃないか」福島県内では。沿岸部の人たちが避難先として選んだ街だったはずだ。

「でも、同じフクシマですからね」タケダの表情が暗くなる。

「そこで投げることが、故郷への恩返しみたいなものか」

「そうです」タケダがぐっと背筋を伸ばした。

「福島での試合は、日本の開幕戦だけだと聞いてる……組み合わせはまだ決まってないんだぞ」

「そうなることを祈るだけです」

「祈れば通じるかもしれないな」

「はい」タケダの答えは明白だった。

「まあ、それまでは……フリーバーズのために全力でやってくれよ」

「もちろんです」タケダが輝くような笑顔を浮かべた。

こいつはまったく――公明正大というか、まさに八月の午後のグラウンドのように影のない男だ。アメリカのために投げる。つまり、もう一つの故郷のために。オリンピックは確かに、彼の檜《ひのき》舞台《ぶたい》になるだろう。

オリンピックに懸ける意識は、藤原の世代とタケダの世代ではまったく違うかもしれない。しかし一つだけ、共通していることがある。

世界で最も注目されるスポーツイベントで、自分の力をアピールできる――そしてタケダの思いは純粋だ。金は絡んでいない。問題は名誉と誇り。

もしかしたら自分は、それに応えてやるべきではないのか？　自分が監督を引き受けると言ったら、彼はどんな反応を示すだろう――いや、あり得ない。今さらこの生活のリズムを崩したくなかった。

タケダのピッチングは、今日も文句のつけようがなかった。

初回、先頭打者に死球を与え、二番打者に内野安打を打たれたものの、危なかったのはその時だけ。二回以降は七回まで一人の走者も許さず、ストレートのマックスは自己最速の九九マイル《159キロ》を記録した。

手のつけようがないとはこのことだ。今すぐメジャーに上げてもいいぐらい――オリンピックさえなければ、と藤原は歯噛みした。

かつて、自分にとっては最高の舞台であったオリンピックだが、今はさすがにそういう意識は薄い。アメリカ流の考えに染まってしまったのだろう。アメリカはやはり、大リーグが最優先。それ故、代表チームに大リーガーを送らないのも当然だと思う。藤原自身、タケダのアメリカ代表入りを素直に喜ぶ気持ちよりも、彼のメジャー昇格が遅れることに苛立ちを感じる。何しろフリーバーズは、慢性的な先発ピッチャー不足なのだ。タケダならチームの救世主になれる可能性は高い。

試合後、タケダに二、三のアドバイスを与えてから、藤原は球場を後にした。午後九時、街には夜のとばりが降り、球場を出た瞬間、ピリピリした嫌な空気に身を包まれる。やはりこの危険な感じは、オークランドによく似ている。それ故藤原は、バークリーに来る時はいつでもサンフランシスコに宿を取っていた。この街も独特のアッパーな雰囲気をまとっているのだが、少なくともバークリーの球場付近のように、露骨に危険な感じはしない。

サンフランシスコに渡るにはベイブリッジを通る。もう何十回、この長大な橋を往復しただろう。夜、それに高い位置を走る橋なので、湾の気配を感じることはない。藤原は途中で車の窓を開けた。そうするとかすかに、潮の香りが入りこみ、気分が和らぐ。

サンフランシスコは、藤原にとっては馴染みの街だ。オラクル・パークでは何度も泣かされた——レフトポールまで三三九フィート《103メートル》あるのに対して、ライトのポールまでは三〇九フィート《94メートル》しかなく、左のプルヒッターなら思い切って引っ張りたくなる構造なのだ。マウンドに立っても歪《いびつ》な構造に不安を覚え、左打者の内角に投げるのを躊躇《ちゅうちょ》したものである。ところが実際には外野フェンスは高く、右中間がセンターよりも深いという特殊な構造、さらに常に海からの風がホームに向かって吹きつけるという条件が相まって、必ずしも打者有利な球場というわけではなかった。野球には錯覚、そして思いこみが多い。実際、本拠地がここに移ってから、ジャイアンツのホームラン数は激減した。サンフランシスコの球場は昔から選手泣かせである。以前の本拠地、キャンドルスティック・パークも、気まぐれな冷たい海風のせいで選手には非常に不人気——全米で常にワースト一位に挙がるぐらいだったらしい。幸い藤原は、そちらで投げたことはなかった。

宿は、毎度お馴染みのホテルだった。現役時代の遠征時にはスイートルームも使えたのだが、裏方ともなればそんな贅沢は言っていられない。最初は狭苦しいホテルの部屋に辟易したものだが、今ではすっかり慣れた。それに西海岸には、フリーバーズの本拠地であるニューヨークにはないカジュアルさがある。街の雰囲気も、人間関係も、料理もそうだ。

部屋に落ち着いてから、今日の夕食はどうしようと悩んだ。既に午後十時。ナイター中心の生活なので仕方ないが、食事の時間は現役時代と同じく、普通の人とは数時間ずれている。

新しい店を探したいといつも思うのだが、サンフランシスコに来る時に夕食を摂《と》る店は、だいたい決まってしまっている。チャイナタウンの中華料理店か、定宿のホテルがあるユニオンスクエア近くのダイナー。こういう気楽な店が、藤原の好みだった。ダイナーは喫茶店でもレストランでもない、日本にはない個人経営のファミレスという感じだろうか。味はどこも同じようなもの……決して褒められたものではないし、食べる度に血管にコレステロールが蓄積されていく感じがするが、ダイナーには何故《なぜ》か、危ない連中は近づこうとしないので、取り敢《あ》えず安心して食事ができる。

この店は二十四時間営業で、午後十時を過ぎても地元の人たちで賑《にぎ》わっている。藤原が店に入ると、すっと視線が集まってくる——これにはもう慣れた。多くの人は、大リーガーだった藤原を覚えているわけではないはずだ。アメリカ基準でもでかい人間なので、つい見てしまうだけだろう。

夜なのでよく分からないが、基本的には明るい店である。インテリアが明るい茶色で統一されているせいだろう。一人なのでカウンターでもよかったが、席が空いていたので、窓際のボックス席に陣取った。ここからはメイソン・ストリートの様子がよく見える。古い街らしく、狭い道路の周囲はごちゃごちゃしており、この時間帯でも車の量は多い。その様子をぼんやりと眺めているうちに、料理が到着した。ニューヨークステーキに大量のサラダ。少しは体に気を遣おうと、最近は外食の時は必ずサラダを食べるようにしているのだが、味には辟易している。アメリカのサラダは、とにかくドレッシングが大味過ぎるのだ。しかしこの店は、藤原のリクエストに応じてくれるので気に入っている。ドレッシング抜きで、ワインヴィネガーとオリーブオイルをもらい、あとは卓上にある塩胡椒《こしょう》で味つけする。マスタードを参加させることもあった。サラダを半分ほど片づけてから、ステーキにナイフを入れる。アメリカらしい、しっかりした——硬い肉。最初は辟易していたのだが、これにも慣れた。サシが入った柔らかい肉も美味《うま》いが、脂の少ない赤身の肉は、噛むほどに旨味《うまみ》が出てくる。一人の食事にも慣れたものだ。周りはほとんど二人連れ、三人連ればかりだが気にもならない。自分の他に一人の客は、カウンターでコーヒーを飲んでいる老人だけだった。椅子を一つどかし、そこに車椅子を入れている。

まさか。

老人が突然車椅子を回して、こちらを見た。

タッド河合《かわい》、フリーバーズの初代監督。事故のせいで車椅子の生活を送っていたにもかかわらず激しい性格で、敵チーム、審判、スタンドの観客、言うことを聞かない自チームの選手——周りの全てと戦っていた感じだった。監督を辞めてからは、生まれ育ったカリフォルニアに引っこみ、基本的に野球界とは縁が切れている。両親が経営していたスーパーを引き継いで、穏やかな生活を送っていたようだ。

ようだ、というのは、藤原は彼が球団を離れてから一度も会っていなかったからである。メールなどでは連絡を取っていたし、藤原はカリフォルニアにも頻繁に来ていたから、会う機会はいくらでもあったのだが、河合は絶対に藤原に会おうとしなかった。さながら隠遁者《いんとんしゃ》のような生活……。

「フジワラ」

河合が右手を伸ばしてくる。立ち上がって握手に応じて、藤原は握力の強さに驚いた。とても七十歳になる人間とは思えない。

「こんな時間にどうしたんですか」

「腹が減ってね。夜食だ」

先ほどまで彼がいたカウンターを見ると、巨大なケーキらしきものが載った皿が見えた。アップルパイかペカンパイ……こんな時間にあんなにヘビーなデザートを食べて大丈夫なのだろうか。

「お住まいはこの近くなんですか」

「昔ながらの小さなコンドミニアムにね。店を手放してからここへ引っ越してきたんだ。サンフランシスコのダウンタウンは、坂が多いことを除けば、住むには便利だよ」

「こんな時間に一人で出歩いて大丈夫なんですか?」

「一人になって考えなければいけないことも多いんだ。それより、君に一つだけ言いたいことがある」

「何ですか?」

「オリンピックだよ」河合の顔が少しだけ輝いた。「アメリカ代表監督を打診されているんだろう？」河合の目に、現役時代さながらの厳しい光が蘇る。

「どうして知ってるんですか？」

「球界から離れても、情報だけは入ってくる。で、どういうことだ？」

藤原は事情を説明した。監督が急死し、自分に白羽の矢が立ったこと。「イエス」と言えずにまだ迷っているが締め切りは迫っていること。

「どうして迷う？」呆《あき》れたように河合が言った。

「それは迷いますよ。経験もないですし、自分がアメリカ代表の監督をやっていいものかどうか……」

「馬鹿かね、君は」

「どういうことですか」むっとして藤原は訊ねた。

「君はどうしてアメリカに来た？君のようなキャリアの人間だったら、普通はあんなチャレンジは考えない。プロでの経験もなかったし、歳《とし》も食っていた。メジャーで投げたいと考えていても、もうタイムリミットになっていると諦めるのが普通だろう。でも結果的に君は、フリーバーズで長く投げてきた。どうしてそんなことができたと思う？」

「それは……」すぐには答えられない質問だった。

「人には夢を見る力がある。君の場合、その力が人並みはずれて大きかったんだ」

「そうですかね」五十過ぎてから「夢」と言われても……。

「しかし、それが許されるのは現役の時だけだ」忠告するように河合が言った。「君はもう現役ではない。裏方に回った。裏方というのは、徹底してプロだ。プロの基本は何だと思う？」

「さあ」考えたこともなかった。藤原は未だにそういう「プロ」の意識を持てない。現役時代からの流れで、ここまで来てしまった感じなのだ。

「プロは依頼をきちんと果たす。それができてこそプロだ。そもそも依頼を断るような人間は、プロを名乗るべきじゃないな」

「俺はプロですよ」つい反論してしまう。

「まあ、いい。しかし君は、そろそろ家《ホーム》に帰ってもいいんじゃないか？」

「家？」

「君にとっての家はどこだ？　試合だろう。巡回コーチは、基本的に試合には参加しない。それでいいのか？　そろそろ、試合そのものに関わりたくなってこないか？」

「それは……」

「ま、余計なことを言ったな。食事の邪魔をして悪かった」

「いえ」藤原はゆっくりと首を横に振った。

「元気なうちが花だぞ」河合が言った。「依頼があるうちが花とも言える――プロならな。オリンピックでは、選手は国を背負う。しかしプロは、国籍にも人種にも関係なく、頼まれた仕事をこなす――君はプロだろう？　よく考えることだ。いや、考えるまでもないだろう」

「そんなに簡単には決められません」

「変化が怖いのか？」

　ずばり指摘され、藤原は口をつぐんだ。そう、今の生活のぬるま湯のような快適さに慣れきってしまったのは事実だ。

「考えてみろ。君は現役時代、三百二十四試合に登板した。ほとんどが勝ち試合の九回から、ランナーがいない状況だ。しかし、一回一回、意味合いは違っただろう。点差、相手打線の打順、チームの順位……毎回状況が変わるのが当たり前だったし、君はそれを上手くこなしていた。しかし、現役を引退して、毎日同じような生活を続けているのはどうなんだ？　そんな暮らしが楽しいか？　一球一球状況が変わるのが野球だろうが。君は今、野球と真面目に向き合っているか？」

　反論ができない。

　河合が車椅子のホイールを回してレジへ向かう。アメリカの飲食店は、ほとんどの場合テーブルで金を払うが、ダイナーなどの気楽な店では、自分でレジへ行って金を払うこともある。この店もそうだった。

河合の背中は、監督時代と同じように力強く見えた。

師はいつまでも師なのか。


ホテルに戻ってシャワーを浴び、ベッドに横になる。サンフランシスコに来る度に泊まるホテルで、この部屋も初めてではない。見慣れた天井に視線を這《は》わせているうちに、思いは次第に暗い方向に向かっていく。

変化が怖い——河合の指摘は問題の核心を突いていた。俺は、今の安楽な生活が中断してしまうのが怖い。代表チームの監督を引き受けたら、永遠に変わってしまうかもしれない。

もっと大きな問題もある。

そもそも自分が指揮を執って、勝てるかどうか。

選手たちにやる気を出させることができるだろうか。オリンピック代表チームはマイナーの選手で組織されるのだが、彼らとてプライドは高く、自分の言うことを聞いてもらえるかどうかは分からない。そもそも、戦力はどうなのだろう。代表メンバーの名前も知らないが、ライバルに伍《ご》して戦えるのか。日本はプロ野球のオールスターチームがそのまま出てくるようなものである。韓国は、国際試合になると異様な力を発揮する。

もう一つの問題……これも面倒だ。

自分は、どう見られるだろう。

確かに藤原はグリーンカードを取得しているが、アメリカ人ではない。大リーグに新しく生まれた弱小チームで投げていただけで、目立った実績を残したわけではないから、多くのアメリカ人にとっては「フジワラ、フー？《フジワラって誰だ》」状態だろう。「どうして日本人に指揮を執らせる？」という疑問や罵りの声が出てくるのも間違いない。その批判を直接浴びるのは、ＵＳＡベースボールや大リーグ機構かもしれないが、藤原にも必ず飛び火する。逆に日本から見れば、「裏切り者」だ。弱小チームで投げていただけの選手が、調子に乗ってアメリカ代表監督？

藤原が渡米した頃に比べて、インターネット環境は大きく変化——あるいは悪化している。ネット空間が、匿名の批判や罵詈雑言《ばりぞうごん》で埋め尽くされることも珍しくないのだ。そんなものは見なければいいのだが、無視していれば済むわけでもあるまい。

——そんなことにビビって意味があるのか？

逆に、メリットは何だろう。

プロとは、という河合の言葉。彼の話は、間違いなく藤原の胸を抉《えぐ》った。自分が必要とされているという事実は、何物にも代えがたい。

今の仕事には満足していた。巡回コーチとして十分な金を稼いでいるし、若い選手を育てるのは天職だと思っている。しかしそういう生活が長く続き、五十歳を越えて、少しだけ迷いが生じてきたのも事実だった。このまま六十歳まで――あるいはその先まで、同じような仕事を続けていくのだろうか。もう少し別の形で、野球と関わることもできるのではないか？　今の生活で得ていた安定感がかすかに揺らぐ。

そこへこの話である。

誰かが自分の出自や仕事ぶりに注目していた。注目され、期待されるのは悪いことではない。何歳になっても、誰かに必要とされているのはありがたい話なのだ。大リーグ――いや、アメリカの野球界という巨大で複雑なシステムの中で、自分が埋もれた存在ではなかったと考えるだけでも胸が震える。

やってみるか。

引き受けても、失うものなどないはずだ。

それに、ヘルナンデスがこの話を持ってきたことも無視できない。長年のライバルにして友、そして大リーグ機構の上級副社長。その彼がわざわざメッセンジャーになってくれたのだから、失望させることはできない。

藤原は上体を起こした。

いつだって――何歳になっても旅は始められる。

バークリー・フリーバーズは好調で、藤原は手持ち無沙汰だった。先発投手が七回まで2失点と試合を作り、八回は中継ぎが無失点に抑える。3点リードのまま、九回のマウンドには抑えにギュンターが上がった。珍しいドイツ系の選手だが、ルーツなど関係ない。大リーグはアメリカの縮図のようなものであり、あらゆる国にルーツを持った選手がいる。そんなことより、藤原には大事な役割があった。

ギュンターのチェック。

彼は、メジャーでも抑え役を期待されている。今、フリーバーズは深刻な救援投手不足で、優秀な若手の昇格が待たれていた。今シーズンから本格的に抑えを任されているギュンターは、ここまで救援失敗が一回もない。この日の出来次第ではメジャーに引き上げる、と藤原は聞いていた。藤原に任されたのは、その確認である。実際に大丈夫なのか、それとももう少し待った方がいいのか。

マイナーチームは、日本のプロ野球の二軍と違って、基本的に独立採算制である。傘下の選手をメジャーに送りこめば、その分様々な形でチームにも金が入るような契約になっており、マイナーチームの首脳陣としては、一人でも多くメジャーに昇格させるのが最大の目標だ。そういう状況だから、中には選手を過大評価する「誤魔化し」も起き得る——実際にはそんなことは滅多にないのだが、クロスチェックは必要だ。巡回コーチとして選手を教えながら、実力と調子を見極めるのも藤原の大事な仕事である。

マウンドに立ったギュンターは落ち着き払っている。この落ち着きは、抑えにとっては何より大事なものだ。試合を締めくくる場面に、常に同じ態度で臨む――そして、絶対に空振りが取れるボールがあれば文句なしだ。

ギュンターの初球は、藤原の手元のスピードガンで一〇〇マイル《161キロ》を記録した。思わず口笛を吹いてしまう。この三連戦で三連投だが、疲れはまったくないようだった。このタフさも持ち味である。

結局ギュンターは、ほとんど変化球を投げずに速球で押し切り、三者凡退に抑えた。予定通り昇格決定だな――バックネット裏に陣取った藤原は、荷物をまとめた。状況を報告して、それから――次の行き先は、傘下のマイナーチームの本拠地ではない。

来るべき人間が来た。スタンドで、出口へ向かう人の流れに逆らうように、ゆったりとした足取りで歩いて来る。当然観客に気づかれ、盛んに握手をねだられていた。あのレベルになると、引退して十数年経っても、やはりスーパースターなのだ。

ヘルナンデスが隣に座り、スターバックスのグランデサイズのコーヒーを差し出す。熱い……現在、午後九時四十五分。少し冷えてきたから、熱いコーヒーがありがたい。

一口すすって、藤原は本題を切り出した。

「受けるよ」

ヘルナンデスの反応はなかった。おいおい、祝福はなしか？　そっちが持ってきた話じゃないか。ちらりと彼の顔を見ると、あんぐりと口を開けている。

「何だよ、その顔は」

「いや……こんなにあっさり受けてくれるとは思わなかった」

「三日の期限を切ったのはお前だろう」藤原は指を三本、立てて見せた。「これからどうするか、教えてくれ」

「まず、USAベースボールに顔を出してもらう」

「どこだ?」

「ダーラム——ノースカロライナ州の」

「すぐに行っていいんだろうか」

「もちろん。私が電話を入れておくよ。君の予定が合えば、明日でも構わない」

「飛行機を調べてみる」

「頼む——いや、それは大リーグ機構が面倒を見るよ」

「俺はもう、歯車の一つになったわけか」

「そういうことだ」

ヘルナンデスが差し出した手をがっちりと握る。彼はしばらく手を離さなかった。藤原の目をじっと見詰めたまま、「どうして受けた?」と訊ねた。

「お前に頼まれたから」

「それだけ？　いろいろ難しい問題も多いんだぞ」

「プラスマイナスを考えたら、プラスの方が大きい」

「そう言ってもらえると助かる」

「ところで……フリーバーズの初代監督だったミスタ・カワイを知ってるか？」

「知ってはいるけど、面識はない。その人がどうかしたのか？」

「いや――何でもない」藤原は首を横に振った。ダイナーで彼に会ったのは、どうしても偶然とは思えなかったのだ。もしかしたら彼も、藤原を日本へ送り出すための「しかけ」だったのかもしれない。

だからと言って、何の問題がある？　誰かのしかけに敢えてはまってみるのも、悪くないだろう。

2

アメリカは広い――飛行機で飛び回っていると、それを痛感する。
サンフランシスコ国際空港から、目的地のノースカロライナ州、ローリー・ダーラム国際空港までは、直行便で約五時間のフライトになる。その間に太平洋標準時から東部標準時に入り、時計の針は三時間進む。

予定通り、午後六時前にダーラムに着いたのだが、そこから先が面倒だった。この空港を利用するのは初めてだったので、思い切り迷ってしまったのだ。結局、レンタカーのハンドルを握った時には七時近くになっていた。

空港から、アメリカの野球統括団体・USAベースボールの本部までは、カーナビの案内によると車で十分ほどと近い。ヘルナンデスが紹介してくれた人物は、「いつでも電話してくれていい」と言ったそうだが、藤原はまだ連絡を取っていなかった。一晩ゆっくり寝て気持ちを落ち着け、明日の朝に改めて電話するつもりだった。多少なりとも平静になる時間は必要だろう……考えが彷徨《さまよ》うに任せていると、スマートフォンが鳴る。画面には見知らぬ電話番号が浮かんでいた。ハンズフリーのまま話し出す。

「ミスタ・フジワラ?」少し甲高い、若い男の声だった。

「フジワラです」

「USAベースボールの広報担当、リーです」

「ああ」藤原は一人うなずいた。ヘルナンデスが言っていた、自分の「カウンターパート」——ある意味、これからオリンピックが終わるまでの「上司」である。向こうから電話がかかってくるとは考えてもいなかったが、かなり前のめりになっているようだ。

「もう着きましたね?」

「今、空港からそちらへ向かっています」

「そうですか。これから会えますか？」

「構いませんが、今日はもう遅いですよ」

「なるべく早くお会いしたいんです。夕食は済みましたか？」

「まだです」

「では、ご一緒しましょう。本部の場所はお分かりですか？」

「カーナビが連れていってくれますよ」

「でしたら、近くまで来たらこの電話番号にかけてもらえますか？　美味い店に案内します」

「急ぐ理由はあるんですか？」

「はい？」

「いや、明日の朝にしようかと思っていたんですが」

「あなたが考えているよりも時間はありません」リーの声が急に低くなった。「やらねばならないことが山積みです」

　何か面倒な事情がありそうだな……しかし藤原は、この場ではそれ以上突っこまないことにした。不安にはなったが、ここまで来て引き下がるわけにはいかない。せいぜい用心していかないと——気を引き締めながら、藤原はハンドルをきつく握った。運転に気を遣うことで、集中力を高めたかった。

ダーラムは、人口二十五万人を超えるノースカロライナ州の中核都市だが、USAベースボールの本部は、市街地からは遠く外れた、鬱蒼《うっそう》とした森の中にある。西海岸のカラッと乾いた空気とは違い、濃密な、しかも湿った緑の匂いが漂っている。藤原は何となく、日本の田舎を思い出していた。東北地方で、大きな街から外れた道路を走っていると、こういう緑深い光景によく出くわす。

本部の近くにあるバス停を過ぎて車を停《と》め、リーの電話番号にかけ直す。彼は電話を握って待っていたかのように、すぐに反応した。

「近くまで来ましたよ」

「中華でどうですか」

「ああ……いいでしょう」実は昨夜も、サンフランシスコのチャイナタウンで中華を食べたばかりだが、まあ、いいだろう。味は相当落ちると覚悟しなければならないが……サンフランシスコのチャイナタウンは全米でも屈指の規模で、観光客が絶対に行かないような汚い小さな店で、本格的な中華料理を食べさせてくれる。昨日も、そんな店の一つで本場の味を堪能《たんのう》したばかりだった。

店の場所を教えてもらい、車を出す。話の様子から、彼は既にその店で待ち構えているようだった。リーという名前は中国系かもしれないな、と藤原は想像した。自分の

「本拠地」で勝負するつもりかもしれない。

　指定された中華料理店は、地味な平屋建ての店だった。店の横と裏手が駐車場になっていて、店内はほぼ満席――しかし藤原はすぐにリーを見つけた。というより、向こうが藤原を見つけた。ボックス席の中で立ち上がり、思い切り手を振る。すぐに席を離れると、テーブルの脇に立って軽く頭を下げた。

　おいおい――まるで少年のようではないか。少なくとも三十歳以上には見えない。藤原は茶色のカーペットを踏みしめながらできるだけゆっくりと歩き、その間にリーの様子を観察した。身長一七五センチぐらい。細身の体型だが、痩せているわけではなく日常的に鍛えているのはすぐに分かった。クルーカットに近いほど短く刈りこんだ黒髪。薄い青のボタンダウンシャツを肘のところまでまくり、オリーブ色のコットンパンツにワイン色のローファーを合わせている。東海岸の大学生という感じだが、ポイントは靴下を履いているかどうかだ。素足にローファーだったら、西海岸出身の可能性が高い――藤原のこれまでの経験では。

　彼は靴下を履いていた。

「どうも、藤原です」藤原はさっと頭を下げた。

「お会いできて光栄です」

　リーが差し出した手を握る。予想通り鍛えている――体型に比して手はごつごつと大きく、握手は力強かった。

「どうぞ、お座り下さい。料理は頼んでおきましたが、何か飲み物は？」

「熱い烏龍茶《ウーロンチャ》を」

うなずき、リーが手を挙げた。すっと近づいて来た店員に、流暢《りゅうちょう》な中国語で注文する。無愛想な店員が去ると、藤原は「あなた、中国系ですか？」と訊ねた。

「いや、韓国です。親がアメリカに移民してきたんですよ」

「中国語が上手いですね」

「必死に勉強しました。今は中国を無視して仕事はできませんからね」

「日本語は？」

「スコシダケ」

発音を聞いた瞬間、謙遜《けんそん》ではないと分かった。自分の下手な英語を使う方が無難だろう。

藤原の烏龍茶が届くと同時に、料理がテーブルを埋め尽くし始めた。何というか……アメリカの中華料理店は、どこも忙《せわ》しなさ過ぎる。前菜もメーンも麺料理も、どかどかと一気にやってくるのだ。エッグロールやワンタンなどの前菜、スープ、チャーハン等々、すっかり馴染みになったアメリカ系中華料理の味——大雑把だ。

「遠いところ、わざわざすみませんでした」リーが日本風に頭を下げる。

「サンフランシスコからですから。近いものですよ」

「ちなみに私は、門のようなものです」

「門？」

「入り口。これから何人か、会っていただきたい人がいます」

「USAベースボールの人たちですね？」

「そうです。今回の仕事は、結構時間と手間がかかると思うんですが……いやはや、どこから説明したらいいものやら」

綺麗に骨だけになったチキンウィングを皿に置き、リーが紙ナプキンで指先を拭った。なかなか綺麗にならないのか、バッグを探ってウェットティッシュを取り出す。驚いたことに日本製だった。藤原が凝視しているのに気づいたのか、リーが笑みを浮かべる。

「これ、いいですよね。アメリカ人はどうして不潔な環境を我慢できるのか、理解不能だ」

「俺にすれば、日本人がどうしてそこまで清潔さにこだわるかが分からない。それに、そんなもの、どこで手に入れるんですか？」

「日系のスーパーまで行って買って来るんですよ」リーがどこか嬉しそうに言った。

「ミスタ・フジワラは、こちらに長いんですよね」

「二十年」

「日本に帰る気はないんですか？」

「今のところは」

「だったら、アメリカ代表チームの指揮を執ることに、心理的な抵抗はないですね？」リーがいきなり核心の質問を切り出した。

「ある」

リーが目を見開く。藤原は熱い烏龍茶――香りは薄かった――を一口飲んで続けた。

「あなたはこの国で生まれ育った人だ。韓国に対する思いはあるにしても、基本的にはアメリカ人でしょう」

「そうです」

「俺のように人生の半ばで――しかも三十歳を過ぎてからこの国に来た人間は、どうしても薄い膜一枚隔ててアメリカに接しているような感じがある。アメリカを代表するなんて簡単には言えない」

「正直な人ですね」リーが笑みを浮かべてうなずいた。「では、どうして引き受けたんですか？」

「理由は、一つには絞りきれないな。説明するのも難しい――しかしあなたたちも、ずるいというか上手い手を使った」

「手？」

「俺が一番断りにくい相手を、説得役に選んだ」

「ミスタ・ヘルナンデス」リーがまたうなずく。「コネクションがあるなら、利用しない手はないでしょう」

「そもそも俺を代表監督にというのは、彼のアイディアじゃないのか？」

「それは我々が考えました」

「どうして俺だったんだ？」

「あなたは日本人だから——というより、日本の野球をよく知っているから」

ヘルナンデスも同じようなことを言っていたが、それは誤解、ないし買い被りだ……何しろ自分は、二十年以上も日本でプレーしていない。自分が日本で投げていた一九九〇年代半ばとは、戦術も選手の質も変わってしまったのではないだろうか。

その不安を素直に明かすと、リーがゆっくりと首を横に振った。

「日本の野球は基本的に、それほど変わっていないと判断しています。国際大会でのデータの蓄積もあります。我々も、ちゃんと分析はしているんですよ」

「それはそうだろうが……」

「選手は大きくなって、パワーもつきました。しかし今でも、１点を取りにいくスモールベースボールが基本です。特にＷＢＣやプレミア12などの国際大会になるとその傾向が強い。オリンピックに関しても、得意なスモールベースボールで臨んでくるでしょう」

「フライボール革命や二番打者最強説は、日本では浸透していないと?」

「その通りです」

どちらも野球を数字で分析するセイバーメトリクスから生まれた考えで、実際に裏づけもある。前者は、「アウトになる確率はゴロよりフライの方が低い」というデータから生まれたもので、その結果「とにかくアッパースウィングでフライを打つ」のがトレンドになった。結果的に大リーグではホームラン数は増加し、その引き換えとして三振数も増えている。後者は、「シーズン通して打席に立つ機会が三番や四番より多い二番に、チームの最強打者を置くべき」という理論である。実際、長打を期待できるバッターを二番に置き、チームの総得点が増えたチームもあるが、完全に主流になっているとは言い難い。

「日本は細かくつなぐ野球をしてくる。しかもピッチャーの能力は世界一と言っていい。そういうチームに対処するためにはどうしたらいいか——それを考えるのに、あなた以上に相応しい監督はいないでしょう。それに、日本の球場のこともよく知っておられる。最大の特徴は——」

「人工芝」

「そういうことです」リーが嬉しそうに言ってうなずいた。「他に、七月から八月にかけて日本でプレーする際に、気をつけるべきことは何ですか?」

「タオルを普段の二倍用意すること」

「はい?」リーが首を傾げる。

「冗談じゃなくて本当だ。最近の日本の暑さは異常らしい。昼間のゲームだったら、試合そのものよりも暑さと湿気との戦いになる」藤原は、去年訪れた甲子園の暑さを思い出した。

「分かりました」リーが素早くタブレット端末を取り出し、メモした。

「わざわざ記録するような話じゃないよ」藤原は苦笑した。

「いや、実際に知っている人の話は参考になります」

うなずいたものの、藤原は自信が持てなかった。日本を離れて二十年。その間、何回帰国したか——数えるほどだ。現役時代は、シーズンオフもアメリカにずっといたし……最近の日本の暑さについては、ニュースを見たり人伝《ひとづて》に聞いたりして知っている程度で、実際にはほとんど経験していない。現在の日本に関する知識は、リーと同レベルだろう。

「代表は決定している?」

「最終決定はもう少し後ですが、ほぼ決まりですね」

「まず、選手のデータをきちんと把握しないといけないな」

「明日から、その作業にかかっていただけますか? 準備はしてあります」

「ここで？」

「ここで」リーが真顔でうなずく。「とにかく時間がありませんから、一日も無駄にできません。これから先、スケジュールは詰まっているんです。着々とこなさないと、すぐに厳しくなりますよ。フリーバーズの方とはもう話がついていますから、あなたがOKならば、明日からでも準備に取りかかっていただきたい」

「分かった」

「いいんですか？」

「気楽な独り身だ。待っている人もいないし、引き受けた以上、責任は果たす」

急に事態が動く――こういうことはこれまでも何度も経験しているが、今回はさすがに戸惑いがある。それでも、一気に走り出してしまうのがいい。迷ったり立ち止まったりすると失敗するものだ。

「本当に、俺が日本人だというだけで、今回の監督に選んだ？」

「いえ」リーが短く否定した。

「だったら――」

「ミスタ・ムーアとは、直接の接点はなかったですよね？」

「面識はない。敵チームのダグアウトか、テレビ画面の中で観るだけだった」

「この業界は広いようで狭いんです。ミスタ・ムーアは、あなたのことをよく知っていましたよ」

「まさか」藤原はつぶやくように否定した。

「あなたが育てた多くの選手が、大リーグで活躍しています。つまり、あなたが手をかけた選手は生き残り率が高い」

それは藤原にとって密《ひそ》かな誇りではある。一度でも彼が面倒を見た選手の中には、サイ・ヤング賞受賞者が二人、タイトルホルダーとなれば数えきれないほどだ。問題は、そういう成績がフリーバーズ時代ではなく、その後移籍した他のチームで達成されていることである。今のフリーバーズには、FA宣言した選手を引き留めるだけの財力はなく、他チームに流出した選手は、強力な打線の援護を得て勝ち星を積み重ねる――慢性的に強打者不足に悩まされているフリーバーズでは、相手打線を1点に抑えて完投しても、味方打線が零封されて負けがつくことも少なくない。

「あなたの選手育成の手腕を、ミスタ・ムーアは高く評価していました。オリンピック本番では、投手コーチとして迎え入れたいという話もしていたんです」

「初耳だ」

「この周辺だけで出ていた話ですから」リーが胸の前で人差し指で円を描いた。

「しかし、ミスタ・ムーアがあなたに固執していたのは事実です。倒れてから亡くなるまでの間、意識がある時に、あなたと直接話がしたいと何度も訴えていました」

「そうか……」

「ミスタ・ムーアの遺志を継いでいただけませんか?」

「そんな話は聞かなくても、やる気にはなっていた——でも、この話は使わせてもらうよ」

「使う?」

「最後まで執念を持って、アメリカ代表を勝たせたいと思っていた名監督がいた。そういう話は、脳みそが筋肉でできているような若い選手には刺激的だ。気持ちを奮い立たせる材料に使える。奴ら、絶対に泣くぞ」

人の縁は、表に出て見えるものばかりではない。どこでどうつながっているか、本人には分からないことも多いのだ。

藤原の気持ちは静かに奮い立っていた。


翌日、藤原は初めてUSAベースボールの本部を訪ねた。各年代のアメリカ代表チームを統括するのがこの組織だ。つまり、大リーグとは別の意味で、アメリカ野球の総本山である。しかし実際にはごく小さな建物だったので、拍子抜けしてしまった。そういえば、一度訪ねたことのある日本の岸記念体育会館も同じようなものだった。確か、前回の東京オリンピックの時にできた建物に、JOCをはじめ、各競技団体の本部が入っていた。それぞれの部屋は狭く、まるで中小企業のオフィスのようだった。

初めて正式な話をする場として、会議室が用意されていた。窓が大きく、陽光が燦々《さんさん》と入りこむ明るい部屋だが、それだけのことである。特に立派でも、ハイテク装備が用意されているわけでもない。

集まったのは、広報担当のリー以外は、USAベースボールの幹部ばかり五人だった。リーが中心になって話を進める。他のメンバーはどこか遠慮がちというか、腰が引けているのを藤原はすぐに感じ取った。様々な要因で自分に白羽の矢が立ったのだろうが、必ずしも満場一致で決まったわけではないのだろう。

それならそれで、またやる気が出る。逆境、望むところだ。

しかし話が進むに連れ、藤原は闘志が萎え始めるのを意識した。スケジュールに関しては問題ない。代表チームの合宿や練習試合は本番直前の七月に集中しているから、それまでは準備する余裕もあるだろう。日本での細かい予定も頭にインプットした。

問題は、肝心の代表メンバーだ。

藤原は渡されたタブレットを操作し、代表候補の顔ぶれを見ていった。全員がトリプルAの選手。すぐに、不安が大きくなってきた。

圧倒的に投手力不足だ。近々の各大会の数字、それに今季のマイナーでの成績を見ればそれは明確であり、不安だけが募る。藤原は、自分なりにメンバーの入れ替えを考えていた。半年かけて試合を消化する大リーグのレギュラーシーズンと違って、オリンピックのような短期決戦ではピッチャーの使い方がポイントになる。連戦が基本なので、単純に「先発、中継ぎ、抑え」とスタッフを揃《そろ》えればいいわけではない。藤原はその対策を既に考えていた。それを実現するためには、野手を減らして投手を増やさねばならない。二増二減という感じだろうか。

「率直に伺っていいですか」

藤原は、正面に座る強化委員長、ジャック・ロイドの顔を見た。年の頃、五十歳ぐらい。よく日焼けした精悍《せいかん》な顔つきに、二つに割れた力強い顎が印象的だ。ずっと大学野球にかかわってきたという説明をリーから受けていた。服は青いボタンダウンのシャツ……そういえばこの会議室に集まった人間は、自分以外は全員、青いボタンダウンのシャツを着ている。これがUSAベースボールの制服のようなものなのか、ノースカロライナ州の流行なのかは分からない。

「どうぞ」ロイドがすっと右手を前に伸ばした。

「これがベストのメンバーなんですか」

「今のところはそう考えています」

「成績を見ると、とてもそうは思えない。プレミア12の成績、それに今年のマイナーでの成績――もう少しいい選手を選べると思いますが」

「大リーグ側の意向もあるのでね」ロイドが言った。「出せる選手、出せない選手がいるのは、あなたにもお分かりでしょう。シーズン中のメジャー昇格が確実視されているような選手」

藤原としては、うなずくしかなかった。各チームに、一種のプロテクトリストのようなものがあることは知っている。選ぶ方からすれば、成績のいい順にピックアップしたいだろうが、大リーグ側でも、どうしても手放したくないマイナーの選手はいるのだ。タケダなども、本来はその中に入る一人である。早くメジャーに上がって投げてもらうためには、オリンピックなどにかかわっている場合ではない――フリーバーズの本音はそんなところのはずだ。何故彼の代表入りを許したか、本音は分からない。このチームを率いていたムーアは、本番ではどんな戦い方を考えていたのだろう。

「これから選手の入れ替えはできるんですか」

「それはもちろん可能だ」ロイドがうなずく。「怪我もあるでしょう。調子を落とす選手がいるかもしれない。その辺は、ぎりぎりまで見極めないと」

「しかし、現時点でこれ以上のメンバーを望むのは難しい、ということですね？」

「そう、現時点では――」

「これでは勝てない」

藤原は言い切った。ロイドの隣に座るリーの顔が、すっと青褪《あおざ》める。

「ミスタ・フジワラ——」

藤原は右手を挙げて、リーの発言を遮った。ここはどうしても、こちらの主張を聞いてもらう必要がある。

「ミスタ・ロイド、オリンピックでは勝ちたいですか?」

「勝つつもりがなければ、チームを送り出したりはしない。アメリカは勝って当然、勝つべきだ」

「質問を変えます。勝てると思いますか?」

全員が黙りこむ。今年のオリンピックアメリカ代表が、必ずしもベストメンバーでないことは、この場にいる誰もが承知しているのだ。

「大リーグ側の意向は強い。我々にできることには限界があるからね」ロイドの表情が歪《ゆが》む。

「レギュラーシーズンに影響のある大会は、マイナーの選手で何とかしろ、ということですね」

「その通り。この件について、ここで君と議論をするつもりはない」

「私もです」

「だったら——」

「考えていることがあります」藤原はテーブルの上に身を乗り出した。「数人、選手の入れ替えを行いたい。具体的にはピッチャーを二人増やして、野手を二人減らす。それに打線強化のために野手も入れ替えます」

藤原は、フリーバーズ傘下の投手を見ながら、他チームの選手も観察してきた。めぼしい選手は既にリストアップしている。ところが構想を説明しても、反応は薄かった。沈黙——結局この連中も、それほど本気ではないのだと藤原は判断した。

アメリカ人——アメリカの野球人にとって、オリンピックはやはり最高の舞台ではない。あくまで大リーグこそが世界最高であり、オリンピックもWBCもプレミア12も、「おまけ」のようなものだろう。もちろん、スカウトの場としての意味はある。国際大会で活躍した選手に目をつけ、大リーグに引き入れる。

しかし藤原にとって、オリンピックは特別な意味を持つ。そもそも「世界一を決める」という発想がなかった野球というスポーツに訪れたチャンスなのだ。もっとも、そこで活躍して自分をプロ野球に高く売りこもうなどという気持ちはなかった。ましてや大リーグは日本人にとってははるかに遠い世界で、自分がそこで投げる姿など想像すらできなかった。しかし世界最高峰の舞台が用意されたのだから、精一杯のパフォーマンスを見せたい——その強い思いは敗北で挫折し、それが結局は自分をアメリカにまで引き寄せて、現在の生活を作る基盤になった。

「やるからには結果を出します」藤原は断言した。「そのためには、そちらもできるだけの力を貸して欲しい。まず手始めに、これまで代表が戦った試合の映像を用意してもらえますか？　実際のプレーぶりを観てみたい。ミスタ・ムーアが残したデータがあれば、それも確認します。それと、コーチ陣とはできるだけ早く顔を合わせたい」

「彼らも各地に散っているが……」ロイドは渋い表情だった。面倒なことは避けたいという気持ちがありありと分かる。

「私が会いに行きます。フリーバーズでの仕事と似たようなものですよ」

藤原は立ち上がった。リーが言っていたように、やらねばならないことが山積みで時間はない。これからやるべきことが、頭の中でぐるぐる回っている。その中で一番大きな問題は、やはり「補強」だ。このメンバーでは勝ちにいけない。ピッチャーはどうしても二人増やしたい。そうすると打線が薄くなる。今シーズンの打率の平均が二割五分の打線に、何を期待できるというのだ——どうしてももう一枚、決め手が欲しい。

藤原はその日の午後からホテルに籠り、USAベースボールが用意してくれた映像を一人で観続けた。プレミア12での試合……途中で早送りしながら、各選手の「癖」を頭に叩きこむ。ピッチャーは悪くない。大黒柱はやはりタケダになるだろう。レギュラーシーズンの戦いと違って、はっきり先発と救援陣に分けるのではなく、それぞれのピッチャーが責任を持って短いイニングを抑えていくリレーが必要だ。時にはリリーフ陣を先発に回す必要もあるだろう。それに応えられそうなピッチングスタッフは揃っている。ここにさらに二人を加えれば、藤原の構想は完成する。

問題はやはり打線だ。予選全試合で得点は5点を超えず、投手陣の踏ん張りで何とかオリンピック出場を勝ち取ったのだ。唯一期待できそうなのは、クリーブランド・インディアンス傘下のトリプルAで活躍するマーク・デイトン。今年二十五歳になるこの選手は、二本のホームランを放つなど、湿った打線の中でただ一人目立った活躍をしていた。しかし、二十五歳か……微妙だな。基本はDH《指名打者》のようだが、この年でまだメジャーに定着できていないのは、何かが足りないからに違いない。

――鋭いとしか言いようがない打球音だった。金属同士がぶつかったような音で、藤原の耳に突き刺さる。一瞬打球の行方を見失うほど、スピードが速い。次の瞬間には、ライトスタンドの観客が総立ちになって拍手を送っていた。

そこではっと目が覚める。夢か。まさに目が覚めるような打球だったな……藤原はベッドサイドに置いたスマートフォンを取り上げ、時刻を確認した。午後六時過ぎ。腿《もも》の上にはノートパソコンが載ったまま。映像を観ているうちに、いつの間にか寝入ってしまったらしい。それだけ退屈な試合だったのだ。

咳払《せきばら》いして、ノートパソコンをベッドに置いて立ち上がる。急に空腹を覚えた。昼も簡単に食べただけで打ち合わせが続いたので、胃はすっかり空っぽだった。ルームサービスを取ってもよかったのだが、少し体を解《ほぐ》すために、外へ出ることにする。

空が高く広い。その一部は、鬱蒼とした緑に遮られていた。ホテルの近くには食事ができる店がないので、結局車に乗って走り出す。昨夜食事を摂った中華料理店の近くに、何軒か飲食店があることは分かっていたので、そこへ向かう。そう言えば、USAベースボールのナショナルトレーニングコンプレックスもこの近くにある。事前の合宿などで使うことがあるかもしれないから、時間を見つけて後で見学しておこう。

公園――やたら公園の多い街だ――の向かいにメキシコ料理店を見つけた。ここにするか……二十年前、アメリカに来て気づいたのが、メキシコ料理店の多さだ。特に西部、南部ではレストランの主流と言ってもよく、メキシコ文化がアメリカに広く浸透していることがよく分かる。

席に着くと、すぐにトルティーヤ・チップスが出てくる。アメリカのメキシコ料理店で定番の「突き出し」だ。塩辛く硬いチップスを齧《かじ》りながらメニューに目を通す。アメリカ化されたメキシコ料理――いわゆるテックスメックスではなく、本格的なメキシコ料理らしい。藤原は自然に頬が緩むのを感じた。テックスメックスは、「去勢されたメキシコ料理」という感じがするのだ。

サラダと、タコスを三つ頼む。メキシコの流儀に従って、タコスは小麦粉ではなくトウモロコシのものを選んだ。実際、この方が香ばしくて好きなのだ。飲み物はガス入りの水。

体に刺激を与えるために、タコスにはサルサとハラペーニョの酢漬けをたっぷり加える。口が燃え出すような辛さではなく、体の内側から熱くなってくる感じはお馴染みだ。藤原はメキシコにも何度か遠征したことがあるが、現地で食べた本格的なメキシコ料理の味を思い出す。これはいい店を見つけた……。

コーヒーを別に注文して大きなカップに入れてもらい、店を出る。車は店の駐車場に停めたまま、向かいにある公園に入った。陽が沈みきっていないので、芝の緑が目に染みるようだった。子ども用の遊具などがあり、子どもたちや母親たちもまだ遊んでいる。ということは、この辺は治安がいいわけか……ベンチを見つけて腰を下ろし、コーヒーを一口啜《すす》る。この辺は既に「南部」に入るのだが、夕方とあってひんやりとした空気が流れていて心地《ここち》好い。熱いコーヒーがありがたかった。

「夢か……」

先ほどうたた寝していた時に見た夢を思い出し、ぽつりとつぶやく。どうやら場所は、アメリカではなく日本のようだ。見覚えがある球場――甲子園だ、とすぐにピンときた。

そう、あれは夢ではない。いや、寝ている最中に見たから夢なのだが、生で試合を観た記憶が蘇ったのだ。

藤原は思い切り立ち上がった。頭の中で散り散りになっていたデータが、ピンと音を立てるように一本につながる。この可能性は……可能かどうかはリーたちに相談してみないといけないが、ルール上は問題がないだろう。

もしもあの男をアメリカ代表に加えられれば——勝てるかもしれない。いや、勝てる。若い選手の活躍が起爆剤になり、ベテランたちが奮起する様を、藤原は何度も経験してきた。もちろん、五輪代表は基本的に若いチームで、最年長でもデイトンの二十五歳なのだが、あの男はデイトンから見れば子どものようなものだろう。

可能性は感じるが、危険でもある。彼が本当にアメリカ代表として認められるかどうか……ルール上の問題はないにしても、人の心まではコントロールできない。まずはリーに相談だ。ロイドは後回し——若いリーの方が、考え方が柔軟だろう。アメリカ人が意外に保守的なのを、藤原は経験的に知っている。

しかし、チャンスがないわけではあるまい。

野球はアメリカのスポーツ——しかしUSAベースボールは、日本人である自分を代表監督に選んだ。この件はまだ公表されていないから、一般の反応は読めないのだが、アメリカが新しい一歩を踏み出したのは間違いない。

だったら、もう一歩を踏み出す際に、壁はそれほど高くないのではないか？

「これは……どういうレベルの大会なんですか」リーは、まず疑念を呈した。藤原は自信満々で見せたのだが、リーの反応は渋かった。

狭いホテルの部屋に二人。小さなノートパソコンの画面を二人で覗《のぞ》きこんでいるので、窮屈なことこの上ない。

「アメリカでは同じような大会がないから説明しにくいんだけど……この大会の参加校は、全国で三千を超える。各都道府県の代表が集まって、トーナメント形式で優勝を競うんだ」

「なるほど、確かに大きな大会だ」リーの声に少し元気が戻った。「アメリカの高校は、州レベルの大会が最大ですからね」

「そして少なくとも高校レベルでは、日本の選手の方が上だと思う」

「しかし、高校生ですよね？」

「この春から大学生だ」

「彼の年代で代表メンバー入りすると、日本での代表入りは難しくなりますよ。それは大丈夫なんですか」

「ところが彼は、一度も全日本入りしていない。去年、この大会——甲子園の大会が終わった直後に結成された全日本の選抜チームには、怪我のせいで選ばれていないんだ」

「怪我の影響は？」

「心配ない。大学の春のリーグ戦で、いきなり打ちまくっているよ」

急いで調べただけだが、数字を見る限りでも十分期待できる。これまで八試合を終えて、ホームラン三本。早くも六大学の通算ホームラン数を更新するのでは、と期待が高まっていた。電話で話した知り合いは、誰もが彼のバッティングを絶賛していた。

ただしこの情報収集にはまだ自信がなかった。インターネットと国際電話だけに頼ったものだし、自分の真意を明かしていないからだ。誰もが雑談のつもりで軽い調子で話していただろう。何より、自分の目でしっかり見ないといけない。

「日本とアメリカでは、アマチュアのレベルは違うと思いますが……実際、日本の大学生は、マイナーでいうとどのレベルなんですか？」

「彼は、半年の準備期間があれば、メジャーでやれる」

リーが目を見開き、首を横に振った。明らかに藤原の言葉を信用していない。

「俺はピッチャーの育成が専門だが、バッターを見る目はある。ピッチャーから見て、一番投げたくないタイプだ——穴がない」

芦田《あしだ》大介《だいすけ》、十九歳。身長一九〇センチ、体重九五キロ。写真や映像で見た限り、高校時代に既に体は完成していた。高校球児の場合、どうしても体の線が細く、プロ入りしてすぐには練習にもついていけないぐらいなのだが、芦田の場合は、高校生の中に一人だけ大人が交じっている感じだった。

出身はサンディエゴ。両親ともに日本人で、ルックスは完全に日本人である。父親はサンディエゴに本拠を置くIT企業勤務。アメリカ留学中の母親と知り合って、その後結婚した。芦田自身はアメリカと日本の二重国籍を持ったまま育ち、日本で言えば中学を卒業するまではずっと、サンディエゴの郊外に住んでいた。父親が勤める会社が日本に支社を作るために、一家揃って日本に移住してきたタイミングで、神奈川県の高校に入学し、野球部で活躍し始めた。

最初から規格外だった。一年生の時には甲子園出場は叶《かな》わなかったが、夏の県予選で三本のホームランを放って早くも注目された。翌年の選抜から、チームは四季連続で甲子園に出場し、計十二本のホームランをスタンドにぶちこみ、通算打率は四割を軽く超えた。高校通算では、練習試合を含めて八十九本のホームランを放っているが、特筆すべきは、練習試合では必ず木製バットを使っていたことである。別にプロを意識していたわけではなく、「木製バットできちんと打てれば、金属バットでは楽に打てる」という理屈で、あくまで「練習のため」だったらしい。

当然、日本の各球団も注目したが、本人は早くから「日本の大学に進学する」と明言しており、ドラフトで強引に指名する球団はなかった。両親は、日本での仕事が一段落してからアメリカに引き揚げたが、本人は日本に残り、大学の寮に入って野球を続けている。

芦田が高校で活躍したことは、藤原にとっては極めて幸運な偶然だった。これを活《い》かさない手はない。

さらに藤原には別の運もあった――芦田の怪我。

三年生の夏、甲子園の決勝戦に出場した芦田は、先制ホームランを放ってチームを引っ張ったが、五回、ファウルフライを追って三塁側の内野フェンスに激突し、肋骨《ろっこつ》を二本骨折してしまった。結果、途中から芦田を欠いたチームは逆転負けを喫して、芦田の高校野球は終わった――去年の六月には、十八歳以下日本代表の第一次候補に選ばれていたのだが、この怪我で代表入りは吹っ飛んだ。

そういう事情で、彼は一度も日本代表に選ばれておらず、二重国籍という身の上からして、アメリカ代表に選ばれる権利――藤原たちが選ぶ権利が残されたのである。

実は二年生の時に、既に十八歳以下日本代表の第一次候補に名前が挙がっていたのだが、この時も怪我で選抜から漏れた。というといかにも体が弱く、怪我で選手生命を脅かされそうに思えるのだが、藤原はそうは見ていなかった。二度とも極端な守備のハッスルプレーによる怪我であり、勤続疲労などによるものではない。後遺症もまったくなかった。まあ、こういうことは経験を積めば何とかなる――怪我を避けるようなプレーが自然に身につくはずだ。

「こんな話をいきなり持ちかけられて、本人はどう思いますかね」リーは懐疑的だった。

「それは、話してみないと分からない。彼のアイデンティティがどこにあるかも……も

しかしたら、日本代表になることや、日本のプロ野球に入ることが目標かもしれない
し」

「大学生のまま、オリンピックの日本代表に選抜される可能性は？」

「それはない」藤原は断言した。「今の日本代表は、全員がNPBの選手だ。アマチュアが入ることはないよ」

「だったらやはり、アメリカ代表に入るには力不足では？　アメリカ代表メンバーは、メジャーのスーパースター候補なんですよ」

藤原は無言のままリーを凝視した。それは違う――「候補」のまま消えてしまった選手が何人もいることは口にはしなかった。

「乗り気じゃないみたいだな」

「映像を観ただけでは何とも言えません」

「だったら日本へ行こう」

「え？」

「自分の目で直接観るのが一番確実だ。あなたも、自分で確かめてみればいい。俺もしっかり観てみたいし」

「今からですか？」リーの腰は引けていた。「そんな急に？」

「日本の六大学野球は、週末ごとに試合がある。来週――最終週の二試合は観られるよ。

あなたたちなら、飛行機のチケットぐらい、すぐに入手できるだろう」

藤原が初めて芦田のバッティングを観たのは、去年の夏だった。社会人時代に世話になっていたコーチが亡くなり、線香を上げるために一時帰国した時である。葬式には間に合わなかったが、できるだけ早く弔問をしなければならない義理のある人だった。

それがちょうど八月、甲子園の終盤だった。日本に着いた日が準々決勝で、藤原は夜のスポーツニュースで初めて芦田を観たのだった。芦田はその試合で四安打——全て二塁打という強烈な存在感を発揮した。

こいつはどうしても生で観てみたい……翌日、藤原はコーチの地元である京都へ飛んで急いで弔問を済ませると、すぐにアメリカへ戻る予定を変更して兵庫入りし、準決勝、決勝の二試合を甲子園で直接観戦することにした。準決勝では引っ張ってライトへ、流してレフトへと二本のホームランを放ち、決勝でも初回に勝利をぐっと引き寄せるツーランホームラン——自分が日本にいない間に、こんなとんでもない選手が出てきていたのかと驚いた。五回表、ファウルフライを追ってフェンスに激突、負傷退場した時には、敵味方の区別なく、広い甲子園中に悲鳴が広がった。

一年近く経ってもまだ夢に出てくるぐらいだから、それだけ芦田の印象は強烈だったわけだ。藤原としては、一方的ながら縁を感じざるを得ない。

アメリカの優勝が、夢枕に立った……。

そしてまたも、彼の夢を見た。ロサンゼルス経由で羽田に向かう全日空機の機中――フェンスに激突する芦田の姿が頭の中で再現されて、はっと目を覚ます。

既に日本時間に合わせている腕時計を確認すると、午前二時だった。相当長い間飛んでいるのにまだこんな時間か、とうんざりする。アメリカ国内を東西に移動する際の時差も相当厄介だが、途中で日付変更線を跨《また》ぐ長距離フライトは、やはり肉体的にも精神的にも疲れる。

ほどなく灯《あか》りがついて、着陸二時間前の食事の時間になる。午前三時。こんな時間に朝食と言われても苦笑するしかないが、腹は減っていた。和食を選択し、久々に日本の料理を味わう。日本の航空会社はさすがに機内食もレベルが高い。

食事が終わると、間もなく日本だ。しかし特に感慨はない。待っている人がいるわけではなく、「帰国する」という意識さえ薄い。かといって、日本にいる時にすぐにアメリカに帰りたくなるわけでもないのだ。どこにも家《ホーム》がない宙ぶらりんの立場を強く実感することになる。

朝五時、羽田空港は当然ガラガラだ。電車は動いているが、何をするにも早過ぎる。しかも、リーがくたくたの様子だったので、藤原は一休みすることにした。神宮での試合開始は午後一時だから、仮眠する時間は十分ある。

「ホテルにチェックインしよう」藤原はスマートフォンを取り出した。

「こんな時間にですか？」

「事情を話せば何とかなる。部屋が空いていればね」

それも心配いらないだろう。六月の第一週、東京では大きなイベントもないはずだ。最近、外国人観光客がやたら増えたと聞いているが、東京のホテルにはそれなりのキャパシティがある。

幸い、予約しておいたホテルにはチェックインできた。ただし、予定より早く入ることになるので、一日分の料金を余計に取られることになるが……リーが元気を取り戻せるなら、それぐらいは安いものだ。

羽田からタクシーを拾い、渋谷にあるホテルへ向かう。藤原が暮らしていた頃、東京の道路は開発し尽くされてしまったと思ったのだが、いつの間にか首都高はさらに整備されて、羽田から渋谷までのアクセスは一気に便利になった。隣でうつらうつらしているリーを横目に、藤原は頰杖《ほおづえ》をつきながら朝の街を見物した。首都高湾岸線は、一部でごく低い場所を走るために、東京の街並みがくっきりと間近に見える。湾岸線から中央環状線に入ると、目の前に巨大なビル群が迫ってくる。ニューヨークではすっかり見慣れた光景。藤原が日本を離れている間、不景気だと言われながら東京の開発はさらに加速し、高層ビルも増えたようだった。最近目立つのは巨大なタワーマンションなのだが、藤原は見る度に不安になる。いつ大地震がきてもおかしくない国で、あんな高層マンションを建てて大丈夫なのだろうか。アメリカの東海岸に住んで一番ほっとしたのが、地震がほぼないことである。去年、大阪にいる時に一瞬ぐらっとして、自分でも驚くほど慌ててしまった。慣れとは恐ろしいものだ。

チェックインすると、リーはすぐに自室に引っこんだが、藤原は荷物を置いて街へ出た。朝の空気が少しひんやりして清々《すがすが》しい。午前七時、まだ街は完全には目覚めておらず、行き交う人も少なかった。

渋谷はあまり馴染みのない街だが、昔もこんな感じだっただろうか。かすかに記憶にある渋谷の姿は、ほぼ完全になくなっていた。駅を中心に高層ビルが建ち並び、オリンピックへ向けて準備万端という感じになっている。そうか、渋谷は、メーン会場である新国立競技場へのゲートシティの一つになるわけだ。唯一変わっていないのは、京王井の頭線付近のごちゃごちゃした呑《の》み屋街……夜の賑わいはすっかり消え、その名残りとも言えるゴミや吐瀉物《としやぶつ》が道路を汚している。一晩中呑み明かしたのか、大学生らしい三人連れが肩を組んで道路を占領し、こちらに向かって来る。しかし藤原と目が合った瞬間、三人はさっとバラバラになり、道を開けた。何をしたわけでもないのに、長身の自分にはまだ威圧感が残っているのかと苦笑する。

それにしてもこの混沌《こんとん》ぶりはどうだろう。パチンコ店、立ち食い蕎麦屋《そばや》、中華料理店、金券ショップが並ぶ狭い通りを抜けると、坂の一番下に出る。これが道玄坂だっただろうか……既に地名の記憶さえ、定かではなくなっている。もっとも渋谷は、昔からごちゃごちゃしていて分かりにくい街だったが。ハチ公像はどちらの方だっただろう。そもそも、今もあるのだろうか。

早朝から開いているコーヒーショップを見つけ、アイスコーヒーのLサイズを持ち帰る。途中飲みながらホテルに戻ったのだが、コーヒーは圧倒的に日本の方が美味いと実感した。実際、飲み物や食べ物に関しては、アメリカは砂漠のような国だ。味があるかないかぐらいの違いしかなく、長く暮らしているうちに舌の繊細さは失われる。自分でもそれは自覚していた。

一休みして、昼前にホテルを出発した。神宮球場までは地下鉄が便利なはずだと思い出し、銀座線を使う。土曜日なのに乗客は多く——特に高校生らしき若者の姿が目立つ——外苑前《がいえんまえ》までの二駅の間、ずっと立ちっぱなしだった。普段ノースカロライナ州に暮らしていて、公共交通機関に乗ることなどまずないであろうリーは不快そうにしていたが、藤原は気にならない。マンハッタンでは、移動は必ず地下鉄なのだ。あの街で、地下鉄以上に信頼できるものはない。もっとも、日本の地下鉄に比べればまだまだだが。

外苑前駅で降りて地上に出ると、記憶がかすかに蘇る。神宮球場のあるこの街は藤原にも馴染みなのだが、さすがに街並みはだいぶ変わっている。最大の変化は、この先にある新国立競技場だろう。しかし神宮球場へ向かう道のりは昔のままだった。左手が都立青山高校、右手が秩父宮《ちちぶのみや》ラグビー場。そこを通り過ぎると、右手に神宮球場が見えてくる。途端に藤原は、胸が締めつけられるような感覚に襲われた。日本でもいろいろな球場で投げてきたが、ここは特に思い出深い……。

「日本の球場は、どこもこんな感じですか？」リーが不審げに訊ねる。

「こんな感じとは？」彼が言いたいことは何となく分かったが、直接言葉を引き出したくて、藤原は聞き返した。

「何というか……」リーが体の前で両手をこねくり回す。「古いというか、地味というか」

「実際、古いし、地味だ。ただ、東京で野球をやる人間にとって、ここは聖地なんだよ。大学野球はここが舞台だし、高校野球の地区予選の決勝も行われる。もちろん、プロチームの本拠地でもあるけど」

「プロチーム……はあ」リーは納得いかない様子だった。

彼の言い分も何となく分かる。アメリカだったら、トリプルAの球場でももっと立派で趣《おもむき》がある——少なくとも外観は。しかし日本の球場が勝っている部分もある。例えば食べ物。後でリーに、この球場名物の辛いカレーでも奢《おご》ってやろうかと思った。時差ボケも吹っ飛ぶだろう。

中に入ると、神宮球場に対するリーの評価は少しだけ上がったようだった。

「それなりに大きいんですね」

「収容人員は三万人を超えるぐらいかな」

二人はバックネット裏の高い位置に陣取って、球場全体を見回していた。今日は気温が上がりそうだが、この時間だと、半袖一枚では肌寒いぐらいだった。

「それに、ずいぶん綺麗な——バランスの取れた球場だ。都会の真ん中にあるのに」

「アメリカの球場がおかしいんだよ」藤原は苦笑した。郊外ならともかく、市の中心部にある古い球場には、変則的な造りが多い。レフトやライトが極端に狭かったり、外野フェンスのふくらみがほとんどなかったり——街に合わせて無理やり球場を押しこめるように造ることが多かったので、そうなったらしい。

それに比して神宮球場は左右均等、全体に綺麗にバランスが取れている。ここだけではなく、日本の球場はだいたいこういう感じだ。立地条件がいいというより、日本人の真面目さが表れているのかもしれない。規則があるなら、とにかくそこから一ミリもはみ出さないようにする。

グラウンドでは、芦田のチームがバッティング練習中だった。見逃したかもしれないと思ったが、しばらく待っていると、芦田が左打席に入った。二人は急いで低い位置まで階段を降りた。プロ野球と違って、試合前の練習まで観ようという人はほとんどいないから、バックネットにかぶりつきの状態になれる。

右投げ左打ち、長身でがっしりした体つき。藤原がまず気づいたのは、そのゆったりとした動きだった。慌てない。まるでゆっくり動くことで、どんなボールも自分の懐に呼びこめるとでもいうように……木製バットを使っているのは、練習だからか。

「なかなかいい――」

リーの言葉は強烈な打球音にかき消された。藤原も聞いたことがないような音――よく、鋭い打球音は銃声のようだと言われるが、もっとすごい。近くで小型の爆弾でも爆発したような感じだった。打球があっという間に小さくなり、ライトスタンド上段で弾む。緩いボールを打つバッティング練習であそこまで飛ばすのは、なかなか難しいのだが……。

「撮ってるか」

「大丈夫です」リーは三脚に固定したヴィデオカメラを軽く撫《な》でた。「しかし……彼は本物ですね。一球見ただけで分かりますよ」

「だろう？　俺が対戦した中では、バリー・ボンズより上かもしれない」

「まさか」

「バリー・ボンズからドーピングを抜いてみろよ。どのレベルで終わっていたと思う？」

「仮定の話はしたくないですね」

「だったら、目の前の現実を観ようぜ」

バッティング練習は圧巻だった。芦田は六本をスタンドに叩きこみ、その他の打球も全てヒット性。確実なコンタクト能力とパワーを兼ね備えた、稀有《けう》なバッターだ。バットコントロールの上手さは……藤原が対戦した中では、ロッキーズ時代のマット・ホリデイによく似ている。スタンドに飛びこんだ打球は、ライト二本、センター二本、レフト二本――狙って打ち分けたのでは、と藤原は想像した。いかにバッティング練習でも、そこまで器用なことはなかなかできないのだが。

「いやはや、とんでもない選手ですね。間違いなく観客を呼べる――今はガラガラですけど」

リーの指摘に、藤原は苦笑いした。試合が始まる直前になっても、スタンドが埋まっているのは内野の一塁側と三塁側だけ。しかもこれは両チームの関係者と応援団だ。純粋な大学野球ファンは、バックネット裏にほぼ集結している。外野席はガラガラだった。

「昔の日本では、大学野球が一番人気のスポーツだったらしいよ」

「いつ頃ですか?」

「六十年ぐらい前かな。その後はプロ野球の人気が高くなって、大学野球にはあまり客が入らなくなった」

「そうなんですか?」

「日本の野球にも、それなりに歴史があるんだよ」

「その中でアシダは……」

「突然変異かもしれないな」

芦田は試合でも、規格外の活躍を見せた。三番に入り、初回に回ってきた打席ではレフト線を抜くツーベースヒット。二打席目はライトフライに倒れたが、これはライトがフェンスに激突しながら辛うじてキャッチするファインプレーによるものだった。三打席目はファースト強襲ヒット。そして九回、四打席目に、待望のホームランが生まれた。

2点リードされ、ツーアウト走者なし。ゆっくりと打席に入り、顔の前で立てたバットを二、三秒凝視する。バットに「頼むぞ」と言うようなその動作が、彼のルーティーンらしい。

初球。内角の厳しいボールだったが、芦田は完璧に反応した。体を上手く回転させてボールを巻きこみ、ジャストミートする。またも爆発するような打球音を残し、打球はライナーでライトスタンドに突き刺さった。

淡々とダイヤモンドを回る芦田に、味方の応援団から大きな拍手と声援が送られる。

「やはり、とてつもないバッターですね」リーが呆れたように言った。

「日本まで来た甲斐《かい》があっただろう」言いながら、藤原も驚いていた。去年の甲子園よりも明らかに進歩している。アウトになった打席もあったが、四打席とも基本的にはジャストミートしていた。レベルが違い過ぎる。どうして高卒後すぐにプロ入りしなかったのか、と藤原は首を傾げた。あるいはアメリカに戻ってメジャーを目指してもよかったのに。日本のプロ野球を経ずにアメリカへ渡って成功したケースはほとんどないが、彼なら何とかできたのではないか。ずっとアメリカ育ちということは、日本人がメジャーに挑戦する時に一番の壁になる語学の問題もないだろうし。

コミュニケーションさえ取れれば何とかなるものだ。藤原自身、一番苦労したことである。もっと英語が話せればと、何度歯嚙みしたことか。

「一つ、問題がありますね。どうやって接触するかです」

「もう、手は打ってある」

「何をしたんですか?」

「ちょっとしたコネクションを使った。この連戦が終わったら、会えることになっている」

「問題はないんですか?」

「ない……はずだ」そう言われると自信が揺らぐ。芦田は、まず大学に保護されている。アメリカ代表入りしてくれと頼む時には、最初に大学に話を通すのが筋だろう。大学野球部の監督や部長には、大きな権限があるのだ。しかしそんなことに気を遣っていたら、時間が足りない。難問を持ち出された時、あれこれ理屈をつけて結論を先送りにするのが、日本社会の常識なのだ。

今回は、とにかく強行突破——別にルール違反をするわけではないのだ。やるしかない。引き受けた以上、ベストを目指す——それが、藤原が長い大リーグ生活で学んだ「プロ」の基本だった。

春のリーグ戦の最終戦は、日曜日に設定されている。芦田の大学は早々と優勝戦線から脱落したので、彼はこの二連戦を気楽に戦っただろう。打席では終始リラックスしている感じで、それがバッティングにもいい影響を与えたようだった。ホームランこそ第一試合の一本だけだったが、ヒットを打ちまくり、春季の通算打率を五割二分七厘にまで上げて首位打者のタイトルを獲得した。シーズン最多安打の記録にあと一本と迫る成績だった。このまま四年間を大学で過ごせば、打撃各部門の通算成績を全て塗り替えるだろう。

試合後には取材や打ち上げがあるので、芦田が解放されたのは午後八時近くになってからだった。この後、一緒に食事しながら話すことになっている。藤原からすれば、今回のお膳立てをしてくれた「仲介者」にも同席して欲しかったのだが、彼は彼で仕事がある。いろいろと忙しい男なのだ。

「緊張しないでいこう」先に約束の店——アメリカに本店のあるステーキハウス——に到着して席に着いた瞬間、藤原はリーに忠告した。

「そちらこそ」

「俺は緊張していないよ」

緊張していた。しかしそれは、芦田も同じだろうと考える。今日の用件は聞いているはずで、当然平常心ではいられないはずだ。彼にとっては、人生の大きな岐路になる。

芦田は約束の時間ちょうどに店に現れた。濃紺のブレザーにグレーのズボン、スクールカラーの赤いネクタイもきちんと締めている。これが野球部員としての「正装」なのだろう。

ぎこちない挨拶から始まる。芦田は藤原を元大リーガーと認識してくれてはいたが、彼の年齢では、現役で投げているところは観ていないだろう。

「常盤《ときわ》は元気かな」藤原はまず、仲介者である常盤哲也《てつや》の名前を持ち出した。藤原の「元相棒」、芦田にとっては「元監督」である。

常盤の存在——彼こそ、藤原にとって最大の「ツキ」だった。

かつて、藤原と同じように日本のプロ野球を経ずにフリーバーズ入りし、キャッチャーを務めていた常盤は、しかし大リーグでは長続きしなかった。パンチ力ある打撃は評価されていたのだが、とにかく怪我が多く、二十五歳で現役引退を余儀なくされた。彼の偉いところは、帰国して大学に入り、教員免許を取得したことである。卒業後は神奈川県で教職につき、野球部の監督をしていたのだが――そのチームにたまたま入ってきたのが芦田だったのである。常盤は、芦田の長所を最大限伸ばす指導を行い、その結果、芦田は大きく飛躍して、チームも激戦区の神奈川で強豪に育ち、四季連続で甲子園に出場した。

野球において、「元監督」の存在は大きい。ずっと頭が上がらないと言っていいだろう。その常盤から「会ってやってくれないか」と言われたら、断ることはできない。

藤原は、食事が本格的に始まる前に用件を切り出すことにした。場を温めて、リラックスさせて――そんな余裕はない。アメリカ代表チームは――藤原は本当に切羽詰まっているのだ。

「率直に言おう。君に、東京オリンピックの野球アメリカ代表チームに入ってもらいたい」

「その話は常盤監督から聞きましたが……」芦田が言葉を濁す。

「メリット、デメリット、いろいろあると思う。しかし、俺には君が必要なんだ。アメリカを――君が生まれた国をオリンピックで優勝させるためには、君の力がどうしても必要なんだ。力を貸してくれないか？」

「お話はありがたいですが……」芦田がすっと顔を上げる。堂々とした体格だが、顔にはまだ幼さが残っている。そして、明らかに戸惑っていた。

「とにかくまず、聞いてもらえないか？　判断するなら、それから頼む」門前払いするつもりだろうかと藤原は心配になった。そうしたら、この後の食事はひどく気まずいものになるだろう。

「それはもちろんですけど……」芦田の言葉は歯切れが悪い。

しかし藤原は気を取り直した。まだ始まったばかり――終わるまで終わらないのが野球というものではないか。ヨギ・ベラのこの名言は真実だと藤原は常々思っている。

3

参ったな……常盤監督からざっくり話は聞いていたものの、実際に藤原から説明を受けて、芦田の迷いは大きくなった。

その原因は、自分で自分に許した「猶予」のせいだと分かっている。

芦田は、物心ついた頃からずっと、どこか落ち着かない感覚を抱いていた。どこにも居場所がない感じ――それが日本に来て、ようやく本腰を入れて野球ができるようになった。日本の高校野球には、古い体育会系の体質が残っていると聞いていたのだが、実際に入ってみると誤解だと分かった。先輩が変に威張ることもなかったし、練習漬けの生活にもすぐ慣れた。こういう心地好い環境を手放したくない。高校卒業後は帰国せず、日本の大学で四年間プレーしながら将来を考えよう。その一歩を踏み出した矢先の、アメリカ代表への誘いである。

これを受けたら、自分の人生は大きく変わってしまうだろう。

一度アメリカ代表でプレーしたら、今後日本代表入りすることは難しくなるはずだ。日本の球界は、自分にそっぽを向くかもしれない。大リーグは……門戸は広いだろうが、自分がそこで通用するかどうか、まだ自信はなかった。

どうすればいい？　大問題だ。

美味いステーキを食べた帰り道なのに、満足感は皆無……どちらに転んでも、厄介なことになりそうだ。誰かに相談しなければ。

大学の野球部の寮は、民間のマンションを一棟借り上げたもので、練習グラウンドのすぐ隣にある。夜でも、マンションの前の駐車場で素振りなどの練習をしている選手がいるのだが、今日は無人だった。試合後には春のリーグ戦の打ち上げが行われ、その後ほとんどの選手は、OBらに連れられて都心に呑みに行ったのだろう。初めて打ち上げに出席した芦田は、途中でそっと抜け出し、藤原と面会したのだった。

寮にはほとんど人がいなかった。同室の、二年先輩の有川《ありかわ》も不在。酒を呑み出すとキリがない人で、今日もどこかでグダグダと呑んでいるのだろう。リーグ戦で三位に終わり、本当は酒を呑んでいる場合ではないのだが。

いつの間にか芦田には、日本的な考えが染みこんでしまった。これがアメリカだったら、分析と反省を終えたら、さっさと「過去」にしてしまう。しかし日本なら——日本人だったら、反省を生かしてすぐに練習を再開すべきではないか？　この大学の練習は、芦田の感覚では「ぬるい」。高校時代の方が練習量もはるかに多かった。

不思議なものだ。自分はいつの間に、「練習第一」になってしまったのだろう。それこそ、怪我するぎりぎりまで練習することも珍しくない。

これは、高校時代の監督、常盤の教えにも反している。彼のモットーは「健康第一」。監督室の壁にも、そう書かれた達筆の書がかかっているほどだった。そう、彼が一番嫌うのは怪我なのだ。人間の体には限界がある。それを超えて練習や試合に臨んではいけない。基本的には穏やかかつ明るい人だったが、ベストコンディションを保てない選手は容赦なくレギュラーから外した。メジャー時代、何度も怪我に泣かされた経験からだというのだが……芦田も二度だけ、激怒された。いずれも怪我で戦列を離れた時——「上手い選手は怪我しない。お前は下手くそだ」と顔を真っ赤にして説教されたのだ。

実際、サードの守備では少し危ないところがあるのは自覚している。つい夢中になり、フェンスやダグアウトの存在を忘れてしまうのだ。

珍しく一人きりの寮の自室。部屋の真ん中に座りこみ、テレビのリモコンを手に取る。

ぼんやりと画面を眺めながらチャンネルを変えてみたが、観たい番組は見つからない。テレビにはずいぶんお世話になったものだが……両親の都合で来日してから、日本語を勉強したり、日本の習慣を学ぶのに、テレビは最高の先生役だった。

ガラステーブルの上には、今日の試合の様子を撮影したＤＶＤが載っている。マネージャーたちの仕事の速さには驚くばかりだ。試合の様子はきっちり撮影・編集され、その日のうちに、出場した選手の手元に届けられる。

試合後に自分の打席をじっくり観て分析するのは、芦田の日課だった。映像だと、打席では気づかなかったことが分かる。この分析はしばしば深夜に及び、同室の有川には散々迷惑をかけていた。有川自身はレギュラーには名前を連ねておらず、今年はまだ公式戦にも出場していない。ただ、彼のアドバイスはいつも的確だった。選手としてより、コーチで成功するタイプかもしれない。

落ち着かないまま、着替えてバットを持ち、外へ出た。行き先は寮に隣接した屋内練習場。ここには五人が並んで投げられるブルペンと、最新のピッチングマシンが用意されたバッティングケージがある。一人でマシンは使えないので素振りでもしようと思っていたのだが、運のいいことに、寮を出たところで同じ一年生の大屋《おおや》に出くわした。シラフ――当たり前か。彼も自分もまだ未成年である。先輩と一緒ではなく、一人でゆっくり食事でもしてきたのだろう。芦田を見ると、ぎょっとした表情を浮かべた。

「どうした？」

「ちょうどよかった、つき合ってくれよ」

「まさか、今から練習か？」大屋が大袈裟《おおげさ》な仕草で左腕を持ち上げ、腕時計を見た。

「落ち着かなくてさ」

「今日ぐらい休めよ。お前、練習し過ぎだ」大屋が唇を尖《とが》らせる。

「お前らがやらな過ぎるんだよ」

「しょうがねえな」不満そうではあったが、大屋は結局つき合ってくれた。

無人の屋内練習場は、冷房も入っていないのにひんやりして、どこか不気味な雰囲気がある。妙に明るい照明の下で二人きり。大屋がピッチングマシンの準備をする間に、芦田は素振りを繰り返して体を解した。

「いいか？」ピッチングマシンの後ろで、大屋がボールを掲げて見せる。

「ＯＫ」

アメリカでは、バッティング練習というと、コーチが投げるボールを打ち返すものだったが、日本では、高校でも高性能なピッチングマシンが導入されているところもある。人の投げるボールとは違うものの、かなりの高速、あるいは強烈な変化球も打てるのはありがたい。

このピッチングマシンは、バネの力やホイールの回転を使うものではなく、空気圧でボールを押し出すものだ。理論上は、三〇〇キロまでの速球も可能で「空気銃」という感じである。見た目は「大砲」で、発射口からボールが飛び出してくる。その際、「ポン」とどこか間抜けな音がするのが最初はおかしかったが、いつの間にか慣れていた。

「最初、一四〇からな」

「了解」

芦田にとって一四〇キロの直球は、止まっているようなものだ。発射口から飛び出すボールもはっきり見える。ボールの真ん中を打ち抜く感覚——芦田は、自分の打球の音が人と違うことに、いつの間にか気づいていた。普通、ジャストミートすると甲高い金属音が響く。しかし芦田が打つと、爆発したような派手な音になるのだ。大学へ入ったばかりの頃、打球速度を測ってもらったのだが、マックスで一八〇キロを超えていた。「大リーガー並みだ」と驚かれたのだが、そういう実感はない。

アンダースローのピッチャーを除き、基本的にはどんな投球でも、軌道は上から下へ向かう。そしてボールの中心から六ミリ下側を打てば、飛距離は最も伸びる。そのためにはアッパースウィングが効果的——ということは理論でも証明されている。実際ゴロを打つよりもフライを打つ方がヒットになる確率が高いことはデータで明らかになっており、大リーグではアッパースウィングがもてはやされている。

しかし芦田は、特にホームランを狙ってはいない。野手がいないところへ打てばいいという考えだから、確実にミートすることだけを考えていた。もちろん、一四〇キロを超える速球や鋭い変化球を、狙ったところへ自在に打ち返せるものではないが、常にそうしようという意識で打席に立っていた。ホームランはあくまでヒットの延長。だから飛距離に関係する打球速度にはあまり興味がない。

バットコントロールしやすいレベルスウィングをひたすら心がけていた。線ではなく点で捉える感じだろうか……自分が人より優れている自信があるのは「目」だ。「目」と「手」の連動と言うべきか。ボールを見極め、バットを正確に振るための一連の動作。

大屋は五球ごとにスピードを上げ、最後は一六〇キロまで上げた。その後は変化球。トータル五十球打ったところで、芦田はストップをかけた。

「もういいのか?」

「十分だよ」

二人でボールを拾い集める。五十球ちょうどでやめたのは、ボールを集める時に数えやすいからだ。いろいろな意味で「ゆるい」大学の野球部だが、用具の管理に関しては非常にうるさい。ボールが一つなくなっただけで、マネージャーから厳しく説教されるのだ。もっとも、狭い屋内練習場でバッティング練習をしていて、ボールがなくなることは滅多にないのだが。

ボールを集め終えると、屋内練習場の片隅にある冷蔵庫を開け、スポーツドリンクを二本取り出す。一本を大屋に渡し、自分は一気に半分ほどを飲んだ。

「どうした」ちびちびとドリンクを飲みながら、大屋が疑わしげに訊ねる。

「何が」

「今までは、こんな時間にここで練習はしてなかったじゃないか。何で今日はわざわざ？」

「ああ……」問われると、自分でも説明しにくい。説明しにくいことこそが理由なのだと気づいた。「何だかもやもやしてるんだ」

「もやもやする理由なんかないだろう。今日だって打ちまくってたんだから」

「そうなんだけど……試合の後にさ」一度打ち明けると、もう自分の胸の中にだけしまっておくわけにはいかなくなった。「実は今日、変な話があったんだ」

「試合中に？」

「いや、試合の後に」

「そう言えばお前、打ち上げの途中で消えてたな」

「人と会う約束があったんだ」

「それで？」

芦田は事情を明かした。話すうちに、大屋の顔に困惑の表情が広がる。

「藤原さんは知ってるけど……変な人じゃないか？」

「別に変ではなかったよ」

「そうかなあ。日本のプロ野球を経験しないで、いきなり大リーグデビューした人だぜ? 相当変わってるはずだ。お前、アメリカにいたんだから、よく知ってるんじゃないか」

「藤原さんが投げてた頃は、俺はまだ子どもだった。まだ本気で野球を観てなかった」

「アメリカへ行った日本人選手って、マスコミが散々書き立てるものだけど、藤原さんに関しては、あまり読んだことがないな。まあ、フリーバーズもいろいろあったチームだし……」

フリーバーズは、元々日本のIT企業が設立し、エクスパンションで大リーグに新規参入したチームである。ところが一年目のシーズンが終わったところでオーナーが脱税で逮捕され、その後、所有者は何度も代わることになった。現在のオーナーは投資家グループ。当初は日本人選手を積極的に入団させ、その方針が批判を浴びていたそうだ——しかしそれも、二十年も前の話である。今はすっかり、普通のチームと言っていいだろう。ナ・リーグ東地区の下位が定位置で、観客動員数も低迷しているようだ。マンハッタンに球場があるのは、なかなか魅力的だと思うが。

「だけど、マジなのか?」

「ああ」

「そもそも、藤原さんがアメリカ代表チームの監督になった話なんか聞いてないけど……」

ぶつぶつ言いながら、大屋がスマートフォンを取り出した。何か検索していたが、すぐに顔を上げる。

「何も出てないぜ。日本人がアメリカ代表チームの監督になれば、さすがにニュースになると思うけど」

「まだ正式に発表されてないらしいんだ」

「そういうことか。しかし、お前に目をつけるとはね……そうか、お前はまだ二重国籍なんだよな」

「ああ」

「マジで言うけど、やめておけよ」大屋が真剣な顔つきで忠告した。「よく分からないけど、アメリカ代表に入ったら、その後で厄介なことになるんじゃないか？　お前、これからどうするつもりなんだよ。プロ野球でもメジャーでも選び放題だろう」

「そんなの、まだ決めてないよ」

「メジャー志向じゃないのか？」

「今の百倍ぐらい頑張らないと、メジャーでは通用しない」

「馬鹿言うな。お前は自分に厳し過ぎるんだよ。とにかく、ここでアメリカ代表に入ったら、メジャー行き確定じゃないか？」

「よく分からない」芦田は首を横に振った。

「やっぱりやめておいた方がいいと思うけどなあ」

「どうして」芦田は顔を上げた。

「面倒なことになる上に、叩かれるぞ」

「叩かれる？」

「分からないか？　お前は複雑な立場の人間だろう？」大屋が困ったように顔を歪める。

「日本人からしたら、日本を裏切ってアメリカ代表入りしたみたいに思えるんじゃないか」

「裏切りって……たかが野球じゃないか」

「たかがじゃねえよ。それに命を懸けてる人だってたくさんいるんだぜ。お前もそれは分かっただろう？　俺らにとっては当たり前だけど、お前も甲子園に何回も出て、あの異様な雰囲気を味わったよな？　野球のことになると、見境がつかなくなる人もいるんだよ」

「まさか」

「いや、本当に」大屋がうなずく。「よく考えた方がいいぜ。この話は断って、大人しくしてる方がいいと思うけどな。代表入りしたら、大学だって休まなくちゃいけないだろう。秋のリーグ戦にも影響が出るんじゃないか？」

「それはないと思うよ。アメリカ代表の全体合宿や練習試合、それにオリンピック本番は、大学の夏休みとかなり被っているから。こっちの合宿には参加できそうにないけど」

「ああ、そうか」大屋がまたうなずく。「でも俺は……やっぱりやめておいた方がいいと思うよ」としつこく繰り返す。

「俺は別に平気だって」

「俺が平気じゃないんだよ」大屋が親指で自分の胸を指差した。「お前が打って、アメリカが日本に勝ったら、気分が悪いだろうが。何でわざわざ向こうに手を貸すのかって、絶対にむかつくぜ」


最終戦の翌日は、練習は休み。芦田はマネージャーに監督の予定を確認した。リーグ戦が終わった翌日は、必ず一日中監督室に籠ってデータを分析している——確かにその通りだったが、足を踏み入れた瞬間、芦田は空気が重いのに気づいた。とはいえ、入ってしまったからには何も言わないわけにはいかない。芦田は早口で、藤原の勧誘を説明した。

「それは……よく考えたのか？」

「考えましたが、まだ結論は出していません」

「ということは、アメリカ代表入りも選択肢にあるわけか」

監督の新川《しんかわ》が腕組みをした。渋い表情……立ったままの芦田は、汗が背筋を伝うのを感じた。新川は今年四十五歳。監督になって五年目、この大学の野球部に革命を起こしたと言われている。五年前は、上下関係が厳しく下級生は下僕扱い——寮では奴隷扱いだったのを、まず全面的に変えさせたという。それがきっかけになって、チームの成績もずっと安定している。選手ともよく話すし、練習や試合を離れれば常に笑顔だ。しかし今日は、最初から不機嫌だった。

「まあ、座れ」

新川が椅子を勧めてくれた。芦田は近くにあった折り畳み椅子を持ってきて、浅く腰を下ろした。意識して背筋をピンと伸ばす。

「藤原さんか……伝説の人だな」

「僕はほとんど知らないんですが」

「お前の年齢だとそうだろうな。確か今は、フリーバーズの巡回コーチをしていたと思うが、代表監督に就任するっていうのは本当なのか?」

「はい。USAベースボールの人も同席していました」

「そうか……あまり好ましい話じゃないな」新川が煙草《たばこ》に火を点《つ》けた。この監督は今時珍しいヘビースモーカーで、特に機嫌が悪い時には立て続けに煙草を吸う。「お前は今、この大学の所属なんだ。そういう話をするにしても、まず俺を通すのが筋だと思う。勝手に一本釣りに引っかかったら困るんだよ」

「すみません」日本のこういう感覚にはもう慣れた。個人ではなく組織優先——自分の意思とは関係なく、まずは組織の許可を取らないと動けない。藤原は、そういう日本的なやり方を忘れてしまったのだろうか。あるいは敢えて無視したのか。

「いや、お前が謝ることじゃないが……しかし、よく接触できたな。図々《ずうずう》しいというべきか」

「高校の監督が常盤さんで——」

「ああ、そういうことか」新川が大きくうなずく。「あの二人はフリーバーズでバッテリーを組んでたからな。藤原さんはそのコネクションを使ったわけだ」

「そういうことだと思います」

「常盤監督に言われたら、お前だって従わざるを得ないよな。藤原さんも上手い作戦を思いついたもんだ」

「はあ……そうですね」

新川が煙草を灰皿に置いた。目は細く、さらに機嫌が悪くなったようだ。

「これはあくまで、お前個人の問題だ。だからと言って、俺に話を通さないのはまずい」

「それは分かります」

「正直に言おうか」

「はい」

「断った方がいい」新川が煙草を取り上げ、せわしなく吸った。「アメリカ代表入りして、お前にメリットがあるとは思えない」

「そう……でしょうか」

「俺はお前を一流の――超一流の選手に育てるつもりでいる。卒業したら、そのまま大リーグでも通用するレベルに、だ。そのための計画もきちんと立てている。これから秋のリーグ戦までの間にも、きっちり練習の計画ができているんだ。それを飛ばされると、この先のスケジュールが狂ってしまう。それに、国際大会の野球がどれだけ大変かは分かるな?」

「想像しかできませんが」

「あのプレッシャーは大変なものだ。それにルールもボールも細かく違う。バッターはそれほど気を遣うことはないかもしれないが、とにかく精神的に疲れるんだ」

「オリンピックは日本で開催されるんだから、環境はいつもと同じだと思います。場所が神宮か横浜スタジアムかの違いぐらいでしょう」芦田は思わず反論した。

「お前、行きたいのか？」

「……決めかねているということは、その気はあるわけだ」新川が渋い口調で言った。

「決めかねています」

「ないと言ったら嘘になります」

「そうか。まあ、正直に言ってくれたのは助かるよ」新川が硬い笑みを浮かべた。「ただ、これだけは覚えておいてくれ。俺はあくまで賛成できない。いつまでに返事しないといけないんだ？」

「猶予は一週間、と言われました」

「そうか――あまり時間はないな。断るにしても、礼を尽くすんだぞ」

この人は、俺が断る前提で話を進めている。芦田はかすかな失望を抱えて監督室を出た。背中を押してくれる人は誰もいないのか……これでは判断しようがない。

練習が再開されたが、芦田は急に自分が自分でなくなったように感じていた。バッティング練習では打ち損じが多くなり、三塁の守備練習ではボールをポロポロこぼしてしまう。監督からは容赦無く叱責が飛んだ。

練習が終わると、大屋がすっと近づいて来て、「お前、メンタルが弱いなあ」とからかうように言った。

「例のこと、気にしてるんだろう」

「当たり前じゃないか」芦田は口を尖らせた。「ぶれぶれだよ」

「監督と話したんだってな……反対されただろう？」

「ああ」

「当然だよ。でも、監督は親心で言ってるんだぜ。怪我でもされたら困るんだから」

「分かってるけど……」

「アメリカ代表でオリンピックに出たい気持ちも分かるけどさ、オリンピックに出たいなら、次のチャンスもあるじゃないか。卒業したらプロ野球入りして、そこで日本代表に選ばれればいいんだよ」

「そういう可能性もあるかもしれないけどな」

「何だよ、はっきりしないな」大屋が芦田の背中を平手で叩いた。「お前、試合以外では駄目な奴なのか？」


一週間などあっという間だ。芦田は結論が出せぬまま、毎日悶々と悩み続けた。その最中、「藤原がオリンピックのアメリカ代表監督就任」のニュースが流れた。慌てて記事を読んだが、自分の名前は出ていない。しかし芦田は、さらに心がざわつくのを感じた。監督就任が公表された後、ネット上で、藤原を揶揄《やゆ》したり非難したりする声が噴出したのである。
「何で日本人がアメリカ代表の監督をやるの？」「裏切り者？」「金で転んだんだろう」
そういう感情的な意見は無視していいだろう。しかし、それなりに分析を試みている
意見もあり、そういうのを見ると心が揺れ動いてしまう。
「藤原はとっくに日本を捨てている。単純にビジネスとして引き受けたんだろう」「ア
メリカは、オリンピックの野球を軽視している。メジャーの選手は出てこないし、取り
敢えず日本のことを知っている藤原に監督を押しつけただけではないか？　要するに東
京オリンピックだからこういうことになっただけ」「勝つ気はないだろう。ただの話題
作りだ」
どれも、それなりにうなずける説だ。実際には、そんなに単純なものではないだろう
が……藤原に電話をかけてみようか、とも思った。否定的な意見が目立つことを、監督
自身はどう思っているのだろう。自分が代表入りを承諾すれば、同じように叩かれるの
ではないか。それに対して、何かフォローはしてくれるのか。
それも心配だが、最大の問題は自分に自信が持てないことだ。
大学レベルではできる。今すぐプロ野球の世界に飛びこんでも、一年か二年でアジャ
ストできるだろう。
では、メジャーはどうだ。

基礎的な力があることは分かっている。ただし今の自分は、日本の野球に最適化しているわけで、アメリカの野球に慣れるには、かなり時間がかかるはずだ。

しかし……オリンピックのアメリカ代表は、基本的にトリプルAの選手で組織される。それなら、今の自分の実力でもやれるのではないだろうか。日本のプロ野球がトリプルAレベル、というのは昔から言われているし。いや、実際には存在しないAAAAレベル——トリプルAとメジャーの中間のどこか。藤原のように活躍し、メジャーに爪痕を残した日本人選手もいるが、それは極端な「上澄み」部分だろう。

やれるかやれないか。揺れ動いている。

同時に、自分のアイデンティティの不確かさを改めて感じていた。二重国籍——これは法律の問題だからどうしようもない。しかし、自分はアメリカ人なのか日本人なのかという問題については、まったく結論が出せなかった。アメリカで生まれ育ち、生活習慣も未だにアメリカ流の方が馴染みがある。しかし自分の中に流れるのは、明らかに日本人の血だ。見た目も完全に日本人。日本という国も嫌いではない。生まれ育ったアメリカよりも好きな面もあるし、何より暮らしやすい。

しかし、「どちらなのか」と選択を迫られると、「分からない」と首を横に振るしかない。二十二歳に達するまでに国籍を選択することになるのだが、それについてもまだ結論を出せていなかった。

この代表入りの問題は、自分の将来にも影響してくるだろう。アメリカ代表を選べばアメリカ国籍に、断れば日本国籍に、という方向に動くかもしれない。

悩んだ末、芦田は一人のアスリートに連絡を取った。

高校で二年先輩だったサッカー選手、アラバ翔太《しょうた》。ナイジェリア人を父に、日本人を母に持ち、高校三年生の時には全国高校サッカー選手権大会でチームを準優勝に導いた。スピードとタフさを併せ持ち、しかも長身という武器がある攻撃的ミッドフィルダーで、海外のクラブからも注目されていたのだが、卒業後は川崎フロンターレに入団し、今回、オリンピック代表メンバーにも選ばれた。

彼も自分と同じような立場の選手だが、ナイジェリア代表を狙わず――そういう話もあったと聞いている――すんなりU－19の日本代表入りしていた。さらにオリンピック代表へ……彼なら、何か方向性を示してくれるかもしれない。高校時代から、同じような立場ということで、何度も言葉を交わしたこともあったのだ。

アラバはすぐに、面会を承諾してくれた。昨日ホームゲームを終えたばかりで、たまたま今日はオフだという。待ち合わせ場所に指定された東急新丸子《しんまるこ》駅の西口を出るとすぐ、けたたましくクラクションを鳴らされた。驚いて振り向くと、レクサスのSUVが停まっている。助手席の窓が下がって、アラバが顔を突き出したので、芦田は慌てて駆け寄った。

「乗れよ。この辺でうろうろしてると目立つぞ」

言われるまま、芦田は助手席に身を滑りこませた。かなり大きな車なのだが、一九〇センチの自分と一八八センチのアラバが乗っていると、空間に余裕はない。

車を出すと、アラバが「またでかくなったんじゃないか」と聞いてきた。見た目には、ナイジェリア人の血が濃いアラバだが、日本語の発音は完璧である。実際彼は、生まれてから一度もナイジェリアに行ったことがない。生まれ育った環境から言えば、純日本人だ。

「身長は変わりませんよ」

「じゃあ、俺が縮んだかな」

「まさか」

「いや、ヘディングのやり過ぎで」

「翔太さんは、ヘディング要員ですからね」

「これで金を稼いでるからな」アラバが自分の頭を叩いて軽く笑った。セットプレーなどでの空中戦の強さは、相手チームにとって脅威だ。「今日は焼肉にしようぜ。飯を食いながら話そう」

「すみません、お忙しいところ」

「まったく、貴重なオフが潰れたよ」

「予定でもあったんですか？」

「ないから困ってるんだよ。オフにお前とデートなんて最悪だ」

アラバは五分ほど車を走らせ、府中街道沿いにある焼肉屋の駐車場に入った。いわゆる大衆的な焼肉屋ではなく、かなりの高級店らしい。

「フロンターレ御用達《ごようたし》の店ですか？」

「ああ。近いし、個室があるから便利なんだ。今日は内密の話なんだろう？」

「ええ」

店に入ると、アラバは店員の大歓迎を受けた。やはり常連、しかもかなりの上客なのだろう。個室は四人が入ると一杯になる狭い部屋だったが、二人で話すにはちょうどいい。アラバは肉と飲み物を一気に頼み、全て出揃うまでは馬鹿話を続けた。だいたい、高校の先生たちの悪口――アラバは勉強が苦手で、そちらではかなり苦労したようだ。

笑っているうちに肉が揃い、焼きながら話に入った。いつの間にかすらすら説明できるようになっていて、自分でも驚く。それだけ何度も自問自答してきたわけか……。

「なるほどねえ」アラバが腕を組む。

「翔太さん、同じような立場じゃないですか。俺とは逆かもしれないけど」

「俺は全然迷わなかったけどね。日本代表、最高じゃないか。いや、まだオリンピック代表だけど」

サッカーの場合、オリンピックの代表は原則二十三歳以下だ。そこに入れたからといって、その後フル代表に選ばれる保証はない。

「ナイジェリアに対する思いはないんですか？」

「ないよ。行ったこともないんだ。それに親父だって、今は完全に日本のオッサンになってるからな。浴衣を着て、近所の盆踊りに行くぐらいなんだぜ。すげえアフロだから、目立つこと目立つこと」

「マジですか」

「ナイジェリア料理の店をやってたのに、いつの間にか焼き鳥なんか出すようになってるし。だから俺は、ナイジェリアがもう一つの故郷なんていう意識はまったくない。国を背負って立つなら日本だ」

「そうですか……」

「だから、お前にとってはあまり参考にならないと思うけど……俺は、この話は断るべきだと思うな」

芦田はすっと顔をあげた。アラバは極めて真面目な表情を浮かべている。

「最近は、わざわざ国籍を変えてまでオリンピックに出ようとする人もいるだろう？世界的にはそういうのも珍しくないけど、日本人って、国籍がどうとか、下らないことですぐに騒ぐじゃないか。そんなことでバズったら、後が面倒だぜ」

「そうですかねえ」

「とにかく、あれこれ言われると厄介だろうな。それにお前自身、将来は日本とアメリカ、どっちで野球をやるか、決めてないんだろう？」

「そうなんですよ。それが一番重要な問題なんですけど」

「それは俺も同じようなもんだよ。オリンピックで名前を上げて、海外のビッグクラブに誘われるのが目標だから。だけど、代表は常に日本だ。だから、お前の参考にはならないよ――悪いけど」

「いえ」

「お前が置かれた立場は、俺には理解しにくいんだ。俺とは逆……見た目はともかく、俺は自分のことを完全に日本人だと思ってるからさ」

「そうですよね……」

「野球は、東京の次のオリンピックでやるかどうかも分からないだろう？　だからこれが最後のチャンスになる可能性もある……そもそもオリンピックは、野球にとって最高の舞台じゃないよな。やっぱり、大リーグだろう？」

「そうですね。だから、アメリカ代表入りするのは、メジャーの人に注目してもらうためでもあるわけで――」

「でもお前は、日本の大学で四年間野球をやる。ここでアメリカ代表入りしたら、逆に足かせになるんじゃないかな。何も悪いことはしていなくても、とにかく批判したくてしょうがない人もいるんだからさ。俺は、今回は見送った方がいいと思うよ。大学でじっくり野球をやって、その間に自分の将来をきちんと考える方がいいんじゃないかな」

「そうするしかないですかね……」慎重に腰を引いたアラバの態度に、芦田は少しだけ幻滅していた。彼は超攻撃的ミッドフィルダーとして評価されているのに——いや、それは試合中だけの話か。

「お前は、差別されたことはないだろう」アラバがいきなり微妙な話を突っこんできた。

「アメリカだったら……日本人だって別に目立たないだろう？　目立たなければ、別に虐《いじ》められることもないよな」

「まあ、そうですね……そうでした」

「俺は、ガキの頃からいろいろ大変だったんだよ。何しろ見た目がこれだろう？　母ちゃんの方の遺伝子がもっと強ければって、何回思ったことか」アラバが突然笑った。彼にすれば定番のジョークなのだろう。しかしすぐに表情を引き締める。「ガキの頃っていうのは、見た目が違うだけでろくなことにならないよな。後で分かったけど、俺は他の子から怖がられてたんだ」

「そんなこと、ないでしょう」

「いや、マジで」アラバが冷たい烏龍茶をぐっと飲んだ。「自分と見た目が違う存在は、やっぱり怖いんだと思うよ。俺も正直、周りの子が怖かった。でも、それで引きこもっても何にもならないからな。嫌がられたけど、とにかくサッカーの仲間に入れてもらって……子どもながらに、サッカーが上手ければヒーローになれるって気づいた。それでいろいろあって、今や日の丸を背負うところまできた、と」

「すごいですよね」

「お前だってすごいじゃねえかよ。Ｊのチームでも高校野球は話題になるし。去年の夏は、俺は散々『芦田を育てたのは俺だ』って威張れたからな」

「野球とサッカーじゃ、全然違うじゃないですか。部同士も仲が悪かったでしょう」芦田は思わず苦笑した。

「そこは別にいいんだよ。今のチームメートに見られてたわけじゃないし」アラバが声を上げて笑う。「ま、とにかく、この件は断っておいた方が無難だな。アメリカ代表になったら、その後の選択肢が少なくなるだろう。俺の考えでは、お前は六大学の記録を全て塗り替えてプロ野球に入って、タイトルを総なめした後で堂々と大リーグに挑戦すべきだな。その方が大きな金が動くし、関係者全員が大喜びだよ」

「金のことなんて、考えたこともないですよ」

「少しは考えておかないと、いいように騙されるぞ。でかい金が動く世界なんだから」

「気をつけます」

結局結論は出ないまま……むしろ、首に縄をかけられ、後ろから引っ張られたような感じである。

それが少しだけ悔しい。悔しいというか、残念だ。様々な経験を積んできたアラバなら、自分の背中を押してくれると思っていたのに。

——自分は前に進みたいのか？　アメリカ代表として、オリンピックで金メダルを獲りにいきたいのか？

もやもやした気持ちを抱えたまま、芦田は生まれ故郷であるサンディエゴに戻っている父親と電話で話した。野球の手解《てほど》きをしてくれた恩人でもある……母親も応援してはくれたが、熱心だったのは父親の方だ。元々日本生まれ日本育ちで、本人はプレーしていなかったものの、子どもの頃から野球が大好きだったのだ。就職先にアメリカのＩＴ企業を選んだのも、本場の大リーグを思う存分観られるからだと聞いたことがある。そして日本転勤を受けたのは、芦田を日本の高校に入れたかったからだ、とはっきり言っていた。高校レベルだとアメリカよりも日本の方が上だから、そこで経験を積んだ方がいい、と。そういえば、芦田が子どもの頃から、動画共有サイトで高校野球の試合をよく観ていた。芦田が甲子園に出場した時には、試合の度に休みを取って観に来ていたぐらいである。

父親としては、その後はアメリカの大学に入って欲しいと思っていたようだが、芦田は日本の大学を選んだ。日本でプレーする方が性に合っていると感じたから……そして今、解決が難しい問題に巻きこまれつつある。

「それは、俺には答えられない質問だな」父親はあっさり言った。「正直、お前はどうしたいんだ？」

「自分でも分からないから困ってるんだ」

「アメリカ代表で出ようが、日本代表で出ようが、国を代表することに変わりはない。今は二重国籍だから、どっちで代表になってもいいんだし。しかし今回は、東京オリンピックだ。日本代表の方が注目されるだろうな」

「日本代表は、全員プロで固めてるんだ。僕が入りこむ隙間はないよ」

「しかしアメリカは、オリンピックの野球にはそれほど力を入れていない。注目されないチームで頑張ってもしょうがないだろう」

どうやら父親も反対のようだ。まったく、アメリカ代表入りをプッシュしてくれる人は誰もいないのか……。

「ミスタ・フジワラが監督になったことに関して、そっちで何か反応は？」

「特にないな」

「ないって……日本人がアメリカ代表の監督だよ？　反発する人がいてもおかしくな

い」日本では、裏切り者扱いである。

「ミスタ・フジワラはメジャーで投げてたし、グリーンカードも取得している。日本人がアメリカ代表の指揮を執る、という感じでもないんじゃないかな」

「そうかな……」

「お前、あれこれ気にし過ぎじゃないのか？　俺は偉そうなことは言えないけど、自然に、やりたいようにやってみればいいじゃないか」

「どうやりたいか、自分でも分かっていないから困るんだ」

「まったく……俺は、そんな決断力のない子に育てた覚えはないぞ」

「こんな大事な問題、そう簡単には決められないよ」

「まあ」電話の向こうで父親が咳払いした。「どういう決断をしても、俺はそれを尊重するよ。どんな状況でも、俺とママはお前の味方だから。それを忘れるな」

芦田は、最後——一番いいアドバイスをくれそうな人物を訪ねることにした。いや、彼だけがきちんと納得できる答えをくれるのではないかと期待していた。

この件に自分を引っ張りこんだ張本人の一人、常盤。

土曜日、芦田は横浜にある母校へ向かった。強豪校の常で、土日は必ず試合が入る。時には県外に遠征することもあるが、今回は「ホームゲーム」で、埼玉県と千葉県の強豪校を招いての招待試合だった。午前中から合わせて三試合を行い、終わるのは夕方――芦田は経験からそれを知っていた。自分の大学の練習を終えてから合宿所を抜け出す。

試合は長引いているようだった。母校のグラウンドに着いた時には、八回裏。2対7で負けていたので、芦田は思わず顔をしかめた。相手は埼玉県代表として去年甲子園に出たチームで、今年も最有力候補だ。一方我が母校は……今年は投手力が心配されていたのだが、予想通り打ちこまれている。

しばらく、グラウンドの外から試合を観ていた。四球とヒットでノーアウト一、二塁とチャンスを作ったのに、その後三人のバッターは、交代した投手に三連続三振をくらった。ああ……どうやら投手力だけではなく打線にも重大な問題がありそうだ。

試合が終わってから常盤に会うつもりだったが、八回の攻撃が終わったところで、顔見知りの女子マネージャーに見つかってしまった。目を見開き、「芦田さん！」と大声を上げながら駆け寄って来る。そんな、懐かしそうに驚かれても……数ヶ月前まで、自分にとってもマネージャーだったのだから。

「監督に会いに来たんだ」

「じゃあ――」

彼女が慌てて踵《きびす》を返しかけたので、芦田は引き留めた。

「試合が終わってからでいいよ。それまでここで観てるから」

「ダグアウトに来ませんか？　皆喜びますよ」

「いや、試合中だから。それより、これ、差し入れ」芦田は、担いでいた段ボール箱を地面に下ろした。五百ミリリットルのスポーツドリンク、二十四本入り。軽く十キロを超える——さすがに少し肩が凝った。

「ありがとうございます」女子マネが屈《かが》みこんで、箱を持ち上げようとした。

「重いぜ？　その辺で暇にしてる一年生でも呼んでこいよ」

「大丈夫です」

言葉通り、あっさり箱を持ち上げる。細身なのに大した力だ……野球部の女子マネは、力仕事もこなさねばならない。

試合は結局、そのまま母校が負けた。九回裏、最後のバッターは四番の神辺《かんなべ》。去年の甲子園にも出て経験は積んでいるのだが、それと打力は別問題か……ランナー二人を塁に置いて、一矢報いるチャンスだったのに、初球にあっさり手を出して浅いセンターフライに倒れてしまう。

整列、礼、そしてダグアウト前で常盤の説教。試合後の常盤の説教は異常に細かく、しかもそれだけでは終わらない。勝っても負けても、寮なり宿舎に戻ると夜のミーティングが始まる。ピッチャーなら一球一球、バッターも一打席ごとの細かい分析だ。大リーグ仕込みということか、キャッチャーならではの性癖なのか、常盤は異常なデータ好きなのだ。

そのデータを揃えるのはマネージャーの仕事で、彼女たちは在学中に表計算ソフトの扱いにやたらと詳しくなる。

ダグアウト前の円陣が解けたので、芦田はグラウンドに足を踏み入れた。気づいた後輩たちが、大声で挨拶してくる。それに一々黙礼で応えながら、芦田はダグアウトに近づいた。常盤は足を組み、むっつりした表情でタブレット端末に目を通している。

「今の試合、観てたか？」顔も上げずに常盤が訊ねた。自分がここへ来ていることは、さっきの女子マネからでも聞いたのだろう。

「八回裏から観てました」

「感想は拒否する」

「何も言いませんよ」芦田は苦笑した。変わってないな……わずか数ヶ月で変わるはずもないのだが。この男はとにかく負けるのが嫌いで、負けると露骨に機嫌が悪くなる。それは、去年の甲子園での決勝でさえ同じだった。普通、準優勝なら少しは笑うよな、と呆れたのを覚えている。芦田は怪我した後、病院へ行くのを拒否してダグアウトで試合を見守っていたのだが、彼の渋い表情を見ているうちに痛みが悪化した。

「さて」常盤がタブレットを脇へ置いた。「今日は、二校の監督さんと夜の会合がある。

それまで一時間ぐらいあるけど……それでいいか？」

「はい」

「じゃあ、監督室へ」

立ち上がり、さっさとダグアウトを出て行く。

母校のグラウンドの隣には、まだ新しいクラブハウスがある。常盤が監督を引き受け、甲子園に初出場した翌年に、OBの寄付で建てられたものだ。レンガ張りの落ち着いた雰囲気の建物で、ミーティングルームやトレーニングルーム、監督室などがある。

一階の監督室に入ると、常盤はユニフォームの上だけを脱いで椅子の背に引っかけた。アンダーシャツ一枚になると、筋骨隆々たる上半身が露《あら》わになる。それほど背は高くないのだが、筋肉で完全武装した感じ——大リーグ時代に、徹底して筋トレで鍛え上げた名残りだ。部員たちがつけたあだ名は、「上半身モンスター」。今も筋トレを欠かさず、時々部員たちに交じってバッティング練習もしている。その飛距離には、さすが元大リーガーだと芦田も唖然《あぜん》とさせられたものだ。

「藤原さん、お前から見てどんな人だった」

「一度会っただけですから、よく分かりませんが……」

「暑苦しい人だろう」

「まあ、そうですね」否定はできない。急遽《きゅうきょ》日本へ来て自分を誘ったのも、「熱い」からだろう。そうでなければ、他人任せにしてしまうはずだ。

「元々無口で、闘志を内に秘める人だったんだ。少なくとも、アメリカで俺が知り合った頃はそうだった。でも、抑えを任されるようになってからは、闘志むき出しのピッチングをするようになってね。それ以来、私生活でもそんな感じだ」

「自分を改造したんですかね」

「そうしないと、大リーグではやっていけなかったんだよ。で？　返事したのか？」

「まだです」

「そうか。ま、座れよ」

芦田がパイプ椅子に腰を下ろすと、常盤は突然、今年のチームの話を始めた。去年が今までのベストチームだったとすれば、今年はその七割程度の力しかない。打線にも投手陣にも核がいないので、県予選が始まるまで一ヶ月しかないのに、まだレギュラーも決められない——。

「今日の試合はピリッとしませんでしたね」芦田はずけずけと指摘した。常盤は礼儀には厳しいのだが、野球の話をする時は監督も選手もない、というスタンスだ。

「去年が揃い過ぎてたんだ。お前がプロの指名を受ければ、うちから三人もプロ入りするところだったんだからな。そんなチーム、滅多にないぞ」

「二人はどうしてますか？」

「頑張ってるよ。一軍はまだ遠いけど、腐らずにやっていけば何とかなるだろう」

エースの村井《むらい》はジャイアンツの四位指名を、一番を打って甲子園ではチーム最高打率を残した秦野《はたの》はバファローズの六位指名を受けて入団していた。レギュラー九人のうち、プロ入り二名、社会人のチームに入ったのが二人、大学で野球を続けているのは五人。卒業後も全員が「現役」で頑張っているわけだ。

「で？　まだ決めてないのか」

「はい」

「どうして」

「いや……」

「自分が日本人なのかアメリカ人なのか、分からないから？」

「分からないというか、両方なんです。二重国籍ですから」

「国籍の問題は置いておいて、お前の意識の中ではどっちなんだよ」

「それは……分かりません」

「ベースを作ったのはアメリカだけど、日本も好きなんだろう？」

「そうなんです」芦田は思い切りうなずいた。やはり常盤は、俺の悩みの本質を見抜いている。

「俺だったら——仮の話だけど、絶対にアメリカ代表に入るね」

「どうしてですか？」

「その方が、後の可能性が広がるからさ」

「可能性……」

常盤が立ち上がり、ホワイトボードの前に立った。左に小さい円を、右にその三倍ほど大きな円を描く。それぞれの下に「日本」「USA」と書き加えた。

「人口、市場規模……そういうものを比較すると、日本とアメリカではこれぐらい違うよな」

「そうですね」大雑把な説明だが、納得はできる。

「何かやろうとした場合、小さい舞台と大きい舞台、どっちがいいと思う？」

「それは……大きい方でしょうね」

「そう。常に大は小を兼ねる」常盤がうなずく。「小さいところから始めて、徐々にステップアップするのも一つのやり方だろう。でも、いきなり大きいところから始めた方が、可能性は広がる。俺は、日本のプロ野球を経験しないで大リーグに行って、いろいろ大変だったけど、いい経験をしたと思うよ。高校を出て、普通にドラフトを受けてプロ入りしたら、どうなってたかな。もしかしたら今でも現役でやってたかもしれない。引退間際だろうけど、まあ、そういう人生もあっただろうな。でも俺は、いきなりアメリカに行ったことは後悔してない。何て言うか、突然パッと目の前が開けた感じだった。

開け過ぎて、道も見つからなくて困ったこともあったけど」常盤が穏やかに笑う。

「そういう時、どうしたんですか?」

「取り敢えず前に進んでみた。前に行けば、必ず道は見つかるもんだよ。間違った道に入ってしまったこともあったけど……特に怪我の時にはねえ。チームドクターとよく相談すればよかったんだけど、在米の日本人の医者に診てもらうことにして——結果的にそれで治療は上手くいかなかった」

「そうだったんですか……」

「後悔はしたけど、自分で決めたことだからな」常盤が微笑《ほほえ》んだ。「ゴッドハンド、なんて言われてた人だったんだよ……それを簡単に信じた俺が馬鹿だった。藤原さんには、散々どやされたよ。こういうのは、まずきちんとチームドクターに相談しないと駄目だって——まあ、それはそうなんだけど、当時はフリーバーズというチーム自体がグダグダで、信用できなかったからね」

「大リーグのチームなのに?」

「どこにでも例外はある」常盤が真顔でうなずいた。「それでだ……お前が今回、アメリカ代表入りを断った場合に何が起きるか、俺なりに想定してみた」

「はい」芦田は背筋を伸ばした。常盤はこういうのが大好きだ。架空のシチュエーションを作って、選手たちに作戦を考えさせる——中には、「同点、ノーアウト三塁。ただし三塁走者は体重一五〇キロあって足を怪我している。無事にホームインさせるためにはどうするか」などという、とんち問題のようなものもあるのだが。

「怪我せず、無事に四年間、大学で活躍する。通算ホームランの記録を塗り替えて、ドラフトでは八球団ぐらいが競合する。当然一年目から活躍して、新人王を獲得だ。二年目からは怒濤《どとう》のタイトルラッシュ。数年後にはポスティングで大リーグ行き——ここ二十年ぐらいは、そんな感じで海を渡った選手が多かった」

「そうですね」

「そういうルートは、ほぼ確立されていると言っていいと思う。でも、それでいいのかな」

「そもそも、プロでやれるかどうかも分かりませんよ」

「馬鹿言うな」常盤が睨《にら》みつけた。「今だってプロでやれるよ。お前は一人だけレベルが違っていた。しかし、アメリカではどうだろう。今すぐ大リーグで通用するかな」

「それは……さすがに無理じゃないですか」

「俺は、お前にはいきなり大リーグに行って欲しいんだよ。進路の話をした時に、アメリカの大学へ行けって何度も言っただろう？　あれも大リーグ入りを見越しての話だったんだぜ。大学でアメリカに戻れば、大リーグへの門戸も広くなっただろうし」

「やっぱり、大リーグはプロ野球より上ですか」

「経験者が言うんだから間違いないぞ」常盤が真顔でうなずく。そして、「お前、日本で裏切り者呼ばわりされるのが怖いのか？」とずばりと訊ねた。

「藤原さんは、ネットでずいぶん叩かれてますよ」

「そういう文句を言う人ほど、球場には来ないんだ。ネットの中で人生が完結してるんだから……さて、もう一つ思考実験をしようか。お前は今、二重国籍だ。だから、日本代表でもアメリカ代表でも、好きな方を選べる。しかし日本代表はプロで固めているから、大学生のお前が入る余地はない」

「はい」

「一方アメリカは、積極的にお前を代表に誘った。お前が代表で派手に活躍してアメリカが優勝すれば、日本では裏切り者扱いされるかもな。しかし、四年後はどうする？」

「四年後って……二〇二四年のパリオリンピックですか？」

「ああ。今のところ、野球は実施されないけど、四年後、お前が日本国籍を取得していたらどうする？　その時にプロ野球入りしていたら、今度は日本代表でプレーできる可能性がある。一度何処《どこ》かの国で代表入りした後に国籍を変更した選手は、その三年後までは代表入りすることはできない、というのが現在のルールだ。逆に言えば、四年後にはOKなんだよ。大リーグだったら、そもそもチームが出場を許さないかもしれないけど」

「そんな先の話は……」

「何だってありうる。この後で規則が変わる可能性もある。とにかく、目の前に大きなチャンスが現れたんだぞ？　摑まない意味はないだろう——それにな」他の誰が聞いているわけでもないのに、常盤が急に声を潜めた。「お前がアメリカ代表入りしないと、俺が藤原さんに殺されるんだよ。実際そう言われたし、あの人なら本当にやりかねない」

芦田の母校は、最寄駅からは結構離れている。しかも少し小高い丘の上だ。芦田は高校時代の三年間、駅の近くにある寮からずっと自転車通学していたのだが、朝、遅刻しそうになった時には地獄だった。自転車で一気に駆け上がるには厳しい坂——あれでずいぶん、足腰が鍛えられたとは思うが。

逆に帰りは楽だ。この日もゆっくり歩いて帰ろうと思ったものの、自然にスピードが出てしまう。それでも、周りの光景を見ながら歩くぐらいの余裕はあった。

卒業してからまだ二ヶ月と少し——この春までは毎日見ていた光景なのに、やけに懐かしい。最寄駅まで歩いて十五分ほど。京急の駅前まで出ても、特に商店街もない。駅の反対側にはささやかな商店街があるのだが、高校時代にもそちらへ行くことはほとんどなかった。基本的には、寮と学校とグラウンドの三ヶ所を行ったり来たりするだけの日々……しかし、決して単調ではなかった。強豪校故に招待試合も多く、あちこちに遠征に出かけ、まったく知らなかった日本の街を見て回ることができたのだ。どこへ行っても人は親切で、危ないこともなかった。十六歳で初めて触れた「故郷」への愛着はそうやって育まれたのだが、かといってアメリカが嫌いになったわけではない。特に生まれ育ったサンディエゴ——都会らしさと豊かな自然が絶妙に入り混じったあの雰囲気は、日本にはない。

日本か、アメリカか。

ふと、常盤の言葉が脳裏に蘇る。「目の前に大きなチャンスが現れた」「摑まない意味はない」……僕は、難しく考え過ぎているだけなのか？

自分に期待してくれている人がいる。そういう期待に応えるのは、悪いことではないはずだ。それに、もっと厳しい環境に身を置きたいという気持ちも強い。大学での野球は、体と気持ちがぼろぼろになるほどではないのだ。国際試合、それもオリンピックという舞台で、ぎりぎりの戦いを経験してみたいという気持ちが、次第に大きく膨らんでいる。

今、アメリカは何時だろう——スマートフォンを取り出して時差を確認する。そもそも藤原はどこにいるのか。家があるというニュージャージーか、USAベースボールの拠点であるノースカロライナか……サマータイムの時期なので、向こうはまだ朝の五時ぐらいだ。とても電話できる時間ではない。メールを送っておこうかとも考えたが、直接話すべきだと思い直す。

待とう。日付が変わる頃に電話すれば、向こうは昼前で、藤原も出てくれるはずだ。

そこではっきり自分の決意を伝えよう。

昼十一時——藤原はニュージャージーの自宅で、芦田からの電話を受けた。咄嗟《とっさ》に心配になったのは、彼の電話代のことである。

「かけ直す。国際電話は金がかかって大変だぞ」

「いえ」芦田が短く、しかし強い口調で言った。「今、言います。用件は簡単です——アメリカ代表入りのお話、受けさせていただきます」

「そうか」藤原はすっと息を呑んだ。窓から外を見やる——目に入るのは目の前の公園、そしてその向こうにそびえ立つ三棟の高層コンドミニアムだ。ここに家を買ってから、もう十年になる。ジョージ・ワシントンブリッジのそばで、橋を渡ればフリーバーズの本拠地「スプリント・スタジアム」もすぐ近くだ。開場した時は「リバーサイド・スタジアム」だったのだが、携帯電話会社のスプリントが命名権を取得して、五年前に名前が変わっている。

「やってくれるか」

「はい。どこまで役にたつかは分かりませんが」

「日本的な謙遜なんか忘れちまえ。アメリカ人らしく、堂々と振る舞えよ」

「アメリカ人らしくやるか、日本人らしくやるかは、これからゆっくり考えます——このオリンピックをきっかけにして」

「分かった。その辺のことは、これからゆっくり話し合おう——どうして決めた？」

「そこに可能性があるからです」

その可能性とは——話を広げようとして、藤原は口をつぐんだ。聞かずとも、自分には理解できる。自分も目の前の可能性を摑んだ。その後の人生が成功しているかどうかは何とも言えないが、日本でずっとくすぶっていたら、少なくとも今の生活は灰色になっていたはずである。

「可能性か。いい言葉だな」

「はい」

「ありがとう。電話代がもったいないから、後でメールするよ。それと、強化委員会の方から、今後のスケジュールに関して正式に連絡させる。それより、周りは大丈夫か？」

「周りって……」

「大学の方とかさ」

「……何とかします」

微妙に間の空いた一言で、監督たちはアメリカ代表入りに反対しているのだと分かった。実際自分は筋を違《たが》えた……本来、まずは大学の新川監督を「落として」から芦田にアプローチすべきだったと思う。日本的な根回しは絶対に必要だった。

「もしもトラブルになりそうだったら、すぐに言ってくれ。俺が何とかする」

「何とかできるんですか？」

「日本は、アメリカの圧力に弱い」

　電話の向こうで芦田が笑った。乾いた笑い声で、いかにも軽い。それほど事態を深刻に受け止めてはいないようだった。

「困ったことがあったらすぐに連絡する――それだけは約束してくれ」

「分かりました。でも、自分で何とかします。チャンスをくれたのは監督ですけど、それを広げるのは自分の役目だと思います」

　何とまあ、堂々とした若者か。

　自分が十九歳の時、ここまではっきりものが言えただろうか。ただ投げるだけの日々……野球が上手くなりたいという気持ちだけは誰にも負けなかったと思うが、彼のように、様々な選択肢を前に迷ったことはない。時代が変わったと言えばそれまでだが――考えてみれば、自分の十九歳はもう三十年以上も前である。三十年かよ……愕然《がくぜん》とした。白髪《しらが》も増えるわけだ。

　電話を切り、すぐにリーにかける。芦田がアメリカ代表入りを受諾したと伝えると、リーは思い切り「イエス！」と声を張り上げる。

「君がそんなに期待していたとは思わなかった」藤原は少しだけ呆れた。

「わざわざ日本にまで行って会ったんですから、当然期待しますよ。それにあのバッティングを見てしまったら、やっぱり代表チームに欲しくなる」

「すぐに、今後のスケジュールを彼に伝えてくれ。それと、彼に誰か人をつけた方がいいと思う。大学の方との調整とか、いろいろな問題が出てくると思うんだ。そういうことを引き受けてくれる人間、誰か心当たりはあるかな」

「何とかします。日本語が話せる人間がいいですよね」

「ああ」

「早急に対処します」

「よろしく頼む」

「ミスタ・フジワラ、これで逃げ場はなくなりましたよ」

「そうだな」

「相当な無理をして、日本在住の選手をアメリカ代表に引っ張った——それで勝てなかったら、大きな批判を浴びるかもしれません」

「ご心配なく」藤原はすっと深呼吸した。「監督っていうのは、責任を取るために存在するんだぜ」

第二部

混　乱

正直、私は混乱している。多くの野球ファンも同じだろう。

アメリカ代表チームの指揮を日本人が執る——もちろん、ルール的には何の問題もない。フジワラはかつてフリーバーズでクローザーとして活躍し、アメリカの野球ファンにもその名を知られた存在だ。引退後は長年マイナーチームの巡回コーチをこなし、選手育成の能力には定評がある。彼が教えた若手投手に、サイ・ヤング賞受賞者が二人いることからも分かるように、投手コーチとしての手腕が優れているのは間違いない。

だが彼は、監督ではない。

一度も監督経験のない人物に、我らがアメリカ代表チームを任せるのはいかがなものか。そう、「日本人がアメリカ代表を率いる」のが問題なのではなく、「未経験の人間が監督を務める」のが問題なのだ。

偏狭なナショナリズムの声として「日本人監督が許せない」という声が出ているのは私も承知している。しかし、問題の本質はそれではない。冷静に考えよう。もしも本気でオリンピックで優勝したいと考えるなら、アメリカ代表チームを任せるべき人材はいくらでもいたはずだ。

USAベースボールは当方の取材に対し、「亡くなったミスタ・ムーアの意向も強く働いている」と回答したが、果たしてそれでいいのだろうか。人情で勝てるほど、他のチームは弱くない。新監督選出に必要なのは、冷静さだったのではないか？

私は依然として、東京へ向かうつもりである。そこで応援するかどうかは……最初の試合を観てみないと分からない。

国際大会の前に、こんな不安な気分になるのは初めてだ。

ミスタ・フジワラ、ここは日本人らしい謙虚さを発揮すべきだった。監督を引き受けるならば、もっと修業を積んでからでもよかったのではないか？

1

この、デーヴィッド・バーグマンというコラムニストは気に食わない。

藤原は「ニューヨーク・タイムズ」のサイトを閉じた。新聞はほとんど読まないので、バーグマンの名前を見るのも初めてなのだが、野球コラムでは当代随一の人気者だそうだ。歯に衣《きぬ》着せぬ物言いが受けているのだろうとは理解できる。それにしても、監督としての資質を問われるとは思ってもいなかった。「日本人がアメリカ代表の監督をやっているのは冒瀆《ぼうとく》だ」という理屈で叩かれるだろうと予想していたのに。

藤原は藤原なりに、いろいろ考えていた。監督を引き受けてすぐ、代表入りした選手をできるだけ訪ね、じっくりプレーを見て話をした。その合間には、コーチ陣と入念なミーティングを行い、アメリカ代表、そして他の国の代表チームの戦力分析を行い、最終的な代表選手のラインナップも揃えた。監督としての「準備」は整えつつある。

「さて」つぶやくと、スマートフォンをユニフォームの尻ポケットに押しこんで立ち上がる。少しだけ鼓動が高鳴るのを感じた。

慣れない球場だった。事前合宿の場所に選ばれたロジャーズ・センターは、アメリカンリーグ東地区に所属するトロント・ブルージェイズの本拠地である。藤原は、この球場にはインターリーグの試合で何度か来たことがあったが、たまたま投げる機会は一度もなかった。

世界初の可動式屋根付き球場で、春先や秋の厳しい寒さの中でも快適に試合ができる。実際、四月のトロントでは雪が降ることもあるから、スケジュール通りに試合を消化するために、屋根は必需品といえた。その屋根は四分の一ほど――センターバックスクリーンから外野の一部にかけては固定されている。その辺りはどことなく、巨大な野外劇場という雰囲気だ。センターの定位置付近がステージという感じだろうか。

もう一つの特徴が、人工芝を採用していることである。大リーグの本拠地で天然芝でないのは、ここことセントピーターズバーグ、フェニックス、それに開場したばかりのアーリントンだけだ。この人工芝こそ、ロジャーズ・センターがアメリカ代表チームの合宿地に選ばれた理由である。東京オリンピックで野球の主会場になる横浜スタジアム、それに福島のあづま球場はいずれも人工芝なのだ。最近の人工芝は天然芝に感覚が近いとはいえ、アメリカの選手たちが普段プレーしているのは、ほとんどが天然芝の球場である。それ故、事前にできるだけ人工芝に慣れさせようという配慮だった。また、トロントから日本へは直行便があるという事情もある。大リーグならチャーター便を使うところだが、USAベースボールにはそこまでの予算はないらしい。この合宿を終えた後はいよいよ日本に飛んで、現地合宿に入る。

今日は屋根が開いて、程よい気温……二十五度だった。ニューヨークよりも緯度が高いトロントは、真夏でも最高気温が三十度を超えることはあまりない。しかし東京オリンピック本番では、これより十度も気温が高くなる可能性がある。実際日本では、今年の夏も「猛暑」という長期予報が出ていた。

「いやあ、暑いね」ぶつぶつ言いながら藤原の横に並んだ打撃コーチのエド・リッジウェイがキャップを取り、素早く額の汗を拭った。薄くなった白髪が、七月の陽光を浴びてきらきらと輝く。

「そうですか？」

「熱中症になりそうだな」

「そこまで暑くないでしょう」

藤原は首を傾げた。リッジウェイは現役時代、四つのチームを渡り歩いたが、いずれも「南」を本拠地にしていた。これぐらいの気温には慣れっこのはずだが……現役引退後は、アメリカ北西部にあるシアトル・マリナーズの下部組織でずっとコーチを務めていたので、この手の暑さから縁遠くなってしまったのかもしれない。

「これぐらいで暑いと言っていたら、日本では五分で死にますよ」

「日本はいつ熱帯になったんだ？」

「最近です」

「いやはや」リッジウェイが力なく首を横に振りながら、ダグアウトに下がった。これからチームの初顔合わせ、初練習だというのに、もうすっかりへばってやる気がない様子だった。

選手たちがダグアウトから出て来て、マウンド近くに集まった。これがチーム全体で最初のミーティング……藤原は球場のミーティングルームではなくグラウンドで話すことを選んだ。傍らにはリー。結局リーは、USAベースボールの広報担当から代表チームのマネージャーに転身して、全日程に同行することになった。

藤原はバックスクリーンに目をやった。その上には巨大なディスプレイの「ジャンボトロン」、両脇には窓がいくつも並んでいる。これがこの球場のもう一つの特徴——外野スタンドの一角にホテルが組みこまれており、宿泊客は、部屋にいながら野球観戦ができる。ジャンボトロンの上にはカナダ国旗、そしてアメリカ国旗が翻り、「カナダにある大リーグチーム」という事実を強く意識させる。二つの国旗の間にはチャンピオンフラッグ——一九九二年、一九九三年のワールドシリーズ二連覇の栄光の記録だ。

「いいですか?」リーが近づいて来た。「そろそろ始めましょう」

「ああ」

藤原は、自分の周りに集まっている選手たちの顔をざっと見回した。緊張感はない——それはそうだろう。気が緩んでいるわけではなく、今は単に練習前だからだ。その中でただ一人、緊張している若者がいる。

芦田。

彼がこの場にいることで、逆に藤原の緊張感は軽減されていた。自分が望んだアメリカ代表の救世主。彼が参加して、チームの「厚み」は確実に増すはずだ。

ただし、要注意……芦田に、そして自分にも逆風が吹いている。一つは世論。もう一つはチーム内のぎすぎすした空気。どちらも簡単に払拭できるとは思えない。このチームが存続するのは、これからわずか一ヶ月だけなのだが、藤原は早くも嫌な危機感を抱いていた。

しかし今は、その件に触れるわけにはいかない。芦田と目が合う――「大丈夫だ」と軽く目配せするに止《とど》める。芦田が緊張した面持ちでうなずき返した。英語が第一言語だからコミュニケーションには困っていないはずだが、やはり不安なのだろう。目が泳いでいる。

「フジワラだ」第一声。改めて名乗るのも奇妙な気分だが、これ以外の言葉が思い浮かばない。「君たちをオリンピックに導いたミスタ・ムーアの突然の死に対して、まずお悔やみを申し上げたい。君たちにとっても、思い出深い人だろうし、このチームにとって、ベストの監督だったと思う。その彼に代わって、私が監督を仰せつかった。正直、不安を感じている人もいるだろう。私は、監督としてチームを率いたことはない。しかし、これはミスタ・ムーアの意向でもある。私は私なりに、オリンピックの優勝を目指して君たちと共に戦っていく。どうか、アメリカのために全力を尽くして欲しい」

日本なら、ここで「おう」と声が揃うところだが、その場に集った選手たちは無言でうなずくだけだった。こういう淡々とした態度に慣れてはいるのだが、果たして自分の言葉が染みているか――自分が監督として受け入れられているかどうか、不安になる。

しかし藤原は、敢えて胸を張った。監督は自分。その事実は動かしようがないのだから、とにかく自信を見せておかないと。アメリカ人は謙虚さを嫌う――いや、彼らの頭の中に謙虚という言葉はない。

「すぐに練習を始めたいところだが、まずは自己紹介といこう。新しく参加した選手、スタッフもいるから、この機会に顔と名前を覚えてくれ」

藤原の左隣から時計回りに、まず選手の自己紹介が始まる。名前と所属……その中で芦田だけが異例の形になった。

「ダイスケ・アシダ、日本から来ました。大学生です」

一瞬、空気がざわつく。誰も文句を言わないし、嘲るような笑い声が上がるわけでもなかったが、全員の視線が彼に突き刺さる。芦田もそれに敏感に気づいたようで、口籠ってしまった。しかしすぐに天を仰いでから、他の選手たちの顔をぐるりと見回す。体格的に劣ることもなく、英語も完璧――彼の本当の戦いはこれからだ。純粋に野球の力だけで、自分を認めさせねばならない。

スタッフも含めて全員の自己紹介が終わったところで、リーが改めてスケジュールを確認する。

「今回、ブルージェイズが遠征中なので、その期間を利用して五日間の合宿になります。まず明日は、トリプルAインターナショナルリーグの選抜チームとの練習試合、最終日はキューバ代表との壮行試合。翌日すぐに直行便で日本に移動し、現地合宿に入ります」

それからようやく練習が始まった。藤原はずっとマウンド近くに陣取ったまま、ランニング、ストレッチと準備を進める選手たちの様子を見守った。リーの下につくサブマネージャーの香山《こうやま》が、するすると近寄って来る。アメフトのラインバッカーにしたいぐらいの体格だが、元々は野球選手である。大学卒業と同時に野球を引退した後、日本でスワローズの球団職員を務めていたのだが、数年前、ワシントン・ナショナルズがスワローズの選手を海外FAで迎え入れた時に通訳として雇われた。三年契約だったその選手は故障が多く、結局通算百試合にも出場しないで帰国してしまったが、香山はそのままナショナルズのスタッフとして残った。今回、日本語も英語も話せる強みに目をつけたリーが、「芦田担当」として白羽の矢を立てて引っ張ってきたのである。

「どうだ」外野でストレッチする芦田の様子を見ながら、藤原は訊ねた。

「まだ誰かと話している様子はないですね」藤原は香山に、芦田の行動に目配りするよう指示していた。チーム内での孤立は何としても避けたい。

「シャイなのか？」

「あまり積極的ではないようですね」

藤原は顎を手で撫でた。芦田と直接話したのはまだ数回……最初の印象では、アメリカ生まれらしくなく非常に礼儀正しい青年という感じだった。他のアメリカ人選手に交じると子どものように見えるのは、見た目が完全に日本人だからだが、何となく自信なさげな様子が理由でもある。

「チームの他の連中は？」

「様子見のようですね」

「悪い評判は？」

「ボス、ちょっと心配し過ぎでは？」香山が小さく笑った。「初顔合わせなんだから、どちらも緊張しますよ。練習と試合を重ねていけば、打ち解けるでしょう」

そうもいかない……野球は他のスポーツと違い、一対一の対決の側面が強い。「チームプレー」と言いながら、チーム一丸となるような場面はまずないのだ。溶けこむためには、試合で結果を出して、他の選手に力を認めさせる必要がある。

守備練習、バッティング練習と見ていくうちに、藤原は少しだけ安心してきた。このチームは決してレベルが低いわけではない。心配していたバッティングでも、どの選手もよく飛ばす。もちろん、バッティング練習と本番の試合はまったく違うのだが。

自分の本来の専門——投手陣の方を見ておきたかったが、まずは芦田の様子を確認することにした。二つのケージを使ったバッティング練習では、順番は特に決まっていない。遠慮しているのか、芦田はしばらく外野で球拾いをしていた。さっさと打て、と声をかけようかと思ったが、それもえこひいきのように思われるかもしれないと判断して控える。

ほとんどの選手が打ち終えたところで、ようやく芦田が外野から戻って来た。一度ダグアウトに入って自分のバットを持ってくると、ケージに向かいながら途中で何度か立ち止まり、素振りを繰り返す。ケージに入る前には軽くキャップに手をやり、ひょいと頭を下げる——この辺はすっかり日本流だ。

投げているのは、打撃コーチのリッジウェイ。藤原よりも年上なのだが、球筋はまだ確かだ。

左打席に入った芦田は、初球をフルスウィングした。打球は、例の爆発音を残してライナーになる。あまりのスピードに、打球の行方を追った藤原は首を痛めたかと思った。見えない。音だけ——それも、どこかに派手にぶつかる「ガツン」という衝撃音だった。香山が、ジャンボトロンの右下にある「ＲＯＧＥＲＳ」の看板を直撃した、と教えてくれた。藤原はそっと息を吐いた。

「今の、マジか……」香山が目を見開く。

「あそこまでどれぐらいだ？」

「右中間は一一四メートルぐらいですけど、今打った位置からだと、一一〇メートルぐらいかな。さらにその上ですから……」看板は二階席の位置にある。「実質一二五メートル——一三〇メートルぐらいあるんじゃないですか」

二球目、三球目……立て続けにフェンス越え。四球目はフェンス直撃の当たりになった。そこで一度素振りをして、肩を上下させる。五球目はレフト方向へ。続けて三球、レフト方向へ流し打って、残りはセンター方向へ。最後の一球はスタンドに放りこんだ。結局、二十スウィングで十本をスタンドに叩きこんだ。

「参ったな」唖然とした口調で香山がつぶやく。「全部ヒットゾーンですよ」

「試合じゃなくて打撃練習だから」藤原は敢えて淡々とした口調で言ったが、内心は沸き立つような思いだった。やはり芦田は、このチームに欠けた得点力を補う存在になる。他の選手もよく打つが、芦田は一人だけレベルが違うのだ。

打撃練習は一人二十球ずつ二サイクルだ。一回り投げ終えてマウンドを降りたリッジウェイが、掌で額の汗を拭いながら戻って来て、ケージの後ろに陣取った。

「あれは何だ？　バケモノか？」

「でしょうね」

「あんなのが日本にいるとは、たまげたね」

「彼はアメリカ人ですよ」正確には二重国籍だが。

「オリンピックが終わったら、マリナーズで引き取りたいな」リッジウェイが嬉しそうに笑う。

「抜け駆けは禁止ですよ」

「監督特権でフリーバーズに引っ張るつもりか？」

「抜け駆け禁止です」藤原は繰り返した。しかし芦田のバッティングはやはり魅力的だ。長距離砲がいないフリーバーズとしては、喉から手が出るほど欲しい。彼がスプリント・スタジアムの場外に打球を叩き出す様を想像すると、つい表情が緩んでしまう。

「打撃コーチから見てどうですか？」

「それはこれからチェックする。打撃投手とはいっても、あんなに簡単にスタンドに持っていかれたんじゃ、プライドがずたずただよ。冷静に見ている暇がなかった。あんた、自分で投げてみたらどうだ？」

「遠慮します」藤原は首を横に振った。「こっちは本職のピッチャーだったんですよ？それこそプライドがずたずたになる」

二ターン目……ケージの周りに他の選手が集まる。やはり、最初の二十球で見せた強烈なバッティングが印象的だったのだろう。力を見せつける一番簡単な方法は、ピッチャーなら速球で空振りを取ること、バッターなら豪快なホームランだ。

芦田は奇妙なバッティングを見せた。まず、引っ張りにかかる。初球はワンバウンドで、ライトポール際の距離表示「３２８」の「２」にぶつかった。二球目はダイレクトで「８」に。三球目はその数字のすぐ上を越えてスタンドインした。

「何やってるんだ、あいつは？」リッジウェイが怪訝《けげん》そうな表情を浮かべる。

「練習でしょう」藤原は答えた。

「何の？」

「同じように打つ練習」

藤原の読みは当たった。今度の狙いは、レフトポール際の、ナイキのスウッシュマーク。ワンバウンド、ダイレクト、そしてスタンドイン。広いセンターはさすがに苦しかったのか、一球もスタンドに入らなかったが。

「あれを狙って打ってるのか？　ノックでもあそこまでちゃんと打てないぞ」

「そういう選手なんですよ」

芦田がバッティング練習を終えると、リッジウェイはすぐに彼に近づいた。バットを受け取り、何かを確認しながら芦田と話し始める。途中、自分でも素振りして、二度、三度とうなずいた。

今度は、ピッチャーとして代表メンバーに選出されたマイク・タケダが、芦田に話しかける。芦田はようやく緊張が解けたようで、顔には笑みが浮かんでいた。タケダも礼儀正しいところがあるし、年齢も近いから、芦田も話しやすいだろう。

「どうでした？」藤原はリッジウェイに訊ねた。

「ずいぶん軽いバットを使ってるんだな。三三インチ《84センチ》で三一オンス《879グラム》だ。あれだけ長打を打つ選手だと、最低三四インチ《86センチ》、三二オンス《907グラム》だけどな」

一時、大リーグでも軽いバットが流行《はや》ったことがある。二〇〇〇年代初頭——バリー・ボンズの全盛期がまさにそうで、軽いバットでヘッドスピードを上げ、打球をできるだけ遠くへ飛ばすのが狙いだった。しかし最近の長距離打者は、やはり長く重いバットを使う傾向が強い。筋トレで、ひと昔前の選手よりもパワーをつけた打者は、重いバットも軽々と振り回せるようになったのだ。

「日本の選手は皆こんな感じなのか？」

「いろいろですよ」

「もっと重いバットを使えば、もっと飛距離が出る」

「あいつは、必ずしもホームランを狙っていません。ヒットの延長がホームランという主義ですから」

「その割には、飛距離も出るな」

「今までにいないタイプのバッターかもしれませんね」藤原はニヤリと笑った。

芦田とタケダは、まだ談笑している。二人とも同じような体格……タケダを上手く使って、芦田をチームに馴染ませる手はあるな、と藤原は考えた。

しかし、そう簡単にはいかないかもしれない。

近くにいたマーク・デイトンが、芦田に鋭い視線を向けている。顔の下半分に髭《ひげ》を生やしたワイルドな風貌だけに、そうやって睨みつけていると迫力と悪意が感じられた。

まずいな……チーム最年長で、ずっとこの代表チームの中軸を打ってきた選手だから、プライドは高い——おそらくこのチームで一番誇り高い男だろう。そういう人間が、芦田の動きを気にしている。

いや、明らかに不満に思っている。

この男は要注意だ、と藤原は頭の中でメモした。長い野球人生、藤原は様々な選手を見てきた。そしてデイトンは、ある種典型的な野球人……気をつけないと、チームに重大な亀裂をもたらす存在になるだろう。


疲れた……肉体的にではなく、精神的に。球場の一部にもなっているマリオット・シティセンター・ホテルの一室に落ち着いた芦田は、ベッドに体を投げ出すように横になった。目を閉じると、いきなり睡魔に襲われる。慌てて飛び起き、目を瞬《しばた》かせた。夕食はチームで集まって、ホテル内のレストランで摂ることになっている。遅刻したら何を言われるか分からない……。

腹は減っていたが、食欲はない。奇妙な状況だった。芦田は決まったスケジュールを守る人間で、食事も必ず定時に摂らないと気が済まない。その時間になると絶対に腹が減る——実際腹は減っているのだが、今日は食べる気にならなかった。

まあ、テーブルにつけば何とかなるだろう。のろのろと起き上がり、部屋を出て行く。

レストランの一角が、アメリカ代表用に区切られており、バイキング形式で好きな物を食べられるようになっている。こういう時は、いつもバランスよく料理を取るように気をつけているのだが、今日はそもそも食指が動くような食べ物がなかった。仕方なく、大量の野菜でサラダを作って、肉を少しだけ……それにパン。子どもの頃から食べ慣れているマカロニチーズもあったが、食べる気になれない。日本で暮らして三年あまり、アメリカ独特のジャンクフードを食べたいと思わなくなってきているのだ。高校時代、チームメートとハンバーガーを食べに行っても、フライドポテトに一切手をつけないこともあった。監督の常盤が、食生活に非常にうるさかったせいもあるが……良質なタンパク質を大量に摂取すること。炭水化物、脂肪分に関しては適量に抑えること。さらにプロテインを飲まされ、徹底して筋トレをやらされた。その結果、高校時代の三年間で体重は一〇キロアップして、打球の飛距離も伸びた。

テーブルには一人……他のテーブルは結構詰まっていて、今料理を取っている選手たちを計算に入れると、ほぼ空席がない感じだった。しかし、何故か芦田のテーブルには誰も寄りつかない。

嫌な感じだ。

チームに合流した瞬間、自分の前に冷たい壁があるのを感じた。予想したことではあったが、考えていた以上に、自分は歓迎されていない。藤原は「気にしなくていい」「本番が始まれば、どうせ君の力に頼らざるを得なくなる」と言ってくれたが、素直にその言葉を信じる気にもなれなかった。

「何でダイエット中みたいな食事なんだ？」

顔を上げると、サブマネージャーの香山がトレイをテーブルに下ろすところだった。こちらはたんまり……特に肉の量がすごい。ほぼ半羽分のローストチキンをメーンに、ローストビーフやミートローフなどが皿に山盛りになっている。そう言えば元野球選手の彼は、今でも筋トレが趣味だと言っていた。やりすぎの感もある……野球選手の面影はなく、今はアメリカンフットボールのタイトエンドのようだった。アメリカなら「冷蔵庫のようだ」と称される、四角くごつごつとした体つき。体の作りが違うのか、日本人はなかなかこういうごつい体型にはならないのだが。

「時差ボケです」芦田は打ち明けた。実際、多少眠い――体がだるい感じはあるのだが。昨日の午後、成田から十二時間のフライトでトロントに到着し、宿舎のホテルに入ってからずっとこんな感じである。

サラダを突《つつ》いたが、ドレッシングの強い酸味も食欲を喚起しない。参ったな……こんなことは初めてだ。カナダに来る前、大学の系列病院でメディカルチェックを受け、「異常なし」のお墨付きを得たのだが、もしかしたら胃潰瘍を見逃されたのではないか？


「チームはどうだ？」

「どうだ、というのはどういう意味ですか？」芦田はとぼけた。

「慣れたか？」

「まだ始まったばかりですよ」芦田は苦笑した。何となくだが、ずっとこのまま——他の選手との壁を感じたままオリンピックが終わってしまいそうな気がしている。それはそうだよな、と自分を納得させようともしていた。他の選手から見れば自分は「日本人」。アメリカを代表するチームに、何でこんな人間がいるんだ、とでも思われているのだろう。どんなにバッティングの実力を見せつけても、認めてもらえないかもしれない。

「まあ、時間はあるから」香山が慰めた。「ゆっくり馴染めばいいよ。日本へ行ったら、皆君を頼りにするだろうし」

「観光案内係としてですか？」

「いやいや」香山が苦笑する。「日本のピッチャーには、君の方が慣れているはずだ」

「だけど相手はプロですよ？」

実際、侍ジャパンは地元での金メダルを目指してベストメンバーを揃えてきた。特に投手陣には各チームのエース級がずらりと並び、おそらく今回の出場チームの中でも最高レベルだ。次のパリオリンピックでは野球が実施競技から外れているから、もしかしたらオリンピックでの野球はこれが最後になるかもしれない。そう考えれば、地元開催の大会にベストメンバーを揃えるのは当然だろう。日本へ戻れば、テレビでしか観たことがない選手と対戦することになる。

それを考えると、武者震いというか緊張で体が震えるようだった。

「日本のプロと、アメリカのトリプルAとどっちのレベルが上か、実戦で確かめてみればいい。自分の力が通用するかどうかも」

「それは分からないですよ」

「おいおい……若いんだから、もっと自信を持てよ」

芦田は曖昧な笑みを浮かべることしかできなかった。

結局、ろくに食べずに夕食を終えた。そのまま部屋に戻る気にもなれず、ロビーに出てソファに腰かけ、ぼんやりと時間を潰す。これから街へ繰り出そうというのか、選手たちが何人か、連れ立って出て来た。仲が良さそう——このチームは、オリンピック出場を勝ち取った時とほぼ同じメンバーだから、基本的には結束が固いのだろう。ふざけ合い、笑いながらホテルを出て行く彼らの姿を見ていると、自分は異分子なのだと強く意識する。

ふと、見られていることに気づく。周囲を見回すと、エレベーターのところにデイトンが一人で立っていた。チーム最年長だし、髭面なので異様な迫力がある。ちょっと怖いな……一瞬だが目が合い、芦田は思わず視線を逸《そ》らしてしまった。

デイトンの視線は、練習中にも感じていた。異物を見るような視線なら耐えられるが、露骨な敵意を感じた。理由は何となく分かる。デイトンのポジションはサードで、自分と競合するのだ。代表チームでずっと三番を打っていた選手とポジション争いをするのかと思うと、不安になる。もちろん芦田も、ただこのチームに参加しているだけではない。単なる思い出作りではなく、勝利に貢献するために来たのだ。そのためには試合に出なければ意味がないのだが、デイトンを押しのけて出場できるのだろうか。藤原は「ＤＨも想定しておけ」と言っていたが、芦田は「ただ打つだけ」が好きになれなかった。打撃に比べれば守備には自信がないが、それでも打って守って——最初から最後まで試合に参加してこそ、リズムが生まれる。

デイトンもすっと顔を背け、大股でロビーを横切って出て行った。それでほっとしてしまった自分が情けない。

「ダイスケ」今度は声をかけられ、顔を上げる。いつの間にか、目の前にタケダがいた。でかいのに、猫みたいに静かに動く男だ。

「ああ」練習中、唯一自分に声をかけてきた男。日系四世という自分と比較的似た立場なので、距離感が近いのかもしれない。

「ちょっと外へ出ないか？」

「いいのか？」

「別に、懲役刑を受けてるわけじゃないだろう」タケダが声をあげて笑った。「トロントは初めてだから、ちょっと探検しようよ」

「まあ、いいけど……」本当は部屋へ戻ってさっさと寝たかった。時差ボケを解消するためには、取り敢えず寝るしかない。しかし、ただ部屋で寝転がっているのも馬鹿らしい——結局、芦田は立ち上がった。

空港から乗ったタクシーの車窓から、街の様子はざっと見ていた。非常に清潔かつ人工的な感じの街、というのが第一印象である。もちろん、大都市ならではの危険な地域や賑やかな歓楽街もあるのだろうが、街の大部分は安全な場所のように思えた。

トロントはオンタリオ湖の北側に広がる街で、風が強い。湖を渡って吹きつける風は冷たく、七月でも夜になるとかなり冷えこんだ。ロジャーズ・センターは湖に近いから、特に風の冷たさもひとしおかもしれない。

「いやあ、何もないな」歩き始めてすぐ、タケダが呆れたように言った。確かに……

「ブルージェイズ・ウェイ」と名づけられた道を北へ向かって歩き始めたのだが、大都会ではよくある光景——高層ビルが建ち並んでいるだけなのだ。この辺が街の中心地で、おそらく昼間はビジネスマンで賑わうのだろう。その分、夜になると人が引く——車もあまり走っていなかった。

「出身は？」話の接ぎ穂にと、芦田は訊ねた。

「ニューヨーク」

「ニューヨークのどこ？」

「クイーンズ」

「大都会だな」

「君はサンディエゴだろう？　いい街だよな」

「行ったこと、あるのか？」

「今は同じカリフォルニア——バークリーにいるから、何となく分かる」

気軽に言うが、カリフォルニア州は南北に極端に長い。北寄りのバークリーと、メキシコ国境に近いサンディエゴ間の距離は、五〇〇マイル《800キロ》ぐらいあるのではないだろうか。

「サンディエゴと言ったら、サーフィンだよな」タケダが切り出した。

「ああ」

「やったことは？」

「子どもの頃に少しだけ。あまり合わなかったな」

「俺だったらやるけどね。ニューヨークでもサーフィンをやる連中はいるけど、西海岸の方が本場だし」

芦田は無言でうなずいた。アメリカ本土でサーフィンの聖地といえば、サンディエゴだ。実際には、発祥の地であるハワイが本当の聖地なのだが。

互いの故郷の話をしながら、だらだらと歩く。時に人とすれ違うこともあるが、完全に無視されているのがありがたい——ほっとした。日本にいると、一九〇センチの自分はひどく目立つ存在だ。ただ歩いているだけで、ぎょっとした表情を向けられたことが何度あったか。思わぬ形で手に入れた匿名性がありがたかった。

「何か、腹減らないか？」胃の辺りをさすりながらタケダが言った。

「あ？　ああ」

「あのホテル、料理はイマイチだな」

「そうか？　マイナーの食事よりはましじゃないか？　毎日ハンバーガーやピザだと飽きるだろう」

「シングルAならね」タケダが肩をすくめた。「ロードの時の食事代が、一日二十ドルだった。それで三食だから、どうしてもハンバーガーかホットドッグになる」

「今は？」

「あまり変わらないけど、ルーキーリーグ時代に比べれば給料が二倍ぐらい——今、月二千ドルぐらいかな？　食事はずいぶんましになったよ」

ずいぶんあからさまに話す男だ、と苦笑した。しかしこれがアメリカ流……日本では、露骨に金の話をすると嫌われるようだが、アメリカではごく普通である。父親は、「金の話をしないのはＩＲＳ《アメリカ合衆国内国歳入庁》の人間の前でだけだ」とよく言っていた。

「ピザでも食べないか？」

「いいけど……」確かに、目の前にピザ屋がある。それを見ると、急に腹が減ってきた。先ほどの食事は、前菜にもならない量だったし。

　平日の午後八時、店内は意外に賑わっていた。街に人がいないのは、夕食の時間帯だからかもしれない。静かな雰囲気の店で、四人がけのテーブル席に二人でつくと、急に気持ちが落ち着いた。サンディエゴのピザ屋はもっとカジュアルな雰囲気なのだが、この店はずっと大人っぽい感じだ。壁はレンガ張り。カウンターは落ち着いた濃い茶色だ。メニューを見ると、ピザだけではなくパスタやハンバーガーもある。しかしここは初志貫徹、ピザでいこう。トロントのピザがどんな感じなのか知らないが……正直、期待はしていなかった。アメリカで食べるピザはあくまでファストフード——取り敢えず腹を膨らませるための食べ物に過ぎない。日本へ行って初めて、ピザの美味さに気づいたと言っていい。本場・イタリアで修業する人も多いというし、香ばしさやチーズの深い味わいは、アメリカとは比べものにならないのだ。しかし自分の生まれ故郷を馬鹿にする気にはなれず、芦田は「ピザはアメリカで独自の発展を遂げた」と解釈することにしている。

ペパロニのピザと、エビとアンチョビのピザを一枚ずつ。あの夕食の量では、これぐらい食べてちょうどいい。タケダは食べ過ぎだと思うが。

二人ともコーラを頼み、軽く乾杯の真似《まね》をした。

「今日は、びっくりしたよ」

「何が？」

「あのバッティング」タケダが素振りの真似をした。「ボスから聞いてたけど、予想以上だった。日本じゃ、全打席ホームランじゃないのか？」

「そんなことないよ」芦田は苦笑した。「日本のピッチャーはコントロールがいいから。ツボから少し外れたところに上手く投げこんでくる」

「日本で勉強してくるよ。明日はいよいよこのチームで試合だな」

「いよいよって……ただの練習試合じゃないか」

「オリンピックを戦うメンバーでの初めての試合っていう意味だよ。大事だぜ」タケダがうなずく。

「そうだな」

ピザが来て、芦田は思わず唾を呑んだ。アメリカ——ここはカナダだが——のピザも久しぶりだ。さっそく食べてみたものの、一口でがっくりくる。どうも味が弱い。いや、塩味はしっかりしているのだが、それだけだ。日本のピザと素材や作り方が大きく違うわけではあるまいが、どういうことだろう。

「どうした」タケダが不思議そうな表情を浮かべる。

「いや……あまり美味くないな」

「そうか？」タケダが首を捻《ひね》る。「俺には美味いけど」

「日本へ行ったらピザを奢るよ。全然違うから。たぶん、日本のピザの方がイタリアのピザに近い」

「ああ、イタリア風なら『グリマルディーズ』とかかな？」

「その店は？」

「ブルックリン……まさにブルックリンブリッジのたもとにあるピザ屋なんだけど、そこは普通のアメリカのピザとはちょっと違うんだ」

「じゃあ、日本へ行ったら、そこのピザと食べ比べてくれよ。日本の方が絶対美味いから」日本での暮らしはわずか三年なのに、自分の舌はすっかり日本化してしまったのかもしれない。

巨大なピザを分けて食べあい、ようやく腹が落ち着いた。追加でコーヒーをもらい、ブラックのまま啜って胃を落ち着かせる。

一つ、気になることがあった。

「あの人……デイトンって、どういう人なんだ？」

「歳も歳だから……二十五歳なんだ」

「何で気になる?」

「何か、ずっと見られているんだ」

「ああ」納得したようにタケダがうなずいた。

「一度もメジャーに上がっていない?」

「いや、『ワン・カップ・オブ・コーヒー』の経験はあると思うけど」

今度は芦田がうなずいた。それなら聞いたことはある。大リーグは、毎年九月になると、ベンチ入り選手の枠が拡大される。その機会に、マイナーの選手が大リーグの生活を経験できるのだが、コーヒー一杯飲む時間だけ大リーグにいて、あとはまたマイナーへ——なかなか厳しい話だ。

「二十五歳だと、そろそろ限界かな」

「だろうね」タケダが悲しそうな表情を浮かべる。「子どもも二人いるから、生活もかかってる。上にいけないのは、どういう事情か知らないけど……選手枠の関係で上にあげられないんだったら、他のチームへトレードすればいいのにな。その方がチャンスが大きくなる」

「何か、性格的に難があるとか?」芦田は、爬虫類《はちゅうるい》のように冷たいデイトンの目を思い浮かべた。想像しただけでぞっとする……嫉妬だ、と分かってはいるのだが、自分のようにアメリカでの実績がない選手に嫉妬する理由が分からない。

「あまり話さない人だけど、そうねえ……」タケダが顎に拳を当てる。「あの人、高校からドラフトで指名されて、もう七年ぐらい経つから、いろいろ考えることもあるんじゃないかな。予選では、あの人のバッティングで何とか勝ったみたいなものだから、プライドもあるだろう。オリンピックでも打って活躍すれば、大リーグ入りのアピールにもなる。でもそのためには、まず試合に出ないといけないだろう？」

「そんなに頼りになる選手だったら、出て当然じゃないのか？」国際試合では球数制限があるので、監督が継投策をミスすると、ピッチャーは「投げられない」試合が出てくる。アピールする機会もないわけだ。しかし打者にはそんな制限はないわけで、特に中軸を打つバッターなら、最初から最後まで試合に出て当然、という感じになる。

「うーん」タケダが腕組みをする。「正直、今年は調子を落としているみたいなんだ。実績があるから代表には選ばれたけど、去年のプレミア12の時みたいな活躍は難しいかもしれない」

よくある話だ……実績のある年上の選手が不調で、後輩に追い抜かれる——実際芦田も、そういう経験をしてきた。高校一年の春——つまり、入学してすぐだが、レギュラーのサードの選手が怪我の影響で急に調子を落とした。代わりに練習試合の先発に起用された芦田は、四打数三安打、うちホームラン一本と結果を出し、そのままレギュラーに定着したのだった。その先輩は結局、夏の県大会でもベンチ入りできず、最後の甲子園をスタンドからの応援で終えた……日本に来たばかりの芦田にも、彼の悔しさは簡単に想像できた。こういうことに国は関係ない。アスリートの世界では、どこでも起こりうることなのだ。

「どうしたらいいかな」

「何を?」タケダがキョトンとした表情を浮かべる。

「嫉妬されたら面倒じゃないか。彼もプロで、生活がかかってるんだし……僕はアマチュアだ」

「関係ないよ。このチームの目的は何だ?」タケダの目はきらきらと輝いていた。

「オリンピックで勝つこと」

「そのために必要なのは、一番調子のいい選手を使うことじゃないか。君もベストを尽くせばいい——簡単な話だよ」

そう単純に割り切れればいいんだけど……このレベルのチームになっても、アスリートの基本的な気持ちに変わりはない。

「どうだ?」ヘルナンデスが訊ねる。クソ暑いのにスリーピースのスーツ姿だ。手にしているグラスの中身はトニックウォーター。ＨＩＶ感染が分かって以来、アルコールとは完全に縁を切ったという。

「メンバーを少し入れ替えた」

「ああ。ピッチャーを増やしたんだな。狙いは？」

「ダブル・ローテーション」

「何だ、それは」ヘルナンデスが首を傾げる。

「オリンピックは連戦になる可能性があるから、普通のローテーションではピッチャーを賄えない。それで俺は、投手陣を五人ずつ二つのグループに分けることにした。一つの試合はグループAで、次の試合はグループBで担当する。担当していない時は完全に休みだ。他に二人を、いざという時のためのバックアップ要員に入れた」

「なるほど。ピッチャー出身らしいアイディアだな」ヘルナンデスがうなずく。「二十四人のロースターのうち、半分がピッチャーか……それでキャッチャーが二人、内野手が六人に外野が四人」

「ああ」

「キャッチャーは三人入れるのが普通だろう」

「内野に一人、キャッチャー経験者がいる。いざというときにはやってもらえるよ。それで……実は、まだ足りない部分がある」藤原は打ち明けた。

「何だ？」

「ヘッドコーチ」

「うん？」

「まあ、座れよ」

ヘルナンデスが、十人が座れるテーブルについた。部屋には二人きり……アメリカ代表監督ということで、最上級のスイートルームをあてがわれているのだが、どうにも落ち着かない。現役時代の遠征時にはスイートルームに泊まることもあったが、最近はすっかりご無沙汰で、狭い部屋に慣れてしまっている。どうせならここで長時間会議をやって、一人の時間を減らしたいぐらいだった。だから、合宿を視察に来たヘルナンデスが訪ねてくれたのは大歓迎である。大事な話もできるし。

藤原はボトルから水をぐっと飲んだ。この話はもっと早く持ち出しておくべきだったが、何となく言い出せないままここまで来てしまった。果たして自分の希望が叶うかどうか、分からない。

ノックの音がしたので立ち上がり、ドアを開ける。困惑した表情のリーが立っていた。

「ああ、呼び立てて悪かった」

「こんな時間に何ですか？」午後十時。

「入ってくれ」

部屋に入ってきたリーがヘルナンデスを見つけ、握手を交わす。かつてのスーパースターを目の前にして、リーの緊張と戸惑いは増幅されたようだった。

リーに水を勧め、三人でテーブルにつく。まだスペースが余っている……藤原は、正面に座ったヘルナンデスに視線を向けた。

「何かあったのか？」ヘルナンデスが心配そうに訊ねる。

「心配していたことが本当になったのさ」

合宿が始まる前、選手たちを訪ねて面会した時のよそよそしい感じが思い出される。やはり自分は日本人……大リーガーとしての実績にもさして誇れるものはなく、しかもあらゆるレベルで「監督」は初体験だ。特にデイトンは、露骨に不快感を示した。藤原が、今年のトリプルAでの成績を持ち出すと、「ボスは細かい数字の話はしなかった」とむっとした表情を浮かべたのだ。亡くなったムーアを未だに「ボス」と呼んでいるのは不快だったし、データを軽視するのも気に食わなかった。しかしどうやらムーアは、自分ではデータを把握していても、それを使って選手に話をするタイプではなかったようだ。それが彼流の選手掌握術だったのだろうし、実際上手くいっていたはずだ。そうでなければ大リーグの各球団、それにアメリカ代表の監督は任せられない。

「軸が欲しい」

「軸？」

「チームの精神的な軸だ。俺は軸になれない」

「そんな自信のないことでどうする」ヘルナンデスが叱咤《しった》した。「我々は君に任せたんだぞ？　堂々とチームを引っ張っていけばいいじゃないか」

「俺には監督としての実績がないんだ。黙って立ってれば、選手が尊敬してくれるわけじゃない」

「あの、ボス？」リーが割って入った。「この話に私が必要ですか？」

「もちろん」藤原は一瞬リーに目を向けた。「もう少し待ってくれ。それで……俺にはカリスマ性はないけど、権限はある」

「監督だからな」ヘルナンデスがうなずいた。

「コーチを選ぶ権利もあるよな？」

「コーチは全部揃ってるじゃないか」ヘルナンデスが両手を広げた。

「いや、ヘッドコーチは不在だ――つまり、お前にヘッドコーチになって欲しい」

「は？」ヘルナンデスが目を細める。「何を言ってるんだ。急にそんなことを言われても困る。一週間後には、君たちは日本にいるんだぞ」

「その『君たち』の中には、お前も入っている」

「ちょっと待て」ヘルナンデスが立ち上がった。広いテーブルの上に身を乗り出し、藤原に覆い被さるようにしてまくしたてた。「私には私の仕事がある。無責任に放り出すわけにはいかない。オリンピックは大事だが、調整しなければならないことが多過ぎるんだ。はっきり言って、私の仕事に関係する人間全てを納得させることは不可能だと思う」

「お前自身に、やる気はあるのかないのか」

ヘルナンデスが口を閉ざし、ゆっくりと腰を下ろした。

「お前は、俺にこの仕事を押しつけた。俺は受けた。何かがある――新しいチャレンジができると思ったからだ。お前が忙しいのは十分承知している。大リーグの仕事も、それ以外の仕事もあるからな。でも、今の状態に満足しているのか？　お前は野球に愛された男なのに、野球そのものからは離れてしまっている。よくそれで我慢できるな」

ヘルナンデスは何も言わない。きつく唇を引き結び、腕組みをしたまま藤原の顔を凝視している。自分に対して怒っているわけではない、と藤原には分かっていた。痛いところを突いたのだ。

「どうして現場に戻ってこなかった？」

「私には持病がある」

「ちゃんとコントロールしてるじゃないか。医学の進歩に感謝だな」

「依然として、私に偏見を持つ人間もいる」

「そういう奴は、見つけ次第俺がぶん殴ってやる――若い選手には、君の存在は絶対的だ。伝説が目の前に現れるんだから」

「しかし、スケジュール調整が難しい」ヘルナンデスがなおも渋った。何としても、この話を打ち切りたいつもりのようだった。

「ミスタ・リー、出番だ」

「了解しました」

さすが、リーは頭の回転が速い。既にスマートフォンを取り出している。しかも顔はにやついていた。それを見て、藤原も頰が緩むのを感じた。一人、ヘルナンデスだけが厳しい表情のままである。

「ほら、怖い顔をするなよ」藤原は両手で自分の頰をマッサージした。もちろん、ヘルナンデスは微動だにしない。

「……どうして私なんだ」

「やり切ったか？」

「もちろん、やり切った」

「選手としては、だろう？」

ヘルナンデスの頰がぴくりと動く。藤原は両手を握り合わせてテーブルに置き、少しだけ身を乗り出した。

「野球に関わった人間は、一生野球から離れられない——お前や俺のような人間は。お前は確かに、引退後もずっと野球に関わってきた。しかも今は、大リーグ機構の上級副社長という重大なポストを担っている。つまり仕事場は、快適なビルの中だ。球場の暑さや風の匂いを思い出すことはないか？　お前は本来、そこにいるべきじゃないのか？」

「ああ、分かった、分かった」ヘルナンデスが面倒臭そうに右手を振った。「私をひっかけたな？」

「何を言ってる。真正面からお願いしただけじゃないか。俺の夢のためだ」

「夢？」

「お前とは何回も対戦した。結果は五分五分……いや、まあ、トータルではお前の勝ちと言っていい。俺はお前を追って大リーグ入りした。そこで何回も勝負して、一つの夢は叶えられたと言っていいと思う。でも、対戦を続けるうちにもう一つの夢ができた。それは、いつかお前と一緒に若い選手を教えることだった。そう簡単にいかないのは分かっていたけど、今回は最高のチャンスじゃないか」

「それが、監督を引き受けた理由の一つか？」

「後づけの理由だけどな」藤原はうなずいた。「でも、機会を利用しない人間は馬鹿だ。俺は大リーグでそれを学んだ」

部屋の片隅で電話していたリーが戻って来た。先ほどのにやついた表情から一転して、引き締まった顔つきになっている。

「ミスタ・ヘルナンデスにも直接話していただかないといけない相手がいますが、心配しないで下さい。何とかなります」

「君は……」ヘルナンデスが、呆れたように藤原に向かって言った。「もしかしたら、もう根回ししていたのか？」

「俺は日本人なんでね」藤原は肩をすくめた。「根回しは、日本人の一番の得意技なんだ」

「知らぬは私ばかりなり、ということか」

「ご名答」

「それでですね、目下一番急ぎの話なんですが」リーが遠慮がちに切り出した。「ミスタ・ヘルナンデス、ユニフォームのサイズは？」

藤原は妙な高揚感と緊張感を覚えていた。喜びは……ない。アメリカ代表チームを率いて初めての試合。選手の性格や癖も把握していない状態で、取り敢えずはこの試合を乗り切らねばならない。しかも、勝たねば……相手はトリプルAの選抜チーム。実力はアメリカ代表とほぼ互角だろう。それでも勝つ。快勝して、選手たちに自信をつけてもらう必要があった。

三番にデイトンを置き、まだ時差ボケが抜けていない芦田はベンチスタートとなった。先発は、一番信頼できるタケダ。何となく不安なのは、まだベンチにヘルナンデスがいないからかもしれない。ヘルナンデスは、様々なスケジュールの調整のために、今朝一番の飛行機で急遽ニューヨークに戻った。本格的に合流するのは日本でになるだろう。プレーボール前、藤原はダグアウト前で選手たちに円陣を組ませた。こういうのはあまり好きではないのだが、なにぶん自分が指揮を執る初めての試合である。普通の試合とは意味合いが違った。

何か一言喋らなくてはいけないとあれこれ考えていたのだが、上手い言葉は浮かばなかった。そこで藤原は、別の人物に責任転嫁することにした――いや、これもチームをまとめる第一歩だ。

「マーク」声をかけると、デイトンが戸惑いの表情を浮かべて藤原を見る。「一言、決意表明を頼む。この試合のチームキャプテンは君だ」

デイトンは露骨に迷惑そうな表情を浮かべたが、それでも短くスピーチした。最後は「今日は三回までに勝負を決める！」と威勢良く締めくくる。

よしよし……デイトンが「不満分子」になりかねないことは既に分かっていた。藤原を嫌っているのは間違いないし、芦田に対しては強烈なライバル意識――敵愾心《てきがいしん》に近いかもしれない――を抱いているようで、それがチームにとっては火薬庫になる恐れもある。そうならないためには、このチームの中心はデイトンなのだと、本人に意識させねばならない。藤原とて、芦田がいきなり全開で活躍してくれるとは期待していない。彼には「慣れ」の時間が必要だ。それまでは、国際大会での経験も豊富なデイトンに引っ張ってもらわなくてはならない。そのために、気分よくプレーさせるのが大事だ。

よし、取り敢えず試合前のセレモニーは無事に終わった。芦田を見る……緊張しているだろうと思ったが、実際には眠そうな顔をしていた。こいつは意外に大物かもしれない。

試合は淡々と始まった。何しろ客がいないので、おかしな気分である。一般にチケットも販売されているのだが、試合をするのはアメリカのチーム、そしてここはカナダと条件が悪い。藤原は思わず、高校時代の練習試合を思い出したほどだった。いや、その頃の方がましだったか。コアな野球ファンが、校庭のネットにかじりつくように観ていたものだ。今は、五万席がほぼ空。

初回のマウンドに立ったタケダは、格の違いを見せつけた。一番から三者連続三振。わずか十一球でスリーアウトを取り、無表情でマウンドを降りてくる。しかも少し抑え気味だ。全力投球より力を抜き、マックスは九三マイル《150キロ》程度。それでもコーナーの四隅にぴしりとコントロールし、さらに抜群のキレのあるスライダー、落差の大きいチェンジアップを交え、バッターにつけ入る隙を与えない。先発ピッチャーはこうでないと。抑えのピッチャーは、時に自分を鼓舞するために大声を上げたり、大袈裟なアクションを見せることもあるが、先発に何より必要なのは安定性である。長いイニングを投げて試合を作っていくためには、一喜一憂していては疲れてしまう。

さて、問題は打線だ。練習を観ている限りでは何の心配もいらないように思えるが、試合本番となると事情が違う。

一番は、ホワイトソックス傘下トリプルA所属のロイ・ベイカー。身長は一八〇センチとこのチームでは小柄だが、コンタクト能力は優れている。プレミア12では、チーム最高打率を記録していた。

ベイカーは、初球を捉えて三遊間を上手く抜いた。ダグアウトの中に拍手が巻き起こる。雰囲気は悪くない……ぎりぎりで予選を勝ち抜いたメンバーがほとんど残っているから、基本的にチームの結束も固いはずだ。

塁上に立ったベイカーが、ちらりとダグアウトを見る。藤原は「待て」のサインを出した。ベイカーは俊足の選手でもあるが、ここは無理に走らせなくていい。まず、各打者の本番での力を見てみたい。

二番に入ったホセ・カスティーヨはメキシコにルーツを持つ選手で、パンチ力がある。最近流行の「二番打者最強説」にも合った選手なのだが、藤原はむしろ彼の器用さを買っていた。ノーアウトでランナーが出た時に迷わずバントというのは、大リーグでは流行らない戦法だが、いざという時にはバントも必要だろう。彼ならそういう要求にも応えてくれそうだ。

ノーサインだが、カスティーヨは積極的に打って出ることはなかった。ボールを見極め、臭い球をカットして、ゆっくり時間をかける。最終的にはフォアボールを選んで一塁へ向かった。

ここで三番のデイトン。気合いの入った素振りを繰り返してから打席に入る。立ち姿にはいかにも雰囲気がある……一発出そうな空気を身にまとっていた。

「いかんなあ」隣に座った打撃コーチのリッジウェイが、不安げにつぶやく。

「何がですか？」

「力が入り過ぎている。ああいう時は、あいつは大抵駄目なんだ」

「そうですか……」

リッジウェイの言った通りになった。初球に手を出したデイトンの打球は、球足の速いゴロになる。トリプルA選抜のショートが素早く動いて、一塁ベース寄りでボールをキャッチする。既に三塁に向かっていたベイカーを一瞥《いちべつ》してから自らセカンドベースを踏み、そのままボールを一塁へ送球、デイトンはベースの五メートル手前でアウトになった。

「クソ、やっぱり駄目か」リッジウェイが吐き捨てた。

「あんな感じが多いんですか？」

「奴は、チャンスになると力み過ぎる」

「なるほど……」

結局この回、代表チームは無得点に終わった。どうも頼りない……心配していた打線の非力さが、早くも露呈した感じだった。

試合は両チームとも無得点のまま、五回まで進んだ。快調に投げていたタケダは球数が七十球を超え、予定通りにこの回で降板。練習試合とはいえ、勝ち投手の権利を与えられなかったなと、藤原は申し訳なく思った。

「芦田、準備しろ」立ち上がった藤原は、ダグアウトの隅に一人で座っていた芦田に声をかけた。芦田はうなずき、慌てる様子もなく、ゆっくりとバットを引き抜いてダグアウトを出て行った。素振りを始めると、選手たちの視線が一斉に集まる。やはりものが違う……少し軽めのバットを使っているとはいえ、バットスピードは驚異的だった。

この回は三番のデイトンから。ここまでノーヒット……そのまま打席に送りこんだが、二打席目に続いて三振に終わった。そこで藤原はダグアウトを出て、選手交代を告げた。四番、DHに入ったケビン・ウイリアムスの代打で芦田。

数少ない観客から、「おお」という声が上がった。この試合を観に来ているということは、観客はかなり熱心な野球ファンだろう。デイトンとともに打線を牽引《けんいん》する四番のウイリアムスを下ろしてまで、わざわざ日本から連れて来た選手を打席に送る——このチームにとって、極めて重要な瞬間である。

交代を告げられたウイリアムスが、むっとした表情を浮かべる。ヘルメットをぐっと引き下げたので表情はすぐに見えなくなったが、全身から怒りが発散されているのが分かる。

左打席に入った芦田が、アンパイアにさっと頭を下げた。この辺も日本流か……ダグアウトで足を組んだ瞬間、リッジウェイが「出るな」とぼそりとつぶやいた。

「打ちますか？」

「ああ、間違いない」リッジウェイの声は少しだけ力強くなっていた。

「分かりますか？」

「俺の勘を馬鹿にするなよ」リッジウェイがニヤリと笑う。「こうやって何本、ホームランを予告してきたか」

そういうことは実際にある。長年野球を観続けてきた人間は、超能力を持っているように先の展開が読めるようになるのだ。

芦田は初球を、余裕を持って見送った。見ると、マウンド上のピッチャーはキャップを取り、額の汗を拭っている。汗が噴き出すほどの気温ではないのだが、投げにくそうだ。

二球目、芦田は外角低目に入ったストレートを見逃さなかった。無理せず流し打ち

——しかし打球音は強烈で、四分の一閉まった屋根にこだまする。低い弾道。サードが思い切りジャンプすればグラブに入りそうな打球だったが、そこからグンと伸びる。藤原は思わず腰を浮かした。打球は伸びて、そのままレフトポール側、「３２８」と書かれた数字の真上でフェンスを越えた。

代表デビューが先制ホームラン。しかも力任せでなく、器用に流し打っての一発だ。この男を引っ張ってきたのは正解だった。打線の厚みが変わる。

2

試合後、芦田は報道陣に囲まれた。途中出場でホームラン一本、二塁打一本——アメリカ代表として、上々のデビューだ。

ダグアウト前でインタビューを受ける芦田を、藤原は無言で見守った。さすがに緊張しているが、言葉ははっきりしており、堂々と話している。

藤原はここまで、意識的に芦田を日本の報道陣から隠してきた。日米二重国籍を持つ男が甲子園で大活躍し、今は六大学のスラッガーとして名を上げ、いきなりのアメリカ代表入りとなったら、マスコミが放っておくわけがないから、対策は慎重に行う必要があった。特に日本の報道陣への対応には苦慮した。ルール内のやり方であり、「裏切り者」と斬られるようなことはないだろうが、微妙なニュースになるのは簡単に予想できたから。念の為《ため》、代表メンバー入りを発表したのは、彼が合宿入りのために成田空港へ向かっているタイミングだった。

一方、アメリカの報道陣に関しては、藤原はそれほど心配していなかった。有望な長距離砲が代表入りして、チームの戦力が分厚くなれば、歓迎しないはずがない。

取材の内容まではっきり聞こえなくても、雰囲気でだいたいの感じは分かる。概ね《おおむ》良好――どうやらアメリカのマスコミは、あっさり芦田を受け入れたようだった。残る問題は、日本の報道陣である。彼らの書く記事は、ある程度は日本の世論をリードする。そしてオリンピックの舞台は日本……。

藤原もその後取材を受けた。プレスルームを使う正式なものではなく、ダグアウトでベンチに腰かけながらだが、なるべく丁寧に、冷静さを保つようにして話す。そう意識しないと、つい相好を崩してしまいそうだった。3対1という渋いスコアでの勝利だったのだが、監督としての初勝利に間違いはない。ただ、打線の迫力不足は解消されておらず、それを指摘された時にはさすがにむっとした。とはいえ、「打線は水物だから」と繰り返すしかなかった。

何とか無事に取材を終え、藤原はロッカールームに引き揚げた。選手たちはまだアンダーシャツ姿か半裸。勝ったものの、浮かれた雰囲気はなかった。ロースコアの試合に、選手たちも消化不良を感じているのは間違いない。

「ちょっと聞いてくれ」藤原は両手を二度、叩き合わせた。選手たちの視線が一斉に集まる。「今日はご苦労だった。あくまで練習試合だが、勝ちは勝ちだ。このままキューバとの壮行試合に勝って、調子を上げて日本へ行こう」

言葉を切り、選手たちの表情を見回す。特に反応はなし。まあ、今日の試合内容では特に盛り上がらないだろうが。

芦田のことに触れるかどうか、一瞬迷った。ノーヒットに終わったデイトン、それに途中から引っこめたウイリアムスが露骨にむっとしているのが気になる。二人ともマイナー、そして代表チームでも実績のある選手だから、今日の展開に不満を持つのは当然だろう。しかし藤原は、彼らに対するフォローの方法をまだ見出せなかった。アメリカ人は基本的に、子ども扱いされるのを嫌う。しかしスポーツ選手というのは、どこの国でも基本的に子どもっぽいところがあり、いつでも褒めてもらいたがっているのだ。ただしこの場合、褒めれば済むわけではあるまい。

このまま終わるのはどうかと、藤原はやはり一言つけ加えることにした。今のうちに言っておかないと、後で不満が爆発するかもしれない。

「キューバとの壮行試合では、調子を見極めるために、できるだけ多くの選手を使う。それぞれベストを尽くして欲しい」

「ちょっと待ってくれ」デイトンが血相を変えて立ち上がった。「ボスはよほどのことがない限り選手を交代させなかった」

それは知っている。過去のアメリカ代表の試合を精査すると、ムーアは野手を交代するのをできるだけ避けていたようだ。ずっと片腕としてムーアを支えていたリッジウェイによると、レギュラーのプライドを重視したほかに、「レギュラー野手の八人と他の選手の実力差が大き過ぎた」ということだが、最終予選からは時間が経っている。当時とはメンバーの入れ替わりもあるから、実戦で様子を見ることは絶対必要だ。

「ミスタ・ムーアのやり方は分かっている」藤原はできるだけ冷静に話した。「何も君だけを交代させるわけじゃない。全員にチャンスを与えたい」

「データを取るために？」デイトンが皮肉に言った。「データなんかクソくらえだ。最後は勘だ。ボスの勘は確かだった」

「そうか。そういうやり方もあるかもしれない。だけど、これだけは覚えておいてくれ」藤原は親指で自分の胸を指差した。「今、ボスは俺だ」

監督室に引っこみ、自分でコーヒーを用意した。デイトンがムーアに心酔していたのは間違いない。リッジウェイによると、実際ムーアもデイトンを信頼し、多少調子が悪くてもずっと三番に置いて使い続けてきた。一緒に厳しい予選を戦い抜いてきた、という思いもあるだろう。とはいえ、今は芦田の調子を見極めるのも重要だ。芦田本人は

「ＤＨは難しい」と言っていたので、やはりサードで使いたい。しかしそうなると、デイトンは引っこめるか、他のポジションを守らせることになる。そして今の状態だと、デイトンやウイリアムスよりも、芦田の方がよほど頼りになりそうだ。デイトンがそれに納得するとは思えない。

シャワーを済ませて着替え、ぬるくなったコーヒーを飲み干す。藤原は、どの選手にも個人的な思い入れを抱いておらず、自分で引っ張ってきた芦田も純粋に戦力としてしか見ていない。だから冷静に――冷酷だと思われても、適材適所で選手を使うしかないのだが、やはり冷静には徹しきれなかった。チームスポーツの選手は、トップに近づけば近づくほどプライドが高く、嫉妬深くなるものだ。敵と戦うと同時に味方とのポジション争いにも負けるわけにはいかない――試合に出ないと何も始まらないからだ。そしてデイトンやウイリアムスにとっては、今回のオリンピックで結果を残すことが、自分の将来に直結する。一打席を失えば、それだけチャンスが少なくなるわけだ。

「参ったな」このままではチームをまとめるのは困難だ。

ふと思いつき、スマートフォンを取り上げる。ニューヨーク・タイムズのスポーツ欄を開くと、既に芦田の活躍が短いニュースになっていた。見出しは「アメリカ代表に救世主」。救世主はさすがに大袈裟だろうと思ったが、実際、アメリカ代表はずっと「貧打」を心配されていたのだから、ホームランでデビューを飾った芦田は、いかにも頼りがいのある新星に見えただろう。

日本から来た若者が、アメリカ代表の金メダルをぐっと引き寄せた。十九歳のダイスケ・アシダが、ロジャーズ・センターでホームランと二塁打を放ち、チームの全打点を挙げる活躍を見せた。

逆にこれが問題なんだよな……確かに芦田は、一人で三打点を稼いでチームの勝利に貢献したが、他の選手は不発だった。課題の貧打は、依然として解消されていない。芦田の存在が起爆剤になって、他の選手も張り切るのではないかと期待していたのだが。

しかし、ニューヨーク・タイムズ恐るべし、だ。地元のフリーバーズに辛辣な批判をぶつけてくることは少なくないが、取材力は認めざるを得ない。代表入りを発表して数日しか経っていないのに、芦田のキャリアを完璧に把握して紹介している。去年の甲子園での成績、そして大学での活躍……藤原が知らないエピソードまで盛りこまれていた。

ノックの音が響く。「どうぞ」と声をかけると、リーが入って来た。手にはスマートフォン。

「アシダの記事、読みました？」

「今、読んでる」藤原は自分のスマートフォンを掲げた。「もうすっかりスター扱いだな」

「しこみが上手くいきましたね」

「しこみ？」藤原は額に皺《しわ》を寄せた。あまりいい言葉ではない。

「アメリカのメディアに、アシダに関する情報は事前に詳しく流しておきました。今日の活躍で、それが役に立ちましたよ」

「そんなこと……俺は何も知らないぞ」

「そういうのは裏方の仕事なので。ボスは細かいことは気にしないで下さい。私は広報担当でもありますからね」

「何だか落ち着かないな」

「落ち着いて下さい。監督が落ち着かなければ、チームはまとまりませんよ」

「ご忠告、どうも」藤原が頭を下げると、リーがニヤリと笑って出て行った。

選手もスタッフも自分の役目を果たし、チームは確実に動き始めている。自分はどうだ？

嫌な空気だ……夕食の席の雰囲気が、昨日にも増して硬い。レストランに入って行くと、他の選手の視線が芦田に突き刺さってくる。ここでは夕食を摂らず、また外でピザでも食べようか、と思った。腹を膨らませるためだけなら、昨夜のピザ屋でもいい。

だいたい、アメリカの選手たちは食事にあまり気を遣っていない。日本だったら、大学の寮でも栄養士がいて、しっかりとバランスの取れた食事が摂れる。体を作る若い時期に、炭水化物とタンパク質しか摂取しないような食事でいいのだろうか。メジャーに上がって高年俸を稼ぐようになれば、食事にもいくらでも金と時間をかけられるだろうが。

チームメートが一緒の場では、今のところタケダだけが頼りだが、彼は既に他の選手と一緒のテーブルで食べている。目が合って、彼の方では笑顔で黙礼してくれたのだが、そのテーブルは一杯で、一緒に座る余地がない。仕方なく、一つだけ空いていたテーブルで、侘《わび》しく、慌ただしく食事を始めた。

そこへチームのマネージャー――韓国系アメリカ人だというリーがやって来た。細身の割に、トレイは大盛りの皿で埋まっている。軽く頭を下げて芦田の前に座ると、何故かウェットティッシュのパックを取り出して、丁寧に指先を拭い始めた。アメリカでこんなものを見るのは初めてかもしれないと、芦田は驚いて見守っていたのだが、それに気づいたリーが、「使うかい?」と言って新しいウェットティッシュを渡してくれた。何となく受け取り、手を拭う。

「アメリカ人は、あまりにも衛生面に無関心だ――そう思わないか?」

「いや、まあ……それが普通でしょう」

「これは、日本人の最高の発明だね」笑顔を浮かべながらリーがウェットティッシュを丁寧に畳み、トレイの脇に置く。「日本では、こういうのをよく使うんだろう？」

「確かにそうですね」だいたいどこで食事をしても、ウェットティッシュやおしぼりが出てくる。何のためのものか分からず、最初は無視していたのだが、いつの間にか自分も使うようになった。

「ニューヨーク・タイムズの記事、見たかい？」リーが切り出した。

「いえ」

「君のことが取り上げられていた。カナダのニュースサイト――ナショナル・ポストでもね。こっちは小さな扱いだったけど、カナダには直接関係ない話だから、そんなものだろう」

「そうですか」

「君も取材慣れしてるな。結構なことだ。僕がアドバイスする必要はないようだ」

「マネージャーが、広報担当も兼ねるんですか？」

「もともと、USAベースボールでは広報の仕事をしていたからね」リーがうなずく。「雑用係よりも、こういう仕事の方が慣れてるんだ……日本でも、だいぶ取材を受けたのか？」

「そうですね」大学に入ってからよりも、むしろ高校時代――特に甲子園での取材だ。

甲子園では、試合が終わると、ダグアウト裏の通路が囲み取材の場所になる。そこで何度、記者たちと話をしただろう。慌ただしい取材にもすっかり慣れた。

「オリンピック本番が始まると、会見の回数も増える。特に今回は東京での開催だから、日本のメディア向けの会見がメーンになるだろうね。君には、そこでも活躍してもらわないと」

「いやあ、それは……」嫌な気分になる。それでなくても自分はチームの中で浮いているのに、アメリカを代表して取材を受けるようなことになったら、さらに他の選手の反発を受けるだろう。

「ボスと君が日本語を喋れるのはありがたい。日本のメディアの受けもよくなるよ」

本当にそうだろうか。日本のメディアは今のところ、芦田のアメリカ代表入りを淡々と報じるだけだ。しかしネットの世界では違う。「裏切り者」「アメリカのスパイ」「大学から追放」など、刺激的な批判の声が早くも飛び交っているのを芦田は知っていた。自分は頼まれてアメリカ代表入りしたのだし、ルール的にも倫理的にも問題は一切ないのだが……無責任な第三者が、自分をネタに盛り上がろうとしているだけだ——そう考えても、やはり気持ちは落ち着かない。

「チームはどんな感じだい？」

「いや、まだ……何とも」

「馴染めない？」

「時差ボケが抜けないので」

「そうか」

リーが、一瞬鋭い視線を向けてきた。何だ？　もしかしたらこの人は探りを入れに来たのか？　次の一言で、芦田は自分の想像が当たっていると確信した。

「君が難しい立場にあることは分かっている。何かあったらすぐ僕に言ってくれ。ボスも気にしているから」

芦田は何も言わず、小さくうなずくにとどめた。その後は食事に専念するふりをして、会話を最小限に止める。やはり藤原は、心配しているのだ。考えてみれば自分は、ぼろぼろになりながら予選を戦い抜いたアメリカ代表に突然放りこまれた異分子である。きつい試合を勝ち上がってきたチームには、自然に仲間意識が生まれるもので、結束が固くなる。そこにいきなり、まったく関係ない人間が参加して、本番で美味《おい》しいところだけを持っていかれると考えたら、不安になるのは当然だろう。自分と違って、彼らには生活がかかっているのだし。

何だか、食べた気にならない。デザートをパスして、芦田は席を立った。こんな状態が続いたら、そのうち胃潰瘍になってしまいそうだ。

翌日は、昼食の時間帯を挟んで練習が予定されていた。ところが午前中の練習に、いるべき選手の姿がない――デイトン。彼は強烈な髭面で、体も大きいからやたらと目立つ。いないだけで、グラウンドに穴が空いたようだった。

芦田は思い切ってタケダに近づき、確認した。

「デイトンは休み?」

「いや、何も聞いてないけど」タケダが怪訝そうな表情を浮かべて周囲を見回した。

「そう言えばいないいな」

「怪我でもしたかな」

「それはないな」タケダが笑みを浮かべる。「あの人は頑丈だから。怪我や病気で練習を休むような人じゃないよ」

「そうか……」

何だか嫌な予感がする。まさか、練習をボイコットしたんじゃないだろうな?

午前中は守備練習が行われた。芦田は本来のポジション、サードに入り、投内連係の練習に汗を流した。何となく動きがぎこちなくなってしまうのは、人工芝のせいだろう。今、芦田の「主戦場」とも言える神宮球場も人工芝だが、ここロジャーズ・センターの人工芝は神宮に比べて少し滑りやすいようだ。神宮だったら殺される打球のスピードが落ちない。人工芝にも様々な種類があり、しかも同じ種類の人工芝を使っていても、その下の硬さによって打球のスピードは違ってくる。初戦を戦うあづま球場の人工芝はどんな感じだろうか。その後の全試合が行われる横浜スタジアムでは、高校時代に何度も試合をしているので、感触は分かっているのだが、オリンピックに向けて改装したかもしれない。そうなるとまた、慣れるまで少し時間がかかるだろう。

しかし、守備はいい。

あまり評価されていないのだが、芦田は守備も好きだった。特に三塁の守備には愛着がある。子どもの頃好きだったのは、レンジャーズ時代のエイドリアン・ベルトレ。いわゆる鉄砲肩で、三塁線上でダイビングしてキャッチした打球を、膝をついたまま一塁へ送球して打者走者をアウトにする場面を何度も見たことがある。

そしていつしか自分も、守ることで打つリズムを作れるようになった。

軽い昼食を摂った後、野手陣はバッティング練習に入った。そこで、午前中はいなかったデイトンが姿を見せる。特に変わった様子はない。髭に埋もれた顔には、いつもと同じような怒りの表情が浮かんでいた。必ずしも怒っているわけではないようだが、そう見えてしまうのだ。

デイトンは、打撃コーチのリッジウェイと二言三言話すと、一人で外野を走り始めた。打撃練習の打球が時折当たりそうになるのだが、目がいくつもついているように、器用に避けて走っている。外野で球拾いをしていた芦田の前を何度も行き過ぎたが、完全に無視していた。自分の練習に集中しているわけではなく、まるで芦田が存在していないような感じ……次第に落ち着かなくなってきた。

打撃練習では、芦田はできるだけ最後の方で打つことにしていた。特に順番が決まっているわけではないのだが、何となく気が引けている。打ちこみなら、全体練習が終わった後、ロジャーズ・センターの屋内練習場でいくらでもできるだろう。

ケージの後ろに回って自分の順番を待つ間、素振りを繰り返す。すぐに汗が噴き出てきて、筋肉が喜んでいるのが分かった。さて、いよいよ——そう思ってケージに入ろうとすると、目の前をいきなり誰かが過《よぎ》った。デイトン。当たり前のような顔をしてケージに入り、素振りをした後、ちらりと芦田を見た——いや、睨んだ。何か言うわけではないが、「お前の出番はないんだよ」と無言で圧力をかけてくるようだった。

むっとしたが、次に自分が打つと決まっているわけではないから、文句も言えない。文句を言ったら、正面からぶつかってしまいそうだったし。

デイトンは極端なアッパースウィングで、打球は常に高々と舞い上がる。今、アメリカで流行りの「フライボール革命」を実践しているわけだ。しかし芦田から見ると、どうにも穴が多い。あの打ち方だと、高目の速球には対応できないだろう。当たれば大きいかもしれないが、コンタクトが下手なバッターは、ピッチャーに恐怖心を抱かせない。こういう選手が中軸に座っているから、アメリカ代表は得点力が低いのではないか？

しかし、打撃練習となると違う。かなり重そうなバットを平然と振り回し、右打席から次々に大きな打球を飛ばす。典型的なプルヒッター——打球はほぼ、センターから左に飛んだ。フェンス越えした打球は、全てレフトのポール際。

デイトンが打ち終えると、芦田はそのままケージに入った。デイトンの迫力あるバッティングはなかなかの見ものだったが、それに影響を受けてはいけない。芦田はいつも通り、フルスウィングするのではなく、軽く合わせて全方向に打球を飛ばした。日本よりもボールが飛ぶ感じがして、何本もスタンドインしたのだが、それはおまけのようなものだ。確実なミートを心がけるのが芦田のバッティングの基本だ。

ふと間が空いた時、視線が気になった。振り向くと、ケージのすぐ後ろに陣取ったデイトンが、厳しい視線を向けてくる。勘弁してくれよ、と芦田はすぐに目を逸らした。僕は何も、あなたを蹴落とそうとしているわけじゃない。呼ばれて試合に出るだけ——もちろん、ポジション争いになったら負けるつもりはないけど。

翌日も同じような不快感に襲われた。困ったことに、芦田に厳しい視線を向けてくる選手は二人に増えていた。デイトンとウイリアムス。この二人にとって、自分はレギュラーポジションを脅かす存在なのだろう。芦田としては、起用法について藤原に具申できるわけでもなく、ただ受け入れるしかないのだが、この二人は危機感を抱いて、何かしてくるかもしれない。それこそ、藤原に直訴するとか。

そんなのは卑怯《ひきょう》だ。

一番調子のいい選手が試合に出る、それが野球の基本的な決まりじゃないか。そして今、自分は絶好調——打撃練習の最後に、センターバックスクリーンに特大の一発を放りこんだあと、芦田はわざと胸を張って、二人を凝視した。視線が空中でぶつかり、音を立てるようだった。

練習後、藤原に呼ばれた。合宿に参加してから、彼と直接一対一で話すのは初めてだった。

「明日のキューバ戦、サードで先発だ」

「はい……いえ……」

「何だ、はっきりしないな」藤原が眉間に皺を寄せた。「別に、これで日本での先発メンバーを決めるわけじゃないぞ。ミーティングでも言った通り、できるだけ多くの選手を試す、それだけだ」

「そうですね」確かに、藤原は前からそう言っていた。

「デイトンが気になるか」藤原がずばり聞いた。

「そう……ですね。どうも、好かれていないみたいです」

藤原が声を上げて笑う。何だか無責任な——自分には関係ないとでも言いたげな笑い方だった。

「大丈夫なんでしょうか」

「何が？」

「人に妬まれたりとか……そういうのは、経験したことがないです」

「君は、鈍いのか？」

「はい？」

「君はトップレベルにいる。今まで、何人の選手を絶望させてきたと思ってるんだ？同じチームの同じポジションの選手は、君のせいでレギュラーになれなかった。打たれた相手チームのピッチャーは、嫌になって野球をやめてしまったかもしれない。でも、そんなことを一々気にしていたら、野球なんてできないだろう」

「そうかもしれませんけど……」自分とデイトンたちは立場が違う。自分は、このオリンピックでの結果がどうであれ、終われば大学に戻る。状況は一変しているかもしれないが、しばらくアマチュアとして野球を続けていくのは間違いない。しかしデイトンやウイリアムスはプロだ。せっかくのオリンピックという晴れ舞台で、ベンチを温めるだけに終わったら、目も当てられない。特にデイトンは、もう後がないはずだ。

「気にせず、いつも通りにやってくれ」藤原が気楽に言った。

「ええ……」

どうも上手くいっていない――タケダ以外の選手とのコミュニケーションが取れてい

ないのだが、それを打ち明ける気にはなれなかった。自分にそういう能力がないことを認めてしまうようで怖い。

まあ、いいか。野球はサッカーとは違う。サッカーだったら、気に食わない選手にボールを回さないということもあるかもしれないが、野球は一対一での対決がほとんどなのだ。味方に足を引っ張られることを心配してもしょうがない。

そのうち慣れるはず――自分のバッティングで皆を黙らせればいいのだ、と芦田は自分を納得させようとした。

その日の夕食後、芦田はホテルのロビーでぼんやりと時間を過ごしていた。連れ立って外出する相手はタケダしかいないが、今夜は既に他の選手と出かけてしまっている。一人の部屋で、ただ自分の打撃シーンの映像を観続けるのもあまりにも寂しい。人の行き来が多いロビーなら、ぼうっとしていても孤独感を覚えることはないので、少し時間潰しをしてから部屋に戻るつもりだった。

スマートフォンでニュースをチェックする。先日のトリプルA選抜との練習試合の様子は、日本のニュースサイトでも伝えられていた。概ね好意的――いや、特に敵意もない感じの淡々としたトーンだった。しかし、これがSNSとなるとまた事情が違う。自分の評判がネット上でどうなっているかを確認するのが、最近は怖くなっていた。高校時代、それに大学に入ってからも、けなされるようなことはほとんどなかったのだが、代表入りした途端に、掌返しで非難の声が飛び交っている。「売名」などというものまであった。

今時、どういう反応だよ。競技によっては、オリンピックに出るために、自ら進んで国籍を変更する選手もいるぐらいなのに。ラグビーだったら、国籍に関係なくナショナルチームの代表になれる。

「ヘイ」

突然野太い声で呼びかけられ、芦田はびくりとして顔を上げた。目の前で、デイトンが仁王立ちになっている。

「絶好調じゃないか」

「いえ」

デイトンが何を言い出すか分からず、芦田は短く返事するにとどめた。

「お前、ここへ何しに来たんだ？」

やっぱりそこか。気をつけて答えないと、デイトンの怒りは爆発するかもしれない。

「呼ばれたから来たんです」

「どうして辞退しなかった？」

「必要だと思われたからです」

「俺には生活がかかってる。このオリンピックが最後のチャンスかもしれない」

「そんなことはないでしょう」確かにアピールの場ではあるが、そんなことより、今いるトリプルAのチームでしっかり成績を残した方が、メジャーへ上がれるチャンスは大きくなるのではないだろうか。

「お前に何が分かる？ お前みたいに苦労していない人間は、アメリカ代表に入る資格はないんだよ。どうして日本で大人しくしていない？」

「自分で手を挙げたわけじゃないです」

「だったら、断ればよかったんだ」

「必要だと思われたから来たんです」

芦田は繰り返した。話は早くも堂々巡りになってきた。因縁をつけられているようなもので、こちらとしては逃げ場を作りにくい。まったく、どうしてこんなことになったのか。誰かいないかと周りを見回したが、残念なことにチームの人間は一人もいなかった。もっとも、ウイリアムスがいたら、二人揃って攻めてくるかもしれないが。

「お前には絶対、ポジションは譲らない」

「僕は別に――」

「三番、サードは俺のものだ」

それでカチンときた。芦田は思わず立ち上がり、デイトンと正面から向き合った。身長は同じぐらいだが、体重は彼の方が十キロほど重いだろう。しかし、殴り合いをするわけではないのだと自分に言い聞かせ、唾を呑んでから言葉を発する。

「僕も遊びに来たわけじゃない」

「何だと？」

「このチームに自分が必要とされていると思ったから参加したんだ。僕は自分の仕事を果たす——このチームをオリンピックで優勝させる」

「日本人が何言ってるんだ。お前、本当は日本のスパイじゃないか？」

「僕はアメリカ生まれのアメリカ人だ。今はたまたま日本にいるだけだ」

「どうだかな」デイトンが鼻を鳴らす。「日本人が何を考えているかなんて、分かったもんじゃない。信用できるわけがない」

「僕はアメリカ人だ！」芦田はつい、強い言葉を叩きつけた。しかしデイトンが、それに動かされた気配はない。

そして芦田は、自分のアイデンティティがかすかに揺らぐのを感じた。野球の世界では人種や国籍は関係ないと思っていたのに。

オリンピックは大リーグの野球とは違う。ややこしい状況に足を踏み入れてしまったのだと意識せざるを得なかった。

僕の故郷《ホーム》はどこだ？

トップ選手の嫉妬ほど厄介なものはない。

メジャーを経験した藤原にはよく分かっていた。先発を外されただけで、この世の終わりがきたように騒ぎ立てる。

分かっているが故に、藤原はキューバとの壮行試合の直前、デイトンと直接話した。何を言われるかは既に察している様子で、最初から不機嫌である。

「今日は先発から外れてもらう」藤原は前置き抜きで切り出した。

「どうして」デイトンが目を細め、低い声で訊ねる。

「前も言ったが、全ての選手の状態を試合で見極めたい。本番まで、実戦の機会はもうないからな。今日の試合の後半には君にも出てもらうから、そのつもりで」

デイトンの険しい表情は緩まない。あくまで自分が「先発から外された」ことを屈辱としてしか感じていないのは明らかだ。

「あのな、ミスタ・ムーアだって先発メンバーを変えることはあった。それは、君たちの力が不安定だったせいもあるし、国際試合では通常の国内での試合とは違う戦い方を強いられるからだ」

「俺は一度も先発を外れていないし、どの試合でも全力を尽くしてきた」

「分かってる。君が手を抜かない選手であることは俺も知っている」藤原がうなずいた。

「しかし、どんな形で試合に参加してもらうかは分からないんだ。DHでの起用もあるから、意識しておいてくれ」

「冗談じゃない」デイトンが食ってかかった。「俺は三塁を守って、三番を打つ――ずっとそうやってきた。それで力を認めさせた」

「これまではな」予想していたよりも面倒臭い選手だと藤原は警戒した。こういう風に、自分の「力」が「権利」を生んだと考える選手は少なくないのだが。「今回は事情が違う。オリンピックは、国際試合の中でも特別な大会だ」

「俺は国際大会での経験も豊富だ」

「しかし、オリンピックには出ていない。私は出た」はるか昔の話だが……それに今とは状況も違う。それでも藤原は強気に出た。「オリンピックでの戦い方は、私にはよく分かっている。ここは黙って、任せてくれないか」

「話題作りなんだろう?」デイトンが、一転して皮肉な口調で言った。「東京オリンピックだから、日本人を監督にして、日本人の大学生を選手として入れた――勝つためとは思えない」

「アシダを入れたのは、このチームが勝つために必要な選手だと思ったからだ」藤原はさらに強気に出た。「アメリカを優勝させるためだぞ? 話題作りもクソも関係ない」

「たまたま練習試合で打っただけの選手を優遇するのは、明らかにおかしい」

だったら訴えるか、と口に出しそうになった。しかしどこへ？　こんなことが裁判になるわけがないし、関係者に不満をぶつけてもどうにもならない。このチームの最高責任者は自分なのだ。

結局デイトンはクレームを打ち切り、大股で監督室を出て行った。音を立ててドアが閉まった瞬間、思わず息を吐いてしまい、藤原は情けなくなった。どっちがボスか、そのうち思い知らせてやらないと。そもそもデイトンは、今シーズンの成績がイマイチなのだ。去年のトリプルAの成績を見ると、メジャーに引き上げられなかったのが不思議なぐらいなのだが……今年は降格、あるいは引退の瀬戸際にあると言ってもいい。シーズン半ばとはいえ、打率は二割五分前後をうろつき、ホームランはわずか六本、打点二十五という成績は、アメリカ代表チームの中軸打者としていかにも物足りない。選手を入れ替えた際に、デイトンは外しておくべきだったかもしれない。調子の問題もあるし、不満分子を抱えたままでは、チームが空中分解しかねないのだ。

先発で三番、サードに座った芦田は、初回からパワー全開だった。ツーアウト、ランナーなしで打席に入り、キューバの先発、ガルシアと対峙する。ガルシアは右サイドハンドのピッチャーだが、かなり変則的——「くねくね」としか言いようがない投球フォームのせいで、球の出所を見極めにくい。しかも極端に腕が長いためか、右打者の場合、球はストライクゾーンを左から右へ斜めに切り取るように入ってくる。スライダーやカットボールだとこの傾向はさらに顕著で、右打者は体を開かないように意識するだけで精一杯になる。一方左打者に対しては、えげつないスクリューボールが主な武器だ。ストライクゾーンの外角ぎりぎりからボールになるように流れ落ちる球を捉えるのは至難の業だ。

しかし芦田は、特に苦にしていない様子だった。初球、二球目と、スクリューボールをあっさり見送る。手が出ないわけではなく、球筋を完全に見切っているようだ。三球目は、左打席に入った自分の方へ向かってくるようなスライダー。キレがいいので、「当たるのではないか」という恐怖心から腰が引けてしまってもおかしくないのだが、芦田は簡単に見送った。ぎりぎりでボール……ガルシアが抗議のためにマウンドを降りかけるぐらいだった。

先ほどのスライダーを見せ球にして、四球目はスクリューボールでくる……藤原の予想は当たった。芦田も読んでいた。迷わずバットを振り出すと、ジャストミートする。しかし無理には引っ張らず、綺麗な流し打ち——鋭い打球が三塁線を抜ける。ロジャーズ・センターはファウルエリアが広いので、打球が転々とする間に、芦田は楽々二塁に達していた。しかもキューバのレフトがクッションボールの処理で手間取るのを見て、一気に三塁を陥れる。

足も悪くないじゃないか、と藤原は一人相好を崩していた。隣に座ったリッジウェイもご満悦の様子だった。

「奴を二番で使う手もあるな」

「考えておきましょう」一番でもいいかもしれない、と藤原は考えた。初回の攻撃は極めて重要な意味を持つ。先頭打者が出るか出ないかは、その後の試合の行方を占う大事な材料になる。

DHで四番に入ったウイリアムスが渋く三遊間を抜くヒットを放ち、アメリカ代表は1点を先制した。よしよし……ツーアウトからの失点は、チームの士気を削ぐ。キューバは当然強いのだが——オリンピックでも優勝候補だ——意外にもろい一面があり、些細《ささい》なことから大量失点して試合を落とすことがよくある。逆境に強いのは、むしろ日本だ。日本の選手は決して諦めず、手を抜かない。ミスがあっても、影響を最小限に抑えようという意識が強い。

結局この回は1点止まりだった。畳みかける攻撃が欲しいのだが……まあ、仕方がない。「打線は水物」と自分でも言ったのだから。

「今日、アシダを途中で代えるつもりか?」リッジウェイが訊ねる。

「デイトンに代えようと思います」

「最後まで出せよ。俺はもう少し、彼のバッティングを見極めたい」

バッティングコーチとしては妥当な意見だが、それがまたデイトンの機嫌を損ねるわけだ……。

アメリカ代表は相変わらずの貧打で、今日はそれが芦田にまで伝染したようだった。ヒットが出たのは初回だけで、第二、第三打席はいずれも凡退。もっとも打球は鋭い――第二打席は、左中間への当たりにセンターが飛びこんでダイレクトキャッチ、第三打席ではファーストの頭上を抜けそうな打球をジャンピングキャッチされる不運が続いただけだった。そこまで全ての打席でジャストミートしていると言っていい。

第三打席で凡退してダグアウトに戻って来た時、藤原はそろそろ代え時か、と悩んだ。デイトンも使わないといけないし……本人にそう約束したのだから、守らないわけにはいかない。

「代えるなよ」リッジウェイが忠告した。

「デイトンも出したいんですが」

「だったらDHのところで代えるんだな。俺はもう一打席、アシダを見たい」

打撃コーチにそう言われると、芦田はこのまま出し続けるしかない。自分はチーム全体の指揮を執る立場ではあるが、それぞれ専門のコーチもいる。

投手陣は好調だった。三人のピッチャーを注ぎこみ、強打のキューバ打線を無得点に抑えている。しかし四人目の左腕、ジャック・フリードマンが摑まった。

フリードマンは多彩な変化球が持ち味のピッチャーだ。球種は本人いわく「十八種類」。「フォーシーム、ツーシーム、カーブ、スライダー、スクリューボール、カットボールをそれぞれ三種類のスピードで投げ分ける」といつも自慢している。それだけのピッチャーがまだメジャーに上がれないのは、教えても絶対に身につかないもの――ストレートのスピードがイマイチだからだ。マックス一四〇キロに達しないようでは、メジャーのローテーションに入るのは難しい。ただしアメリカ代表では、極めて安定したピッチングを展開し、勝ち試合の中継ぎで試合の中盤から終盤を引き締めてきた。これまでの分析、それに実際に選手たちのプレーを見て、藤原はムーアの選手起用の傾向がようやく分かってきた。投手も打者も、何より「安定性」を重視する。そのために、できるだけ打順はいじらない。投手に関しては、完全に勝ちパターンを作っていた。リードして終盤に入った時は、必ず信頼できるフリードマン。

しかし、安定しているはずのフリードマンが、この試合ではいきなり崩れた。キューバの先頭打者に、初球をいきなりレフトスタンドに叩きこまれ、同点にされる。これで動揺したのか、二連続ヒット、フォアボールで満塁とされた後、走者一掃のツーベースを食らった。マウンドに立って十分も立たないうちに試合をひっくり返され、アメリカ代表は3点のビハインドを背負ってしまった。

なっている。
いつも剽軽《ひょうきん》で、投手陣の輪の中心にいるフリードマンが、今はマウンドで真っ青に

次のピッチャーを送り出した後、藤原はフリードマンのデータを確認した。まずいな……このチームは直近の国際大会で二度、キューバと対戦しているが、いずれの試合でも登板したフリードマンは滅多打ちに合っている。同じ打者に打たれているわけではないのだが、どうもキューバ打線とは相性がよくないようだ。キューバの選手の「ノリ」は恐ろしく、一人がいい当たりを飛ばすと、あっという間に連打になる。今のキューバ代表は、フリードマンのようにコントロール重視で綺麗にピッチングをまとめようとするピッチャーをカモにしているようだ。むしろ荒れ球——どこへ行くか分からないようなピッチャーを打ちあぐねる傾向が強い。タケダのように、相手を圧倒する力があれば何とかなったはずだが。

次の回の攻撃で、藤原は先頭打者になった四番のウイリアムスの代打にデイトンを送った。ダグアウトを出て行くデイトンは険しい表情だったし、交代を告げられたウイリアムスもむっとしている。今日ヒット二本を放っているから、本人は絶好調のつもりだろう。ウイリアムスも地雷になりそうだ。

ダグアウト後方のベンチに引っこんだウイリアムスは、何かぶつぶつ言っている。少し宥《なだ》めておかないと、と思って藤原が立ち上がろうとすると、リッジウェイに制された。

「俺が話しておくよ」

「いや、ここは俺が」

監督は自分だ。「いいから」リッジウェイが首を横に振る。「試合中は、あんたは指揮に集中しろよ」

指揮と言っても、今何ができるわけではない。七回裏、3点ビハインドでランナーなし……デイトンに任せるしかない。

「行った！」誰かが叫ぶ。

藤原は腰を浮かして打球の行方を追った。右打席に入ったデイトンは初球を思い切り引っ張り——打球は高々と上がって、レフトのポール際に落ちた。2点差……デイトンは、自らの一撃の余韻をたっぷり味わうように、ゆっくりとダイヤモンドを一周する。

五番に入ったダルトンが続く。右打席から流し打ち——右中間の一番深いところで、打球はスタンドに飛びこんだ。

こうなると、比較的大人しいメンバーも盛り上がる。芦田も最前列に飛び出して大声を上げていた。しかし、他の選手とハイタッチを交わすわけではない。他の選手も、無理に芦田と交わろうとはしなかった。やはり、簡単には溶けこめないか。

しかも後列のベンチでは、ウイリアムスが歓喜の輪に入ろうとせず、腕組みをして座ったままである。まったく、厄介な奴だ。この一体感のなさは、何とかしないといけない。しかし、上手いアイディアが浮かばないのだった。

七回、八回と、アメリカは塁を埋め続けた。満塁のチャンスを得たものの、結局無得点……試合は1点差のまま、最終回に入った。3対4と決して「貧打戦」ではないが、どうにも地味な試合だ。特にアメリカ代表は、打線がつながらない。3点のうち2点がソロホームランというのも、藤原にとってはあまり喜ばしい点の取り方ではなかった。

九回裏、アメリカ代表は二死後、この日二番に入ったカスティーヨが粘った。カスティーヨは、この回からマウンドに上がったキューバの抑えピッチャー、フエンテスに十球投げさせた上にフォアボールを選んで出塁する。続いて打席に入った芦田も同じように粘った。

「出るぞ」リッジウェイが予告する。

「そうですか？」芦田は二球続けてファウルにしたが、藤原にはフエンテスの球威に押されているようにしか見えなかった。

「タイミングは合ってるよ」

「一〇〇マイル《161キロ》のピッチャーに？」

「今時、一〇〇マイル投げられるからと言って、無敵のピッチャーというわけじゃないよ。だいたい――よし！」

リッジウェイが叫んで立ち上がる。藤原は一瞬反応が遅れた。しかし、すっかり馴染みになったあの爆発音——芦田の打球特有の強烈な音が耳に飛びこんできて、何が起きたのかを悟った。

打球は低い弾道のライナーで、ライトスタンドに向かって飛んでいる。入るか——いや、低い。打球はダイレクトでライトフェンスに当たり、強い勢いで跳ね返った。目測を誤ったキューバのライトが、あろうことかクッションボールを後逸してしまう。打球は一塁側の広いファウルエリアに転がり、一瞬、誰もボールを追わなくなった。

その間に、一塁走者のカスティーヨが俊足を飛ばし、二塁、三塁……次々にベースを蹴って、あっさり本塁を陥れる。芦田も続いた。ライトがボールを取り損ねたのを見て、全力で一塁を回り、二塁へ。さらに三塁を狙う。

そこでようやく、バックアップに回ったセカンドがボールを摑み、三塁へ遠投を試みる。ラテン系の選手らしい、スナップの利いた送球——ボールは途中でぐっと浮き上がるように、三塁に飛んだ。しかし、やや低い。三塁直前でワンバウンドしたのが、芦田に幸いした。スライディングする芦田とボールが重なってしまったのか、サードが後逸してしまう。芦田は素早く立ち上がり、一気にホームを陥れた。

逆転サヨナラ——ダグアウトから選手たちが飛び出す。さすがにこの殊勲打を放った芦田を祝福しないわけにはいかない、ということか。

藤原もゆっくり立ち上がって——鼓動は激しかった——祝福の輪に加わろうとしたが、

そこでダグアウトにまだ選手が残っているのに気づいた。デイトンとウイリアムス、これまでアメリカ代表を引っ張ってきた二人が、明らかにこの状況にむっとしている。

ややこしい。

この状況を打破してくれるのは——自分がヘルナンデスをヘッドコーチにしたのは、結果的に大正解になるかもしれない。


試合終了後の会見は、ロジャーズ・センターのプレスルームで開催されることになった。トリプルA選抜との練習試合で芦田が注目を浴びたこと、今回がオリンピック前の最後の試合ということで、取材陣が一気に増えていたのだ。

報道陣の要請を受けたリーは、芦田をひな壇に上げた。あとはホームランを放ったデイトン、それにこのチームのエースであるタケダ。四人中三人が日本人と日系人……まずいな、と藤原は警戒した。デイトンは「日本人アレルギー」のようなものを持ってしまっているかもしれない。ただ、タケダとは普通に談笑している。ということは、デイトンが警戒しているのはあくまで芦田だけだろう。途中から入ってきて、自分のポジションを奪おうとしている人間——選手を起用する際、重要な決め手は「実績」と「現状」だ。しかしアメリカでは「現状」の方が優先される感じだろうか。過去にどれだけいい成績を上げていても、今の調子が悪ければ試合に出られない。そんなことはデイトンも承知しているはずだ。自分の調子が今ひとつ上がってこないことに加え、突然現れた日米二重国籍――彼の中では日本人の感覚かもしれない――の選手が絶好調とあっては、心穏やかにいられるはずがない。

最初に藤原が喋った。総括を求められているのだろうが、総括できるほどこのチームをよく把握していない。結局は「アメリカを代表して、全力を尽くしてくれると信じている」と締めくくるしかなかった。

その後に、少し意地悪な質問が飛ぶ。USAトゥデイの女性記者。女性の野球記者は珍しいなとぼんやり考えていると、いきなり答えにくい質問が飛んできた。

「日本人として、日本代表と戦うことに抵抗感はないですか？」

どう答えても物議を醸しそうな質問だ――藤原は一瞬間をおいて、「引き受けたからには全力を尽くす、それだけです」と答えた。

それ以上の質問はなく、今度は選手たちがそれぞれ喋った。短く喋り終えると質問タイム。やはり芦田に質問が集中する。芦田は無難に――つまらないと言ってもいいが――答えていたが、隣に座るデイトンがずっと不機嫌なのは気配で分かった。ぽっと出の選手に主役の座を奪われ、自分には質問もこない……リーによると、デイトンはチーム最年長ということもあり、これまでスポークスマン的な役割も務めてきたのだという。その役割まで奪われてしまったと思っているのか。

藤原はこの件も警戒していた。チームのスポークスマンを果たしていたということは、仲のいい記者もいるだろう。そういう記者にあることないこと吹きこんで、芦田に不利な記事を書かせようとするのではないか？　いや、デイトンもそこまで卑怯なことはしないだろう。アスリートはどこかで――最後は諦める。いつか自分を上回る選手が出てくることは分かっているはずだ。

会見が終わった時には、藤原は異様な疲れを感じた。これから荷物をまとめて、明日午後一番の直行便で羽田へ向かう。そこから先は、怒濤の毎日が始まるだろう。何とか我を忘れないようにして、しっかり状況を見据えていかないと。

ひな壇を降りる時、藤原はデイトンの些細な動きが気になった。先に出て行く芦田の背中を凝視している。まるで、視線で芦田を怪我させようとしているようだった。

今日はイマイチだった、と芦田は反省した。四打数二安打だったが、その二本のヒットが気に食わない。特に九回の最後の打席。スウィングの角度がよくなかったのか、ジャストミートしたつもりがフェンス越えしなかった。あの一球は、間違いなくライトスタンドに叩きこんでおかねばならなかったのに。

いきなりカナダで試合だったので、調子が狂ってしまったのかもしれない。でも、長距離移動で調子がおかしくなるようじゃ、大リーグでは絶対に成功しないな……試合には勝ったし、外部の人間から見れば自分は結果を残したことになるだろうが、芦田自身は納得できなかった。そのもやもやを払拭するためには、練習しかない——芦田は夕方、ロジャーズ・センターの屋内練習場にいた。

ひたすら打ちこみ。リーは本格的な野球経験はないというのだが、ここの屋内練習場にはバッティングマシンがある。これを使うぐらいは大丈夫だろう。

「朴賛浩《パクチャンホ》がデビューした時は興奮したね」バッティングマシンをセットしながら、リーが言った。「ルーツを同じくする選手が出てくると、コミュニティがわっと盛り上がる。それは君も同じだろう？　君の年齢だと、どの日本人選手が憧れだった？　ボスがデビューした頃は？」

「僕は生まれたばかりですよ」芦田は苦笑した。実際、藤原の現役時代のピッチングはほぼ記憶にない。記憶にある感じもするのだが、後で動画を見たのが、幼時の思い出にすり替わったのかもしれない。

「しかし、試合の後でまた練習というのも……真面目だねえ」

「納得できないだけですよ。お願いします」

準備が整い、芦田は打席に入った。最初は一四〇キロから入るのはいつも通り。五球打っては、五キロずつスピードを上げていく。一五五キロで固定し、しばらくそのまま打ち続ける。フエンテスはマックス一六〇キロの速球が売りだったが、今日の最高速は一五五キロだった。今、バッティングマシンから投じられるボールは、フエンテスのボールよりも遅く感じられるものの、実際のスピードと体感スピードは違う。

「まだ続けるのか？」リーが呆れたように言った。

「え？」

「もう百球だぞ。ボールもなくなった」

そんなに？　いつの間に時間が経っていたのだろう。時々、こういうことがある。ただひたすらボールに向き合い、無心で打ちこんでいると、知らぬ間に時間が過ぎている。常盤には散々注意された。練習し過ぎは怪我につながる。それに、自分が何球打ったか覚えていないようではまずい。「無我の境地」など何の意味もなく、一球一球、しっかり意識を持って記憶しないと。

しかし時に、こういう風に無心になってしまう。

「すみません、ありがとうございました」

「もういいかい？」リーがほっとした表情を浮かべる。

芦田は額の汗をタオルで拭った。全身が熱くなり、程よい緊張感が残る。今は体調は最高だが、長いフライトの後では、また調子がおかしくなるかも……なにぶんにも全てが初体験で、不安なことばかりだった。

ボールを拾い集めながら、ゆっくりと呼吸を整える。悪くない。今の練習では、確実にミートできていた。しかし試合本番となるとまた状況が違うだろう。今の芦田は、日本のピッチャーに慣れている。高校時代、そして大学に入ってからも、日本のピッチャーはコントロール重視だという印象を抱いていた。力でねじ伏せるのではなく、丁寧にコーナーを突いて打ち取る投球術……芦田にも苦手なコースはあり、そこを突かれると打率は極端に低くなる。

ただし、ボールにはクセがない。アメリカのピッチャーは、いかにボールを動かすかに苦心する。日本でも、微妙な変化でミートポイントを外すツーシームがようやく定着してきているが、アメリカのピッチャーのストレートはもっとクセがある。タイミングを外すために、ストレートと変わらぬスピードで小さく変化するようなボールを好むのだ。それ故、日本のピッチャーだったらやらないような握りも試す。

ふいに、足首ががくりと折れた。何だ？　転びそうになり、慌てて踏ん張ると、右足に鋭い痛みが走る。

「どうした？」リーが呑気《のんき》な口調で訊ねる。

「いや……」見回すと、ボールが一個、足元に転がっている。クソ、拾い忘れたボールを踏んでしまったのか。練習中には時々ある失敗だ。

失敗では済まないのではないか？　痛みは即座に広がり、歩き出そうとした瞬間、思わず倒れこんでしまう。

「どうした！」二度目のリーの問いかけは叫びになった。

「ちょっとボールを踏んで……」

芦田はゆっくりと足首を回した。動かせるから折れているわけではなく、たぶん捻挫
……何度も経験している怪我だが、この痛みは強烈だ。

アップシューズの紐《ひも》を緩めて脱ぎ、靴下を慎重に引っ張る。くるぶしのところが、既に赤く腫れ上がり始めていた。

「まずいな」傍《そば》に屈みこんだリーが心配そうな表情を浮かべる。

「ただの捻挫ですよ」芦田はわざと強がって言った。

「捻挫の方が、骨折よりも治りが遅いこともあるぞ」

「大丈夫です」

しかし、心中は焦りで一杯だった。せっかくアメリカ代表で頑張ろうと決意したのに
……二試合でそれなりに結果も出してきたのに……こんなつまらない怪我でオリンピックに出られなかったら、泣いても泣ききれない。しかも自分の不注意で。

違う。不注意のはずがない。転びかけたのは、ボールの籠を持ってケージの後ろにいた時だ。打撃練習の時、こちら側には一球もボールは飛んでいないから、当然何もないと思っていたのだ。誰かが練習の時に回収し忘れたのだろうか？　そんなことはない。

怪我が心配だから、スタッフはボールの管理をしっかりやるものだ。

その時ふと、誰かの視線に気づいた。

デイトン。

屋内練習場の出入り口から、こちらをじっと見ている。しかし芦田と目が合った瞬間、すっと顔を背けて立ち去ってしまった。

「ちょっと……」立ち上がろうとして、芦田は呻《うめ》き声を漏らした。

「無理するなよ」リーが芦田の肩を押さえる。

「いや、しかし……」

「どうかしたか?」

自分に怪我をさせるために、デイトンがこちらにボールを転がしたのではないか? ライバルを消す一番簡単な方法は、怪我をさせることだ。

「とにかく、トレーナーに診てもらおう」

リーの肩を借りて、芦田は何とか立ち上がった。自分が使っていたバットを杖代わりにして、何とか歩き出す。しかし、右足に体重をかけられなかった。

まずいな……左打席に立つ自分にとって、右足は踏み出す足だ。バットを振る度に痛みが走ったら、何もできないではないか。

トレーナーのウィリスは、芦田の右足首を見た瞬間、すぐに「病院へ行こう」と言い出した。そんなに重傷なのか？　蒼《あお》くなったが、ウィリスは冷静で、「一応、きちんと調べた方がいい。あくまで一応だ」と言うだけだった。

結果、骨折ではなく、やはり捻挫——それでも十分問題だ。治療を受けて部屋に戻ると、すぐに藤原が飛んで来た。

「試合には出られそうか？」

第一声がそれかよ、と芦田は思わず苦笑してしまった。どうせなら「痛くないか」と聞いて欲しかった。

「分かりません」芦田は慎重に答えた。

「何やってるんだ！」低い声ながら、藤原は怒りを露わにした。

しかし、リーが耳打ちすると、真っ赤だった藤原の顔がいきなり蒼くなる。

「デイトンにやられたのは本当か？」

芦田は思わずリーを睨みつけた。確かに……彼がボールを転がした疑いは強い。しかし、証拠はないのだ。防犯カメラでもあれば、決定的瞬間の映像を捉えられたかもしれないが。

「はっきりとは分かりません」

「冗談じゃねえぞ」藤原が踵を返す。

「ボス、どこに行くんですか？」芦田は思わず藤原を呼び止めた。

「デイトンに直接確認する」藤原が怒りを浮かべた表情で振り返る。

「やめて下さい」芦田は訴えた。

「ああ？」振り向いた藤原が怪訝そうに眉をひそめる。「どうして」

「そんなことをしたら、チームが空中分解します」

「そうかもしれないが、俺のチームで卑怯な真似は許さない」

「僕が試合に出ればいいんでしょう？　出ます」芦田は宣言する。

「馬鹿言うな。ドクターからは、試合は無理だと聞いてる」

「ドクターの言うことと僕の言うことと、どっちを信用するんですか？」

「馬鹿野郎、俺はお前を『借りた』んだ」藤原が顔を真っ赤にして怒鳴った。「大学から——日本球界から一時借りただけなんだ。怪我させて返すようなことになったら、申し訳が立たないんだよ！」

「貸すとか借りるとか、やめて下さい」藤原が激昂《げきこう》するに従い、芦田は冷静になってい
た。「僕は物じゃない。ここにいるのは自分の意思です。このチームで勝つために来たんですから」

藤原が目を細め、唇を引き結んだ。しばらく芦田の顔を凝視していたが、やがて「勝手にしろ」と吐き捨てて部屋を出て行った。

芦田は溜息を漏らし、リーを睨んで「余計なこと言わないで下さいよ」と忠告した。

「いや、これは放っておけないよ」リーが真顔で答える。「自分が試合に出たいからって、ライバルを傷つけるような真似は許されない。実力で何とかすべきなんだ」

「本当に彼がやったかどうかは分からないじゃないですか……厳しく追及しないで下さい」

「それでいいのか？」

「仮にデイトンがやったと認めたら、彼はどうなります？　追放ですか？　そうなったら、本当にチームは空中分解するし、彼の将来も潰れますよ」

「しかし……」

「僕は勝つためにここに来たんです。そのためには——デイトンだってどうしても必要な選手なんだ」

第三部　激闘

人工芝は、野球に対する冒瀆である。

私はこれまで繰り返し、そう主張してきた。大リーグの本拠地で四つしかない人工芝の球場に対して散々毒づいてきたのは、読者諸兄もご存じの通りだろう。

今日、私は人工芝に対する憎悪をさらに募らせた。こんなクソ暑いところで野球がやれるか！　人工芝は、やはり熱を増幅させるのだ。

その前に、この球場——アヅマ・スタジアムについて簡単に説明しよう。

アヅマ・スタジアムは、トーホク・シンカンセンのフクシマ駅から西へ十キロほど離れた場所にある。緑深い森の中に、陸上競技場、サッカー場、体育館などが集まったスポーツコンプレックスの中の一施設だ。メジャーには、ここまで市街地から遠く離れ、自然豊かな場所に存在する球場は一つもない。

　そして人工芝——オリンピックを前に改装を終えたアヅマ・スタジアムは、内外野とも不自然に色鮮やかなグリーンの人工芝に張り替えられた。ＮＰＢの公式戦も行われる球場だから施設は立派だが、とにかくこの人工芝はよろしくない。野球の信念に反している。

　日本の夏の陽射しは強烈だ。人工芝は太陽の光を照り返し、球場内の空気は熱せられて息が詰まるほどである。果たしてこんなところで、まともな試合ができるのだろうか。初見の段階で、私はこの球場に落第点をつけた。一瞬の迷いもなかった。

　ともあれ、トーキョー・オリンピック野球競技の開幕戦は、いよいよ明日行われる。この地が選ばれたのは、東北地方一帯に甚大な被害をもたらした東日本大震災からの復興の意味合いもあるので、初戦——日本の対戦相手がアメリカであることは光栄に思うべきだろう。しかし、選手たちがベストなパフォーマンスを発揮できるかどうかは、甚だ疑問である。

　野球は夏の太陽の下でやるべきスポーツだ。しかし、それにも限度がある。気温九十《三十》五度《五度》、いや、グラウンド上では百度《三十八度》になろうという環境下での試合は、選手たちにどんな影響を与えるだろう。

1

クソ暑い……藤原はタオルで顔を拭った。既にじっとりと濡れて重くなっている。周りの森から聞こえる蟬《せみ》の大合唱が、暑さを増幅させるようだった。オープニングラウンド初戦、アメリカと日本の開幕戦は、福島・あづま球場でプレーボールを待っている。

「君が言っていたよりずっと暑いじゃないか」

隣に座って文句を言うヘルナンデスの声には疲れが感じられる。これだけ暑いと彼の体調に悪影響があるのでは、と藤原は心配になった。

「俺だって、ここまで暑いとは思っていなかった」

「今日の最高気温は、九十五度《三十五度》だったそうだな。アリゾナでもこんなにひどくはならないぞ。何より、湿気がひどい」

藤原は一瞬混乱した。アメリカへ渡って二十年、単位の変換は自然にできるようになったが、摂氏華氏だけは未だに混乱してしまう。まあ、何度でもいい……暑いのに変わりはないのだから。

藤原は、アメリカ代表のバッティング練習をじっと見守っていた。選手たちの動きはやはり鈍い。これだけ暑いと、少し体を動かすだけでも体力を消耗してしまう。午後の試合だから、マウンド上のピッチャーは直射日光をまともに受けるし、湿気も大敵だ。アメリカの乾いた空気に慣れていると、こういうベタベタした空気は鬱陶しいというだけでは済まないだろう。普段より余計に汗が出て、疲れのピークが早くくる。

「継投は予定通りだな？」ヘルナンデスが確認する。

「ああ。取り敢えずタケダは五十球までだ。それでよほどのことがない限り、少なくとも三回までは投げ切ってくれるだろう。元々球数は少なくまとめるタイプだから」短期間に試合が集中するので、藤原はできるだけピッチャーを消耗させないように、小刻みな継投を計画していた。

「ＮＰＢのバッターを舐《な》めてはいけない」

ヘルナンデスはこんなに心配性だっただろうか、と藤原は驚いていた。しかし彼自身、チームを率いるのはこれが初めてで、期待よりは不安の方が大きいだろう。アメリカ代表は、いわば素人二人がツートップなのだ。またニューヨーク・タイムズが余計なことを書いてくるかもしれないと考えると、藤原はかすかな苛立ちを覚えた。

雑音を封じこめるためには、勝つしかない。

しかし、選手たちのバットは湿りがちで、快音が聞かれない。先に行われた日本代表のバッティング練習を見て、藤原はちょっとした脅威を感じていた。こういう熱帯のような気候に慣れている分、日本の方が有利かもしれない。

いかん、余計なことを考えるな。

芦田が打席に入ると、途端にシャッター音が煩《うるさ》くなった。カメラマン席はダグアウトの横に設けられているので、シャッター音がよく聞こえる——芦田はやはり、日本のメディアにとって注目の的なのだ。

トロントでの事前合宿で負傷した芦田は、微妙に打ち方を変えてきた。左打席で、普段は右足を思い切り高く上げて勢いよく踏み出すのだが、今はほぼすり足である。そのせいだろうか、打球がスタンドに入らない。上手くミートしてはいるが、いつもの迫力あるバッティングからは程遠かった。大砲が機関銃になってしまったと言うべきか。

「アシダの怪我はひどいのか？」ヘルナンデスが心配そうな口調で訊ねる。

「単なる捻挫だ」

「捻挫は長引くんだ。打ち方まで変わっているじゃないか……それでもしっかりミートしているのは、大したものだが」

「あれじゃ、実力の半分も出ていない」

会話を交わしながら、藤原は怒りがこみ上げてくるのを感じた。デイトン……芦田に止められたので、あの男の疑惑を追及してはいないが、チームの戦力ががた落ちになったとしたら重大な責任問題だ。日本に来てからの合宿の最中、何も言わずに代表から外そうか、と決めかけたこともある。デイトンだって、自分がやったことの意味は分かっているだろう。ばれないと思っていたら大馬鹿者だ。

芦田がバッティング練習を終えた。スタンド入りは一本もなし。ダグアウトへ戻って来る時に足を引きずっていないのは救いだったが、走るのにも影響が出るかもしれない。普通に歩くのと、試合中のベースランニングはまったく別なのだ。ベースを蹴る時には、鋭角に九十度曲がることになるから、足首に極端な負担がかかる。それで怪我してしまう選手もいるぐらいだ。

「芦田」

藤原は、ダグアウトへ帰って来た芦田に日本語で呼びかけた。芦田が、前腕部で額の汗を拭いながら近づいて来る。

「怪我の具合はどうだ」

「大丈夫です」

芦田が笑みを浮かべたが、そこに不安の影が過るのを、藤原は読み取った。あまり大丈夫ではない……大事をとって、今日はDHで先発出場させることにしていたが、本来DHで四番に入るはずだったウイリアムスの反応も心配だった。デイトンほどではないが、彼も不満分子になりかねない。

そのウイリアムスが、バッティング練習を始めた。特大の当たりがライトへ飛ぶ。芝生席になっている外野スタンドを越え、場外へ叩き出す一発も――バッティング練習の緩いボールをあそこまで飛ばすのは容易ではない。

その後もウイリアムスはポンポンとスタンドに叩きこんだ。その度に、唸《うな》るような声が上がる。今日は満員――改修された球場を埋める三万人の観客が、彼のバッティングに魅了されている。

「ウイリアムスを出した方がよかったんじゃないか」ヘルナンデスが腕組みしたまま言った。

「アシダは俺が引っ張って来た選手だ。責任を持って使う」

「そうか……ボスの言うことは絶対だ」

そう言いながら、ヘルナンデスはしきりに貧乏揺すりをしている。不満なのだ、とすぐに分かった。ヘルナンデスは基本的に非常に落ち着いた男で、感情を露わにすることはまずない。貧乏揺すりするところなど、長いつき合いの間、一度も見たことがなかった。しかしヘッドコーチの立場は心得ている――決まったことを後から批判しない。あくまでボスが絶対、自らの発言でボスの立場を危なくするようなことは避ける。

つまり、全責任は監督である自分にあるわけだ。

ウイリアムスが引き揚げて来て、ベンチにどかりと腰を下ろした。右手を背もたれに引っかけると、体を斜めに倒して、隣に座るデイトンに話しかける。眉はぐっと寄っている……今日試合に出られない不満をぶつけているのだろう。デイトンはバットのグリップ部分に顎を乗せ、話を聞き流している様子だった。同じ不満分子と言っても、この二人も、必ずしも気が合うわけではないようだ。それがいいことなのか悪いことなのか――不満分子同士が結束して反抗することはないかもしれないが、逆に選手の気持ちがバラバラになる恐れもある。一致団結など夢のまた夢……藤原は、昔聞いた伝説を思い出していた。以前の――一九七〇年代のレッドソックスは非常にチーム仲が悪く、試合が終わると全員が勝手にタクシーを呼んでバラバラに宿舎に帰っていたという。泊まるホテルは同じなのに。

今のアメリカ代表は、そんなチームなのかもしれない。国際大会で勝ち抜くために絶対に必要な一体感が、まったく感じられなかった。誰もが知るスーパースターのヘルナンデスがヘッドコーチに就任しても、求心力は発揮できていない。むしろ、選手は話しかけにくいようだった。偉大過ぎる人間を前にすると、いくら前途有望な若者でも萎縮してしまうのか……オリンピックは短期決戦、チームがまとまるまでに、全日程が終わってしまうかもしれない。

ダグアウトには、だれた雰囲気が漂っている。それも仕方ないかもしれない。あづま球場は、野球とソフトボールの開幕戦のために大改修を行ったのだが、球場そのものが老朽化しているので、必ずしも快適な環境とは言えない。ダグアウトにある冷房器具は、二つの扇風機のみ。それも生ぬるい空気をかき回しているだけで、座っているだけで汗が流れ落ちてくる。今後の試合はどうなるのだろう。開幕戦を除く他の全試合は横浜スタジアムで行われる予定だが、福島よりも横浜の方が当然暑い。しかもデーゲームが組まれている。選手たちの消耗は並大抵ではなく、特に投手のやりくりに苦労するのは目に見えていた。

試合開始直前、藤原はダグアウト前に全選手を集めた。凸凹の円陣の中で話し出す。

「分かっていると思うが、初戦は極めて大事だ。暑さが大敵になると思うが、これからは涼しくなるはずだから、全力で頑張ってくれ。日本代表は、細かい野球でつないでくると思うが、そんなものは力で吹き飛ばしてしまえ」

小さく声が上がる。何とも頼りない……ちらりと三塁側の日本代表のダグアウトを見ると、「オウ！」と大きな声が上がっていた。このチームワークが日本の最大の武器であり、こちらにとっては脅威だ。

アメリカ代表は後攻なので、まず選手たちは守備位置に散って行く。彼らの姿を見送りながら、藤原は球場をぐるりと見まわした。張り替えられたばかりの人工芝が、午後の陽射しを受けて鮮やかに輝いている。最新の人工芝は天然芝の感覚に近く、下も硬くない。人工芝のグラウンドは、時に非常に硬い場合があるのだが、この球場は選手の下半身に優しそうだ。ということは、ゴロの球足も緩やかかもしれない。天然芝に近い感覚でやれるのでは、と藤原は期待した。

それにしてもよく入った——スタンドはほぼ満員である。オリンピックの野球という と、スタンドは閑散としていて、草野球をやっているような気分になるのだが——藤原 はバルセロナで経験していた——さすが日本は野球大国である。日本で開催されるオリ ンピックで野球が復活したというドラマ性も、球場に客を呼びこむ要素になっているの だろう。

しかし、これだけ多くの観客が、どうやってここまで来たのだろう。あづま球場は、福島市の中心部から遠く離れた総合運動公園の中にあるのだが、周りは基本的に鬱蒼とした森、そして水田と畑である。最寄駅はJR福島駅だが、とても歩いて来られないので、車が必要だ。駅と球場をつなぐシャトルバスも臨時に運行されているそうだが、それでもとても三万人の観客が球場に集まれるとは思えない。しかし実際には、スタンドは内外野とも満員なのだ。

球場自体は古いが、まだましだろう。バルセロナでプレーした急ごしらえの球場を思い出す。そもそも野球が盛んでない国に造られた球場で、何かと使い勝手が悪かったが、あの球場はその後、どうなったのだろう。各地のオリンピック施設が、大会終了後はまったく使われず、早々と廃墟《はいきょ》のようになっているニュースに衝撃を覚えたものだ。もちろん、あづま球場はそんなことにはならないだろう。野球大国・日本のオリンピック遺産として、将来に残るはずだ。

日本では、野球は特別なスポーツなのだ。

鳴り物禁止のルールでもあるのか、スタンドは静かだった。場内アナウンスでアメリカ代表選手が紹介される度に、礼儀正しく拍手が巻き起こる。この辺も日本らしいな、と藤原は苦笑した。大リーグでは、相手チームの選手に対してブーイングを送るのがお約束である。

タケダが投球練習を開始するのを確認して、藤原はベンチに腰かけた。いつものタケダ──軽く投げているようでスピードは乗っている。これだけ暑いと筋肉が解れるのも早いが、その分体力の限界も早く来る。三回までは絶対に頑張って欲しいが、早めの継投も想定しておかねばならないだろう。絶対的エースのタケダを上手く使い、決勝ではできるだけ長く投げられるようにしたい。はっきり言って、他の投手はタケダより一段も二段も実力が落ちる。

「緊張してるか?」ヘルナンデスが訊ねる。

「ああ」藤原はすぐに認めた。

「ボスが緊張するのはよくないな。選手に伝染するぞ」

「リラックスする方法がない」

「だったら、緊張したままいこうか。結局、プレーするのは選手だからな」

「そうだな」

「まあ、まずはタケダに任せよう。彼は大物だよ」

「そうか？」

「あのメンタルは大したものだ。まったく動じていない」

その通りだ。トリプルAの球場ではここまで観客が入ることはないが、三万人の観客を前にしても、タケダは普段とまったく変わった様子がない。無駄な力は抜けており、しかしボールには威力がある。

試合開始——打席には、ホークスのリードオフマンでもある幸田《こうだ》が入った。昨年、一昨年と二年続けての盗塁王。昨今、大リーグでは盗塁はそれほど重視されなくなっている——野球を統計学的に分類したセイバーメトリクスでは、得点につながる要素としては低く評価されている——ものの、足の速い選手はやはり大きな戦力になる。転がせばヒットになる可能性が高いし、出塁すればピッチャーは足を気にして、バッターとの勝負に集中できなくなる。

スイッチヒッターの幸田は、元々左打ちだったようで、左打席の方がパンチ力がある。右ピッチャーのタケダに対して当然左打席に入り、初球からいきなり振ってきた。

「まずい」ボールがタケダの手を離れた瞬間、藤原はつぶやいた。

悪い予感はコンマ何秒かのちに現実になる。悪くない——力のあるストレートだったが、コースが甘い。内角真ん中に入ってしまい、幸田は迷わずバットを振った。快音を残し、打球はライトへ——定位置で守っていたライトのジョンソンが、一目散に走り出す。すぐにライトフェンスに達して手を当てたが、見送るしかできなかった。

初回先頭打者初球ホームラン。藤原は、スタンドが爆発したかと思った。拍手と歓声が降り注ぐ中、幸田が悠々とダイヤモンドを一周する。

「今のは出会い頭だ」

ヘルナンデスが慰めるように言ったが、藤原は何も言えなかった。コースが甘かったのは事実だが、キャッチャーのライアンズの配球ミスでもある。タケダのコントロールからして、投げ損じはまずないはずだ。内角で脅してやろうと思ったのかもしれないが、それならもう少し高目を指示しないと。幸田は、内角は真ん中から低目に強い。そういうデータはしっかり収集してあるのに、活かせていなかった。

初回先頭打者ホームランが出ると、攻撃側には勢いがつくものだが、守る方にもメリットがないでもない。二番打者以降を警戒すると同時に、「なかったこと」にして気持ちをリセットできるのだ——スコアボードの1点を無視できれば。

タケダは上手く切り替えた。一五〇キロを超える速球と切れ味鋭いスライダーを投げこみ、二番バッター以降の三人を簡単に打ち取る。藤原はほっと息をついて立ち上がり、ダグアウトに戻って来る選手たちを出迎えた。タケダが平然とした表情を浮かべているのでほっとする。ダグアウトの一番後ろで汗を拭っているところへ近づき、先ほどのホームランについて訊ねた。

「少し低く入ってしまいました」タケダがバツの悪そうな口調で答える。

「サインじゃなかったのか？」

「内角高目でした。ただ、指先の引っかかりがよ過ぎて」

「ボールはいつもと同じだろう」

「湿気がひどいんですよ」タケダが顔をしかめる。「ボールが指先に吸いつき過ぎる感じがします」

それは必ずしも悪いことではないのだが、限度はある。長年投げ続けてきた藤原には その感覚がよく分かった。同じボールを使っていても、気象条件によって感触は違ってくる。

「ロージンバッグを上手く使ってくれ」

「そうします」

一発を食らったものの、タケダがそれほどショックを受けていない様子なのでほっとした。これなら、予定の三回をきちんと抑えてくれるだろう。実際、初回に要した球数はわずか十球だった。

さて、あとは打線の反撃を待とう——藤原にすれば心配のタネの打線だが。

心配はすぐに現実になった。一番のベイカーがセカンドゴロ、二番のカスティーヨがライトフライに倒れ、わずか五球でツーアウトになってしまった。

　ここで打席に、三番DHの芦田が入る。その瞬間、スタンドに異様な雰囲気が流れるのを藤原は感じ取った。期待半分、ブーイング半分……甲子園の大スターだった芦田は、ここに集まった多くの観客にその存在を知られているだろうが、その彼がアメリカ代表のユニフォームを着て、日本のエース、ジャイアンツの野口《のぐち》と対峙している——この状況にどう反応していいか、観客も戸惑っているのではないか。

　芦田はまったく動じていなかった。左打席に入っても、いつもとまったく様子が変わらない。ぴたりと構えて、いかにも打ちそうな雰囲気を醸し出していた。

　芦田は野口とじっくり対峙した。初球、外角低目の速球を見極める——ワンボール。二球目は、膝下をえぐるようなスライダーでストライクを取られた。三球目で初めてバットを振る。鋭い打球音が響き、藤原は一瞬腰を浮かした。打球はライナーでファウルになり、ブルペンとグラウンドを隔てる金網を直撃して激しい音を立てる。スタンドからは「おお」という声が聞こえてきた。実際、あの打球の速さは驚異的だ。去年の甲子園でも、芦田は観る人を驚かせたはずだが、あれから一年が経ってさらに進化している。打球速度は、去年の比ではあるまい。

　今のはジャストミートだった。野口は警戒したのか、続く二球を慎重に外角低目に集める。しかし芦田は二球ともボールと見切ってフルカウントに持ちこんだ。

スタンドに、うめくような声が広がる。十九歳の若武者の落ち着いた戦いぶりに対する感嘆の声だろう。初回からこの緊張感――最多勝二回、最多奪三振四回、沢村賞も二度獲得している日本の絶対的エースに対して、芦田が互角の勝負をしている。オリンピックの野球ともなれば、まず自国のチームを応援するものだが、日本のファンは、野球そのものの楽しみ方をよく知っている。純粋に勝負は勝負として、手に汗を握って見守っているのだ。

フルカウントからの六球目、内角高目の釣り球に芦田が反応した。フライを打ち上げたがるデイトンだったらポップフライを打ってしまいそうなコースだが、芦田は上手くバットを合わせる。いつもの爆発音ではないが――引っ張った速い打球が、あっという間に右中間を抜けていく。一番深いところ――藤原は思わず身を乗り出し、ダグアウト前にあるフォームラバーのフェンスをバシッと平手で叩いた。

芦田は右足の故障を感じさせないスピードであっという間に一塁を蹴り、二塁へ向かった。ライトが追いついて内野へ返球する。

「止めろ！」藤原は思わず日本語で叫んでしまった。普通に走っているようには見えるが、無理はさせたくない。今の言葉を、三塁ベースコーチに入っているリッジウェイが理解するはずもない……しかしリッジウェイは、独自の判断で両手を前に突き出した。二塁ストップ――芦田はゆっくりとスピードを落とし、楽々二塁を陥れた。ほっとして、藤原はベンチに腰を下ろした。

「よくないな」ヘルナンデスがつぶやく。

「そうか？」

「今の一球は甘かった。いつもの芦田なら、スタンドに放りこんでいる」

確かに……きちんとミートして右中間の一番深いところへ飛ばすのだから大したものだが、言われてみれば物足りなさが残る。

日本へ向かう機中、ヘルナンデスが芦田のバッティングを解説してくれた。それによると、芦田の最大の特徴は「体重移動の巧みさ」だという。大きく上げた右足の動きをきっかけに、体が前に出る動きを上手く利用してボールを遠くへ運ぶ。それを可能にしているのは、強靭《きょうじん》な下半身と体幹の強さだ。今は、普段の体重移動ができない分、飛距離が伸びないのだろう。

アメリカ代表の打線はつながらなかった。四番に入ったデイトンが、あっさりとサードへのポップフライを打ち上げ、スリーアウト。藤原は思わず歯噛みした。フライを打つのは理に適《かな》ってはいるが、ここはゴロで逆方向を狙って欲しかった。ツーアウトだし、ライト前に運べば芦田は十分生還可能だったのだ。

やはりこのチームはバラバラだ。「チームワーク」を理解している選手が一人もいないのでは、と藤原は強い不安を覚えた。

その不安がさらに増幅される。小走りにダグアウトに戻って来る芦田が、かすかに足を引きずっているのだ。思わず「大丈夫か」と声をかけた。

「大丈夫です」芦田は平然と答えたが、顔色が今ひとつよくない。

「トレーナーに診てもらえ。お前の次の出番はまだ先だ」

「大丈夫です」芦田が繰り返した。

「監督命令だ」

こんなことは言いたくないが、仕方がない。元々芦田は怪我の多い選手だし、とかく無理をしがちなのだ。今のバッティング、そして走塁で怪我が悪化したとなったら、早々に引っこめなければならない。このあと一次リーグのオープニングラウンドがもう一試合、そしてトーナメント戦のノックアウトステージが待っている。早く治療して休んでおけば、その分この先の戦いで戦力として期待できる。

ただし、芦田のいない打線は一気に厚みを失ってしまうのだが。

短期間の特別な戦い。これなら、半年という長期スパンで戦う大リーグの監督の方が、よほど楽なのではないかと思う。

芦田はロッカールームに戻った。ここも改修されてはいるようだが、いかにも古めかしい。畳敷きの一角があるのがその証拠だ。畳なんて高校時代以来だな、とつい表情が緩んでしまう。武道の授業があって柔道を選択したのだが、足裏に触れるあの爽やかな感覚を思い出した。

トレーナーのウィリスは、その畳部分に治療台を置いていた。ロッカールーム自体がそれほど広くないので、そうしないと選手たちが着替えたりするスペースがなくなってしまうのだろう。

「おいおい、もうダウンか？」ウィリスが目を見開いた。

「いや、念の為です」

芦田はスパイクとソックスを脱ぎ、畳のスペース——一段高くなっている——に腰かけた。ウィリスがしゃがみこみ、右足を確認する。

「腫れはないな」言いながらテーピングを外す。「痛むか？」

「痛みはないんですけど、いつの間にか足を引きずっていたみたいです」

「無意識のうちに庇《かば》ったんだろう。無理はするな」

「さっきは、サードまで行けたんですけどね」二塁打の感触を思い出す。普段の自分なら、当然二塁を蹴っていただろう。ベースコーチのリッジウェイの指示を無視するわけにはいかなかったが、わずかな不満が残る。

ウィリスが消炎剤を吹きつけた。「痛み止めは？」と聞かれたが「ノー」と返事する。ドーピングに引っかからない痛み止めがあるのだが、そもそも薬が嫌いだった。

「最悪、注射で何とかすることもできるが」

「冗談じゃないです」薬よりも嫌いなのが注射だ。

「テーピングをきつくしよう。少し動きが鈍くなるけど、大丈夫か？」

「それは……平気です」

　普段だったら「困る」と言っているところだ。大きく踏み出した右足が着地する時に感覚が鈍っていると、やりにくい。しかし今は、探るようにすり足で踏み出しているので、気にならないだろう。

　テーピングが終わったところで立ち上がり、右足を床につけてみる。ひんやりした冷たさが足裏に走ったが、足首自体の感覚はないに等しい。これで大丈夫だろうかと、やはり心配になる。

　しかし、心配ばかりしてもしょうがない。ソックスをはき、足首を守るミッドカットのスパイクの紐をきっちり締め上げた。サードを守る時は、俊敏な動きを妨げないようにローカットのスパイクを履いているのだが、今回は怪我した右足首を守るために、普段は履かないミッドカットにしてある。くるぶしのところが擦れる感じがしてあまり好きではないのだが、足首の保護優先だ。

　ふと、ロッカールームの片隅に置かれたモニターに目がいった。試合の映像がそのまま流れているのだが、テレビ中継と違ってアウトカウントやランナーの有無はすぐには分からない。しかし、マウンドに立つタケダがむっつりした表情を浮かべているのは分かった。普段からマウンド上ではあまり表情を変えない――そもそもむっとしたような顔つきなのだ――のだが、今は本当に苛立っている様子だった。

「まずいな……」ウィリスがぼそりとつぶやく。「二、三塁だ」

「アウトカウントは？」

「ワンアウト」

タケダが攻めこまれているのがショックだった。トリプルA選抜の打線を抑えきったタケダが、こんなに簡単に打ちこまれるとは……日本代表を舐めてはいけない。今回の野球競技は、かなり変則的な試合設定で、オープニングラウンドで最下位になっても優勝のチャンスが残っているのだが、一位で通過すれば、ノックアウトステージの組み合わせがぐっと有利になる。まず初戦の日本戦を勝って勢いをつけたいところだが……。

打席には、八番の所《ところ》。ベイスターズの守備の要で、芦田も横浜スタジアムで彼のプレーを観たことがあった。基本的に守備の人――確か五年連続ゴールデングラブ賞だ――とはいえ、パンチのあるバッティングをする選手で、ベイスターズでは三番を打つこともある。

その所が、初球でスクイズを試みた。ああ、ここでスクイズか……大リーグでは、スクイズも含めてバントは戦法の主流ではないが、日本は未だに、こつこつと1点を取る野球をしてくる。

打球を殺しきれない——しかし、サードを守るデイトンの出足が遅れた。予期していなかったのか？　そうかもしれない。大リーグの選手だったら、犠牲フライを狙って外野へ飛ばそうとするところだ。ベンチは守備の指示をしていなかったのだろうか？　打球は三塁線に転がっていく。切れそうだ——しかしデイトンは無理に突っこみ、ボールを拾い上げた。ホームを窺《うかが》うが、時既に遅し——三塁走者は既にホームへ滑りこむタイミングだった。それを確認してから、身を翻して一塁へ送球。しかし、無理な姿勢で投げたせいか、悪送球になってしまう。ファーストのダルトンが思い切りジャンプしてボールを押さえようとしたが、届かない。ボールがファウルエリアを転々とする間に、二塁走者までホームを陥れていた。

「クソ！」ウィリスが吐き捨てる。

二回で3点差……大きい。芦田は体から力が抜けるのを感じた。日本の投手力は、各チームの中で一番だろう。エースの野口以外にも、日本を代表するピッチャーをずらりと揃えている。それを考えると、この状況は絶望的に思えた。

カメラがタケダの表情を大映しにする。珍しく呆然《ぼうぜん》とした表情……そしてびっしりとかいた汗がはっきり見える。この暑さ、そして湿度のせいだ。タケダがやりにくそうにしているのが画面からも感じられる。実際今日は、どの選手も暑さと疲労との戦いだろう。先ほど打席に立った時、芦田も異様な暑さを感じた。去年の夏の甲子園ともまた違う、息が詰まるような暑さと湿気。福島の夏は、関西より暑くなるのだろうか……原因の一つは、満員の観客が発する熱気かもしれない。アメリカ代表にブーイングを送ることもない、礼儀正しい観客なのだが、それでも素晴らしい試合を期待する気持ちが一塊になって、スタンドから降ってくるような感じだった。タケダやデイトンはその重圧に負けたのだろうか。考えてみれば、普段プレーしているマイナーの球場よりもよほど多くの観客が、彼らの一挙手一投足に注目しているのだし。

いやいや、諦めるのはまだ早い。もう一度スパイクの紐を締め直し、芦田は立ち上がった。

「頼むぞ」ウィリスが声をかけてくる。「こんなところで負けるわけにはいかないんだ」

「当然です」芦田は意識して胸を張った。「試合はこれからです」

アメリカ打線は、芦田のヒット一本に抑えられたまま、四回裏の攻撃を迎えた。スコアは3対0で日本がリード。ワンアウトランナーなしで、芦田は二打席目に入った。ここはとにかく、塁に出ることを考えないと。

マウンド上の野口は、八人連続アウトで抑えて、なお闘志満々の様子だった。自信を持ったピッチャーほど怖いものはない。しかも今日の野口は絶好調だった。基本はストレートとスライダー中心の組み立てなのだが、アメリカ打線はまったく打ち崩すタイミングを摑めない。今すぐ大リーグに行っても通用するだろうが、ジャイアンツ所属となるとそれも難しいだろうな、と芦田はかすかに同情した。チームによって、事情は様々なのだ。

初球、外角低目ぎりぎりのストライク。あそこに投げられると、簡単には手が出ない。見送って二球目――今度は少しだけ真ん中寄りに来た。思わずバットが出たが、スピードの乗ったボールはわずかに外へ滑るように逃げる。ツーシームか……芦田はかろうじてバットに当てた。高く上がった打球は、三塁側のスタンドに飛びこむ。

命拾いした……一度打席を外した芦田は深呼吸した。今のは、引っかけて内野ゴロに終わってもおかしくなかった。

三球目、膝下に流れ落ちるようなスライダーを見逃す。一瞬間が空いた後、アンパイアが「ボール」を宣告する。スタンドから、非難するような声が上がった。今のはストライクじゃないか？　実際、低目が好きなアンパイアだったらストライクを取っていたかもしれない。

ほっとして一瞬気を抜き、リラックスしようと肩を上下させた。実際、ひどく緊張していたことに気づく。

「芦田！」スタンドはざわついているのに、何故か自分を呼ぶ声がはっきりと聞こえる。

「裏切り者！」

裏切り者？　芦田は思わずタイムをかけ、打席を外した。今の声は、バックネット裏から聞こえてきた。僕が何を——誰を裏切った？

バックネット裏の一番いい席は当然満員。誰が声を上げたのか分かるはずもない。それに、「罵声」と言えるのは今の一言だけだった。

ネクストバッターズサークルに戻り、グリップに滑り止めのスプレーを吹きつける。素振りを二度、三度……何だか落ち着かない。

アメリカ代表入りを発表して以来、ネット上では芦田に対して様々な意見が飛び交っている。おかしな話だが、アメリカ代表のどの選手よりも、自分は日本では有名だろう。大学野球の試合結果を気にしている人は多くないはずだが、甲子園で決勝まで行った去年の活躍は、野球ファンの脳裏にしっかり残っているのではないか。

ネット上の意見は賛否両論——六対四でマイナスの声が多い感じだった。「否」の声はほとんどが感情的なものだったが、これは気にしていてもしょうがないと割り切っていた。自分を罵倒したくなる人間がいるのは理解できる。むっとしたのは「どうせ戦力にならない」と揶揄する声だった。先ほどの二塁打で、そういう意見はある程度封殺できたのではないかと思うが……そもそもネットの声などどうでもいい。ネット上でだけ暴言を吐いて暴れ回る人がいるのは、日本でもアメリカでも同じだろうが、そういう人は実際には少数派なのだ。

では、先ほどのヤジは何だったのか。初回の二塁打を見て、「思ったよりもやるな」と苛ついたファンが、つい叫んだのだろうか。

駄目だ、こんなことであれこれ考えていては。

打席に戻る。声が揃った応援があるわけではないが、それでも誰かが指揮しているような「ノ・グ・チ」の声援と手拍子がスタンド全体を覆う。野口がプレートを踏んで投球動作に入った瞬間、その声援と手拍子がピタリと止まる。ほぼ完全な静寂……野口が投じた四球目は、外角高目の速球だった。速い——見逃されてもいいし、振ってもらえば儲《もう》けものという釣り球だ。

しかし芦田はアジャストした。普段の大きな踏み出しよりも、投球がしっかり見えている。あとはきちんと打ち返せるかどうか——コンタクトの瞬間、ボールに押される感覚があった。しかし振り抜く。

いける。

いや、いった。

流し打ちした打球が、強烈なライナーになってレフトに飛ぶ。バットを放り出した芦田は、一塁へ向かって全力疾走した。右足首の感覚が薄いのが気になったが、何としても二塁は陥れたい——しかしすぐにスピードを落とした。

ホームラン。悲鳴がスタンドを回る。そこに混じった拍手……一塁の直前でさらにスピードを落とし、芦田は慎重にベースを踏んだ。人工芝の少し硬い感触をソールに感じながら、足首に負担をかけないように気をつけ、ゆっくりダイヤモンドを一周した。

これで2点差に追い上げた。ゆっくり打席に向かう四番のデイトンと目が合う。普通なら派手にハイタッチで祝福されるところだが、芦田は手を上げなかった。デイトンの目が、祝福を拒否している。自分だけ手を上げて「空振り」したら馬鹿馬鹿しい。デイトンの脇を通って、一目散に一塁側ダグアウトに向かう——誰も出てこない。点差を縮める反撃の一発だったのに、喜ぶ人間はいないようだった。コーチ陣は別……藤原が突き出した右の拳に自分の拳を合わせる。ヘルナンデスも同じように拳と拳の挨拶で祝福してくれた。

これは、相当変な光景に見えるのでは、と芦田は心配になった。ホームランを打った選手を誰も祝福しない。この試合はテレビ中継されているはずで、多くの人が画面の前で首を傾げているだろう。芦田は、アメリカ代表チームのメンバーから拒絶されているのか？　あいつ、大丈夫なのか？

ダグアウトの中にはベンチが三列並んでいるが、芦田は一番後ろの列まで行って、タケダの横に腰を下ろした。彼まで俺を無視するのか……しかしタケダは遠慮がちに、腰の高さで拳を突き出していた。そこに自分の拳を合わせて、少しだけほっとする。彼だけは、自分の立場を分かってくれているようだ。

「いいバッティングだった」タケダが素直に褒めてくれた。

「ありがとう。これでチームが勢いづくといいんだけど」

「そうだな」

「今日、調子はどうなんだ？」

「まあまあ……暑くてバテるけど」

「マイナーのデーゲームの方がきついんじゃないか？」

「湿気がね」タケダが両手を擦り合わせた。「こうやってると、水が出てきそうだよ」

「まさか」

「いや、本当に……指先の感覚がおかしくなる」タケダが表情を歪めた。

その時、鋭い打球音が響いた。座っていた選手が一斉に立ち上がる。芦田はダグアウトの最前線に一気に走って行って、打球の行方を確認した。アッパースウィングのデイトンらしい、滞空時間の長い一撃。打球は高々と舞い上がって、バックスクリーン右の芝生席に飛びこむところだった。ちょうどボールをキャッチした少年ファンが、グラブを高く差し上げて何度もジャンプしているのが見える。

選手たちが一斉にダグアウトを飛び出した。何だよ、この扱いの差は……芦田はむっとしたが、他の選手にならって外へ出た。自分だけ中にいて祝福しないと、またあることなないこと言われる。

悠々とダイヤモンドを一周してきたデイトンが、選手たちと次々にハイタッチを交わす。芦田もその列に並んだが、あっさりスルーされた。空振りの感触のようなものが手に残る。デイトンは当然、目を合わせようともしなかった。

自分がこのチームに溶けこめる日はくるのだろうか。オリンピックの期間は短い。結局タケダ以外には話す相手もいないまま、あっという間に最後の試合を迎えることになるのではないか。

仲良くなりたいわけではない。自分は勝つためにここに来たのだから。

それでも一抹の寂しさ——いや、不安が胸の中で広がっていくのだった。

タケダは球数が五十に達したところで、予定通りマウンドを降りた。「最低限」の三回を超え、五回途中までは投げたのだが、3点を失ったせいでいかにも不満そうで、ベンチで芦田の横に座るなり、またグラブを手に取った。

「ちょっとキャッチボールにつき合ってくれよ」

「ああ」

クールダウンか……ダグアウト前に出てキャッチボールを始める。タケダは軽く投げているだけだが、手元で伸びるボールは健在だった。まだまだ投げられそうだが、先の戦いを見越して、球数を少なく抑えるのは当然の作戦――彼がそれを不満に思っているのは明らかだった。

大リーグでは最近、「オープナー」という投手起用方法が注目を浴びている。救援投手を初回だけ投げさせ、二回からは本来の先発投手がマウンドに上がるというものだ。奇策とも言えるが、実際は統計に基づいた戦術である。実は九イニング中、一番点数が入りやすいのは初回なのだ。ここに短いイニングを抑える力のあるクローザーを投入することで、相手チームを無得点に抑えてから本来の先発投手につなぐ――賛否両論のやり方ではあるが、国際大会での戦い方はこれに近いかもしれない。短いイニングでピッチャーを次々に代え、目先を変えつつ、次回の登板に影響が出ないようにする。

しかし多くのピッチャーは、こういう試合に慣れていない。大リーグでも当然、先発ピッチャーにはプライドがあるし、六回までを3点以内に抑える「クオリティスタート」を何回成功させるかで先発投手は評価される。子どもの頃からずっと先発でやってきたタケダが、そこにこだわりを持つのは当然だろう。このまま六回まで投げ続けて3失点で抑えれば、自分の役目を果たせたと満足できたかもしれないのに。

しかし藤原は今回、「ダブル・ローテーション」という新しい手を打ち出した。投手陣を五人ずつＡＢの二組に分け、一試合はそれぞれの組に完全に任せる。確実に登板間隔を開けることで、投手陣のやりくりに余裕を持たせようという狙いだ。今後の試合をシミュレートすると、ノックアウトステージでは最大五連戦になるので、ピッチャーの登板間隔を調整しなければならない。先発の柱であるタケダはAグループに入り、登板間隔を調整しながら、後ろの方で多くのイニングを投げられるようにするようだ。もちろん、連戦が続けばABグループの組み替えもしていくだろう。この辺、ピッチャー出身の監督ならではの感覚ということか。

タケダは十球ほど投げてクールダウンを終えた。時折首を傾げる……まだこの湿気に慣れていないのかもしれない。

ベンチ裏のロッカールームに一度引っこんだタケダを、芦田は追いかけた。ロッカールームには当然二人きり……乾いたアンダーシャツに着替えようと上半身裸になったタケダに声をかけた。

「実際のところ、どう思う？」

「何が？」タケダが面倒臭そうに答えた。

「このままいけると思うか？」

「何とも言えないな」

タケダがアンダーシャツを大きな洗濯カゴに放り入れた。重い音がしたので、汗だくだったのが分かる。

「とにかくクソ暑いんだよ。こいつには、そう簡単には慣れないと思う」

「そうだよな……」

「お前は慣れてるんじゃないか？」

「お前よりは」芦田はうなずいたが、自信はなかった。慣れたからと言って、いいプレーができる保証はない。故郷・サンディエゴの乾いた熱波が、ふいに懐かしくなった。サンディエゴも相当暑くなるのだが、空気に湿り気はなく、真夏でも日陰に入ると涼しさを感じるぐらいだった。しかし日本では、陽射しが遮られても、体全体を蒸し上げるような暑さに悩まされる。実際、去年の甲子園で大怪我をしたのも、それが原因だったかもしれない。正直、サードの守備に入っていて、暑さで少しぼうっとしてしまった。頭がはっきりしていたら、あんな風に無理にボールを追わなかっただろう。

「ヨコハマはどうなんだ？」タケダが訊ねる。

「気温は同じようなものだと思う。でも、少し条件が違うかな。海が近いんだ」

「それじゃ、もっと湿気がひどいかもしれない」タケダが表情を歪めた。

　大きなタオルで、髪と上体の汗を拭き、乾いたアンダーシャツを着る。マウンドに立っていた時は長袖のアンダーシャツだったのだが、今は半袖。それで少しはほっとしたようだった。

「何だかやばい気がするよ、俺は」タケダがぼそりと言った。

「何が？」

「上手くいかないかもしれない」

「勝てないと?」

タケダは無言で肩をすくめるだけだった。

その言葉は、数時間後に現実のものになった。

アメリカ代表は2対5でオープニングラウンド初戦を落とした。


試合後、藤原は監督室に引っこんだ。監督室と言っても、何だか事務所のような……急ごしらえでデスクと椅子を入れただけで、ここでコーチたちと打ち合わせするのはまず無理だ。

ユニフォームを脱いで、思わずデスクに叩きつける。

「クソ!」思わず声が漏れてしまい、藤原はそれを恥じた。自分が悪態をついても、何も始まらないのに。

采配ミスもあった。

3点差で迎えた最終回、ツーアウト二塁。本来芦田の打順なのだが、藤原は八回で引っこめていた。怪我している芦田を最後まで試合に出さずに安全策を取ることは、ヘルナンデス、リッジウェイとも話し合って決めていたのだ。しかし……今日、四打数三安打とこれ以上ないほどの国際大会デビューを果たした芦田を、そのまま打席に送るべきだったのではないか？　選手にはやはり「ツキ」がある。当たっている選手を代えるのは、その「ツキ」を消してしまうことに他ならない。

事実、DHとして芦田の代打に入ったウイリアムスは三振に倒れ、結局反撃はならなかったのだ。ウイリアムスも明らかに集中力を欠いていたのだが……もしもあのまま芦田を打席に立たせ、1点を返していたらどうなっていただろう。あるいはホームランが出て、1点差に迫っていたら。自分はまだ、ダグアウトで指揮を執っていたかもしれない。

ヘルナンデスとリッジウェイが監督室に入って来た。ヘルナンデスは平然としているが、リッジウェイは明らかにかっかしていて、耳が赤くなっている。

「どうしてあそこで代えたんだ」リッジウェイが怒りを叩きつける。

「四打席で代えることは、事前に決めた予定通りでしょう」

「予定は未定だ！」リッジウェイが叫ぶ。

「アシダには次もあります。無理させて、怪我が悪化したらどうしようもない」

「オリンピックでは一試合一試合が大事なんだぞ！」

「分かってますが、先は長いんですよ」

「俺はあそこでアシダを代えることに反対した——これは覚えておいてくれよ」

リッジウェイが大股で監督室を出て行った。ドアを思い切り閉めた音が、耳に痛い。

ヘルナンデスは肩をすくめ、デスクの端に腰かけた。

「気にするなよ」

「してないさ」

「それならいいけど」もう一度肩をすくめる。「一度負けたら終わりじゃないんだ。まだ先もある——君が考えている通りだよ」

「勝ちたかったけどな」藤原は両手で顔を擦《こす》った。「これで終わりじゃないけど、初戦は大事だった」

「ああ」ヘルナンデスが表情を引き締める。「しかしここは、切り替えていこう。とにかく、芦田は収穫だった。本番でもここまで打つのは期待以上だよ」

そう言われると、藤原の頬も緩む。四打数三安打、打点一。右足が十分ではない状態で、この成績は立派の一言だ。いつものような肉眼では追いきれないほどの打球スピード、飛距離ではないが、それでも結果を出しているのだから文句のつけようがない。そもそもホームランはフェンスを越えさえすればいいのだ。レフトポール際ぎりぎりの一〇〇メートルでも、センターバックスクリーンを直撃する一三〇メートル弾でも、入る点数は変わらない。

「一つ、頼みがあるんだ」

「何なりと」ヘルナンデスが腹のところに手を当て、上体を軽く折った。

「デイトンとウイリアムス——あの二人をケアしてやってくれないか？」

「デイトンは心配いらないんじゃないか？　今日もホームランを打ってるから、機嫌はいいだろう」

「いや、試合中はずっと不機嫌だった。ウイリアムスも、最後のあの打席はひどかった。つないでチャンスを広げようという気持ちがまったくなかった」

「そうだな……軽く話してみるよ」ヘルナンデスがうなずいた。「何とか二人の気持ちを乗せる方法を考えてみる」

「頼む」

藤原が頭を下げたところで、リーが監督室に入って来た。

「ボス、会見の準備を」

「ああ」藤原は立ち上がった。「ユニフォームで行くのか？」汗だくになったユニフォームをもう一度着る気にはなれない。

「お願いします」

「Tシャツといきたいところだけどな。エアコンの効き、悪くないか？」

文句を言いながら、藤原はアメリカ代表のオフィシャルトレーナーを着こんだ。エアコンが強く効いているが、やはり暑い。

「会見に出席するのは、他に誰だ？」

「アシダを……報道陣からのリクエストも多いので」

「分かった」

会見に挑む芦田を見て、デイトンやウイリアムスがまたヘソを曲げないかと心配になった。

「それと、明日の午前中、タケダは別行動になります」

「何だ?」

「テレビ局の取材です」

「オリンピック期間中に?」

「終わってから放送する特番の取材です。日系の選手なので、日本の局が目をつけたようですね。アシダも同行するそうですが……」

「アシダはまずいな」藤原は眉をひそめた。「あいつは、アメリカ代表チームで唯一顔と名前が日本で知られた存在だ。あいつが勝手に歩き回ってると、騒ぎになるかもしれない」

「テレビ局のスタッフがいるから大丈夫でしょう。撮影した素材は、オリンピックが終わるまで流れませんし、問題はないと思います。そもそも、タケダがアシダの同行を希望したんですよ」

「何でまた」

「一人だと不安なんでしょう。私は同行しませんけど、アシダがいれば大丈夫でしょう」

「アシダがタケダのマネージャー代わりか……」どうも気に食わない。何だか嫌な予感もする。しかし、決まってしまったことなら仕方あるまい。事前に相談を受けていたら監督として拒否していたのだが。

「心配いらないでしょう。オリンピック期間中ですから、テレビ局も無理はしないはずです」

「君は同行できないのか？」

「私はチームと一緒ですから……」リーが肩をすくめた。「コウヤマが同行します」

「それならいい」藤原はヘルナンデスに視線を向けた。「じゃあ、俺はちょっと死刑台に上ってくる」

「大袈裟だ」ヘルナンデスが眉毛を吊《っ》り上げる。

「代わってもらえるものならそうしたいけど——」

「自ら首を差し出すのも監督の仕事だよ」

嫌なことを言いやがる。藤原は硬い表情を浮かべたまま監督室を出た。

会見には、予想よりも多くの記者が集まっていた。とはいえ、場所はきちんとした会見室ではない。何とも奇妙な部屋……部屋の片側は畳敷きの和室で、そちらに長テーブルを持ちこみ、記者たちは反対側に詰めこむように置かれた椅子に窮屈そうに腰かけている。部屋の背後にはテレビカメラの放列が並び、スチルのカメラマンは空いたスペースに身を潜めるように屈みこんでいた。

藤原は一瞬迷った。畳の上に上がるのだから、靴は脱ぐべきではないか？　しかしそれも何となく間抜けな感じだ。スタッフに「そのままどうぞ」と促されて、靴のまま畳に上がったが、居心地が悪いことこの上ない。これまでの人生で、靴を履いたまま畳に立ったことなど一度もないのだ。

通訳なしの会見になった。芦田も、英語も日本語も心配いらないという判断なのだろう。一応香山も同席しているが、テーブルにつくわけではなく、部屋の片隅で正座して待機している。それもまた奇妙な光景だった。

時間がないことが救いだった。この球場では、会見が開けるような場所はここしかないので、藤原たちの後には勝った日本チームの会見が控えている。特に日本のメディアは、日本チームの監督にみっちり話を聞きたがるだろうから、藤原たちは早めに解放されるはずだ。

今日の試合を振り返って、というリクエストが飛んだので、藤原はできるだけ長く話した。芦田に余計な質問が飛ぶのを防がなくては。一応、海外メディア向けに英語の回答が必要なので、藤原の出番はそれなりに長くなった。よしよし……芦田も会見慣れしていないわけではあるまいが、ここでヒーローに祭りあげられると、またチーム内のバランスが崩れてしまう。

藤原は日本チームの粘っこい攻撃を褒め、投手陣のきっちりしたピッチングを評価した。

「裏返せば」と話を締めくくりにかかる。「それがアメリカの問題点です。日本打線を抑えきれなかったこと、日本の五人のピッチャーを打ち崩せなかったこと――今日はそれに尽きます」

「日本人として、アメリカチームを率いてみてどんな感じでしたか」

質問が飛ぶ。これは予《あらかじ》め想定していたものだったので、藤原は軽い口調で答えた。

「違和感はありません。観客も優しかったですね。もっとヤジが飛ぶかと思いましたけど、私のことなんか、日本の人たちは忘れているんでしょう」

軽い笑い声に続いて、アメリカから来ていた記者が手を挙げた。

「ニューヨーク・タイムズのバーグマンです」

コラムで、皮肉な調子で自分を批判していたのはこいつか。よれよれで色が褪《あ》せかけたポロシャツにカーキ色のズボン。白髪混じりの長髪で、眼鏡を頭の上にはね上げている。年齢は自分よりかなり上――六十歳ぐらいだろうか。冴《さ》えない男にしか見えないのだが、舐めてはいけない。新聞そのものはかつての影響力を失っているが、記事はネットでも読めるので、「記者本人」の影響力は今でも小さくない。

「チーム内の様子はどうですか？　あなたの下で、全員一致団結していますか？」

「彼らはプロだ。プロは、勝つために全力を尽くす」

「監督の方針がよく分からないと言っている選手もいますが」

「具体的に誰が？」藤原は思わず聞き返した。

「そういう選手もいます」バーグマンが表情を変えずに話をはぐらかした。「どうですか？　監督はこのチームをどんな風にまとめ上げたいんですか？」

藤原は一度深呼吸して、バーグマンの顔を真っ直《ます》ぐ見つめた。部屋が狭いせいもあり、距離が近い――どうにもやりにくかった。まるで、一対一で厳しく追及されているような気分である。

「このチームには、それなりの歴史がある。ぎりぎりの戦いでオリンピック出場を勝ち取った粘り強いチームです。しかし、オリンピック出場を決めた監督のミスタ・ムーアが亡くなる不幸がありました。私はいわば、走っている列車に途中で飛び乗って、運転を任されたようなものです。チームは走り続けているわけですし、レールから外れたら脱線してしまう。だから私は、ミスタ・ムーアがやっていた野球をそのまま続けていくしかないんです」

「その野球とは――」

「最後に勝つ野球です」藤原は言い切った。「野球では、最後に立っている人間が勝ちになる」

藤原への質問はそこで途切れ、今度は芦田に質問が集中した。最初は今日のホームランについての質問で、芦田は「スライダーでした」と答えた。これは事前に打ち合わせしていた通り――打った球、打てなかった球については正直に説明するな、はっきり言えば嘘をつけ、と指示しておいた。正直に答えれば、それが相手チームのデータとして蓄積されてしまう。短期決戦ではデータ至上主義は当てにならないが、苦手な球種やコースについては、敵チームに知られたくない。芦田は取り敢えず、上手く――適当に質問をさばいていた。

質問は彼の「出自」に移っていく。これも事前に予想できていた質問だった。藤原はリーを交えて三人でこの質問への対策を練ったが、結果的には「素直に話していい」ことにした。こういうことで変に話を作ると、後でばれて問題になりかねない。アメリカ代表入りできて嬉しいならそのように、戸惑っているならそのまま素直に話していい、とアドバイスしていた。

「そうですね……」芦田が一瞬間を置く。「このチームに選ばれたことは大変な名誉です。選ばれたからには勝つために――オリンピックで優勝できるように頑張ります」

無難にまとめてきたか。しかし本当の心情は、そんなに簡単なものではあるまい。アメリカ代表入りを誘った時、彼はやはり迷っていたはずだ。そこには様々な感情があったはずである。自分の実力に対する疑問、それに自分が日本とアメリカ、どちらに軸足を置いていくかの迷い——しかし芦田は、一応自分の中で折り合いをつけたようだ。

藤原の耳には、怪我した後の彼の強い言葉が耳に残っている。「僕は勝つためにここに来たんです」。そのためには、険悪な関係になりつつあるデイトンだって使って欲しい——彼だって、勝利を強く望んでいるはずなのだ。

報道陣からの質問は途絶えた。出自云々《うんぬん》について質問をぶつけても、話が広がらないと判断したのだろう。実際彼の場合、ルール上はまったく問題なくアメリカ代表入りしているわけで、アメリカのメディアは、そもそも問題にすらしていない。むしろ俎上《そじょう》に載せられているのは藤原自身のこと——やはり外国人がアメリカ代表野球チームの指揮を執ることに抵抗感を持つ人は多いのだ。これはルールの問題とは関係なく、単なる感情論である。

こればかりは自分の力ではどうしようもない。一つだけはっきりしているのは、途中で敗退するようなことがあれば、攻撃の矢は全て自分に向く、ということだった。

2

福島から会津若松までは、車で一時間ほど。朝六時出発だったので、頭も体もまだ半分夢の中だ。芦田は車内で少しでも寝ておこうと思ったのだが、車窓に映る光景につい見入ってしまった。磐越《ばんえつ》自動車道の沿道に広がる景色は濃い緑の山、そして田んぼ……いかにも日本的な光景だ。タケダもずっと、窓の外を見ている。ニューヨーク生まれで、今はカリフォルニアでプレーするタケダにとって、こういう緑深い光景は珍しいものかもしれない。

「日本の景色は複雑なんだね」感嘆したようにタケダが言った。「トーキョーとはまったく雰囲気が違う」

「アメリカだって同じだろう。ニューヨーク州だって、マンハッタンを出れば結構な田舎になるじゃないか」

「確かに……だけど、こういうところが自分のルーツというのはちょっと意外だな」

「こんな田舎だとは思わなかった？」

「まあね」タケダがうなずく。

「でも、三年ぐらい住んでたんだろう？」

「あまり覚えてないんだ。住んでいたのはアイヅワカマツの市街地――もう少し普通の街だったし」

「今そこに住んでいるのは、どういう親戚だっけ？」

「元々は母親の祖父母――二人とももう亡くなったけど、今は母親の叔父さん夫婦がいる」

「面識はあるんだ？」

「もちろん。子どもの頃に一緒に住んでたからね。会うのは本当に久しぶりだけど」

「しかし、何でアイヅに？」

「何でも、母親の爺さんの方針だったらしい。たとえアメリカ生まれでも、一度は日本で暮らした方がいいって――まあ、そういうやり方もありだとは思うけど、あまりよく覚えてないのが残念だよ。効果はなかったね」

「でも、故郷《ホーム》みたいなものなんだ」

「だから昨日は――そう、勝ちたかったな」タケダが悔しそうに言った。

その気持ちは、芦田にもよく分かる。彼にすれば「故郷に錦を飾る」感覚だったのではないだろうか。実際昨日の試合では、タケダに対する拍手や歓声は、他の選手に対するよりもずっと大きかった。日系四世の若武者が、自分のルーツである福島で凱旋《がいせん》登板する――日本人が大好きなストーリーだ。

しかし彼は何故、このロケに自分を誘ったのだろう。一人で不安だった？　しかしマネージャーの香山も同行するから言葉の心配はいらないし、テレビのロケといっても、しょせんは日本で放送されるだけの番組なのだ。これがアメリカでも流れて、多くの知り合いが見るとなったら緊張するかもしれないが……そもそもタケダは、取材慣れしていないのかもしれない。マイナーのチームでプレーしている限りは、取材を受ける機会はそれほど多くないだろう。地元の新聞やテレビ局が取材するにしても、せいぜい試合後の短いインタビューぐらいではないか。長々とテレビカメラに映る機会などないはずだ。

高速を降りて会津若松の市街地に近づく——この辺は盆地のようで、街には高低差がなく、フラットな土地に古い家並みが広がっている。実際、家は古い……東京や横浜と違い、新しいマンションなどはほとんど見当たらず、何十年も前の時代で街並みが凍結保存されているようだった。

「ああ……」タケダが声を漏らす。「何となく思い出してきた」

「そうか？」

「うん」タケダがうなずく。「こういう形の木造の家はアメリカにはないから、珍しいなって思ったんだ」

釣られて外を見ると、確かに木造二階建ての建物が沿道に並んでいる。ただし民家ではないようだ。何かの店？　もしかしたら「昔風」の建物をわざわざ新しく造ったのかもしれない。古き良き時代をわざわざ演出しているとか。こういうのは世界共通なのかもしれない。アメリカにも、開拓時代の街並みを敢えて再現した観光名所がある。

ロケバスは、JR七日町《なぬかまち》駅前で停まり、スタッフがぞろぞろと降りて行く。二人は最後にバスから出た。ここがロケのスタート地点と聞いたが、駅というにはあまりにも小さい……それに、駅前にも賑やかな繁華街が広がっているわけではなかった。驚いたことに、道路を挟んで駅舎の反対側は墓場である。

駅舎の前には狭いスペースがあり、タケダはそこでスタッフから説明を受けた。芦田は人の輪の外で話を聞いていたのだが、まずこの辺を歩きながら、タケダがディレクターの質問に答えて話す場面を撮るようだった。その後、かつてタケダが住んでいた家に移動して、いよいよ大叔父夫婦と再会を果たす。

「何でここから撮影スタートなんですかね？　会津若松の方が大きな駅でしょう」芦田はつい香山に訊ねた。

「いや、街の中心部へは、ここか隣の西若松駅からの方が近いみたいだ。昨夜、ちょっと調べたんだけど」

「そうなんですか？」

「初めて来る街だからな……鶴ヶ城《つるがじょう》、知ってるか？」

「いえ」

「白虎隊の話、聞いたことないか？」

「ないです」

「おいおい、幕末の有名な話だぜ」香山が目を見開く。

「香山さんは知ってるんですか？」

「昨夜、ウィキペディアで調べた」香山がニヤリと笑った。「白虎隊の名前は知っていても、実際にどういうものかは知らなかったからな。知ってるのは、それこそ会津生まれの人ぐらいじゃないか？」

そういう話だったら、芦田も聞いていてもおかしくないのだが……横浜の高校で、芦田は社会の授業に日本史を選択していたのだ。せっかく自分のルーツの国にいるのだから、その歴史を学ぶのは当然——結構真面目に考えていたのだが、実際には野球漬けの毎日で、授業の記憶はほとんどない。野球推薦がなければ、大学へも進学できなかっただろう。こういうの、日本語で何と言うんだったかな……そうそう、「芸は身を助く」か。こんなことはよく覚えているものだ。

ロケが始まり、芦田は二台のカメラで撮影されるタケダの後ろから、香山と並んで歩いて行った。駅前で降りた時には、ほとんど人がいないのに驚いたのだが、いつの間にか人が集まっている——数人が固まって待ち構え、タケダに声をかけたりスマートフォンを向けて撮影したりするのだった。まだ朝の八時前だというのに……「オリンピック選手が来ている」という噂が、いつの間にか広まったのだろう。最初、タケダは戸惑いを見せていたが、ディレクターは「普通に握手したり、一緒に写真を撮ったりして構いませんよ」と笑顔で指示した。ルーツの街を訪問した若き英雄を迎える街の人たち、という映像を撮りたいのだろうと芦田は想像した。

そのうち、芦田に声をかけてくる人も増えてきた。それはそうだろう、と芦田は自分を納得させた。一九〇センチ級の大男二人が街を歩いていたら、嫌でも目立つ。歩いているだけのロケなのに、いつの間にか混乱してきた。あまりにも多くの人が集まり、しかもタケダと芦田それぞれに勝手に話しかけてくるので、どちらがロケの主役なのか分からなくなってきたのだ。

一時撮影を中断して、ディレクターが芦田に声をかけた。

「申し訳ないけど、二人一緒に歩いてもらえないかな」

「僕はただのつき添いなんですけど」芦田は腰が引けた答えを返した。

「せっかくだから、スーパースター候補二人のツーショットが欲しいんだ。タケダ君にこの街を案内してもらうような感じで」

「彼も、この辺はあまり覚えてないみたいですよ」芦田はあくまで逃げるつもりだった。

「そこはうまくつなぐので……」

テレビの連中というのは、とかく強引だ。芦田は助けを求めるように香山の顔を見たが、彼は「別にいいんじゃないか？」とあっさり言った。マネージャー兼広報担当のようなものだから、選手の露出は多い方がいいと思っているのかもしれない。彼が籍を置くナショナルズの取材だったらそれでいいのかもしれないが、今はオリンピック期間中である。そもそも自分の所属は……芦田は、腹をくくってディレクターに頼んだ。

「分かりました。でも、後で大学の方に許可を取ってもらえませんか？」

「そうか、芦田君はまだ大学生だからね」ディレクターが軽い調子で言った。

「はい。勝手にテレビに出たら、いろいろ言われそうですから」

「だったら、一応撮影だけさせてもらって、後で大学に許可を取るよ。NGだったら、この場面はお蔵入りさせるから」

「それでお願いします」

最終的に許可するのは、監督の新川になるだろう。しかし彼は、いい顔をしないのではないか……アメリカ代表入りにも反対していたぐらいだから、試合とは直接関係ないテレビの取材を受けたりしたら「調子に乗っている場合か！」と激怒するかもしれない。それで大学の試合に出られなくなったら、芦田としても洒落《しゃれ》にならない。オリンピックが終わったら、今度はすぐに秋のリーグ戦の準備をしなければならないのに。

しかしそもそも、普通に大学へ復帰できるかどうかも分からない。いい方にか悪い方にかは分からないが、このオリンピックで自分の運命が大きく変わってしまう予感がしていた。

結局、タケダと並んで歩くことになった。しばらく撮影されているうちに慣れてきたのか、あるいは子どもの頃の記憶が蘇ってきたのか、タケダの足取りは軽快だった。時々、「この店には来たことがある」「ここは昔空き地で、野球をやって遊んだ」と解説も入るようになった。

取材の第一ポイント、タケダが通っていた小学校に到着した。まだ朝といっていい時間帯なのに、既にかなり気温が上がっており、芦田は額に汗が浮かんでいるのを意識した。Tシャツに短パンというラフな格好でも、日本の暑さはやはり辛《つら》い。それはタケダも同じようだった。一度カメラが止まったタイミングで、タオルで顔を拭う。

小学校のグラウンドでは、少年野球のチームが練習を始めていた。そうか、学校は夏休みに入ったばかりなのだ……こういう光景は芦田にも馴染みだった。日本では小学校単位の野球チームもあり、放課後にユニフォーム姿の子どもたちが校庭で練習している光景はよく見かける。

「そうそう、こんな感じだったよ」タケダが懐かしそうに言った。

「チームには入ってたのか？」

「いや、入れるのは四年生からだった。だから最初は、空き地で野球ごっこをして遊んでたんだけど、三年生の二学期から、特別に入れてもらったんだ」

「その頃から才能を発揮していたわけだ」

「才能があったかどうかはともかく、体は大きかったから、目立ってたと思うよ」

　二人は英語で話していたのだが、その場面も普通に撮影されていた。放映時には字幕がつけられるのだろう。

　ディレクターは事前に取材のアポを取っていたようで、二人をグラウンドに誘導した。硬い土のグラウンド……こういうところが日本とアメリカの違いなんだよな、と芦田はつくづく思った。アメリカにも、街中に草野球場があるが、どんなにぼろぼろの球場でも芝はある。手入れがまったくされておらず、あちこちで剝げているのもよく見るが、それでも芝は球場の必須要素と考えられているのだろう。

　ディレクターのリクエストで、二人はキャッチボールをすることになった。小学生に手本を見せる、という場面が欲しいのだろう。しかしここは、できるだけ慎重にいかなくては。硬球と軟球はまったく別物だ。手触りだけではなく重さも違うので、気をつけないと肘や肩を痛めてしまう。それに自分は、右足首を怪我しているのだし。

　緩いボールを投げているだけなのに、小学生たちは一球ごとに驚きの声を上げた。マックス九九マイル《159キロ》の速球を投げるピッチャーなら、軟球で軽く投げるだけでも、小学生にとっては驚異のスピードだろう。

少しキャッチボールをした後、二人で小学生に囲まれる場面を撮影された。それが無事に終了して、ほっと一息……あとはタケダの大叔父夫妻の家での撮影を残すだけだ。

少し時間に余裕があるので、二人は小学生たちにサインし、握手に応じた。ここでは人気があるのは芦田の方……まあ、日本では自分の方が名前も顔も知られているからしょうがない。去年の甲子園を観ていた子もいるだろう。

「何で日本代表で出ないんですか？」

突然核心を突いた質問をぶつけられ、芦田は戸惑った。答えにくい――自分の中で答えは出ているのだが、小学生にその理屈を説明するのは難しかった。結局「頼まれたから」と答えるしかない。

小学校を離れると、タケダが「あれは誰でも疑問に思うよね」と言った。

「聞いてたのか？」

「聞こえた」

「日本語なのに？」

「あれぐらいなら分かるよ」タケダが苦笑した。「今も、ちょっと日本語の勉強をしてるし」

「何で？　将来日本でプレーしたいとか？」

「そういうわけじゃないけど、ルーツだからね。自分のルーツは大事にしないと」

自分は、ルーツである日本を大事にしているだろうか。本当に大事に思っているなら、アメリカ代表入りは断るべきだったのではないか？　未だに自分の中にぐずぐずした気持ちが残っていることに気づいて、芦田は驚いた。ルーツである国の代表チームが金メダルを取るのを邪魔していいのか……いや、昨日の試合では、まだ「邪魔する」ほどの活躍はしていない。

ロケはメーンの場面に入った。タケダが大叔父夫妻の家を訪問した時には、あくまで彼が主役で、芦田は画面から外れた。外で見ているだけなので気は楽だったが、それでも感動は覚えた。大叔父夫妻にすれば、小学生の頃に面倒を見ていた子どもがこんなに大きくなって、アメリカ代表のオリンピック選手にまで選ばれた――二人の目に涙が浮かんでいるのを見て、芦田も思わずじんときた。

ロケは無事に昼前に終わった。あとは福島へ戻って、新幹線で東京へ移動するだけ。自分が主役だったわけでもないのに、芦田は少しほっとしていた。しかし、家を出た途端に緊張感が一気に高まる。撮影が終わるのを待ち構えていた人たちで、大騒ぎになっていたのだ。ディレクターは事前に、こういうことになるだろうと言っていたのだが、芦田の想像を超える賑やかさ……無事に出られるだろうかと心配になったが、誰もさして気にしていない。ディレクターも香山も慣れた様子で、平然としていた。

「やばくないですか？　大丈夫ですかね」靴を履きながら、芦田は香山に訊ねた。

「心配するなよ。日本人は大人しいから」

「そうですかねえ」

芦田は、去年の甲子園の狂騒ぶりを思い出していた。宿舎にしていたホテルの場所を公表していたこともあって、試合に出発する時、帰って来た時には、ファンがホテルを取り囲んだ。準優勝に終わって横浜に帰った時も、新横浜駅には出迎えの人の波……優勝していたらどうなっていただろうと、ぞっとしたのを覚えている。やけにはっきり耳に残っているのは、ホイッスルの鋭い響きだ。人波を整理するために警察まで出動したと聞き、自分がどれだけ大変なことに巻きこまれているのか、実感したものである。

「去年、甲子園では大騒ぎでしたよ」

「関西の人は、特別賑やかなんだよ。東北の人はずっと大人しいからね」

「それで……どうします？」

「ここであまり時間を食うとまずいな」香山が腕時計を見た。「俺が先導するから、サインや写真は断ってくれ。時間がないって言えば、納得してもらえるから」

こういう時は、がっしりした体型の香山が頼もしくなる。平均的な日本人よりはるかに大きく、冷蔵庫のような体つきの香山が人波をかき分けてくれれば、無事に脱出できるだろう。

香山とテレビ局のスタッフが先に立ち、芦田とタケダはその後に続いた。「すみません」「この後予定がありますので！」「時間がないので」香山たちが大声を上げながら、ぐんぐん前へ進んで行く。それでも、スマートフォンでの撮影まではやめさせられない――まあ、こんな風に撮られるのは仕方ないだろう。ネットに上げられるかもしれないが、それを止めることもできない。

ようやく人混みを抜け、待っていたロケバスにたどり着いてほっとする。ここまで追いかけてくる人はいない――やはり香山が言う通り、東北の人は大人しいのだろう。

しかし、バスに乗りこむ瞬間、芦田の耳に鋭い声が飛びこんできた。

「裏切り者！」

思わずその場で凍りついてしまう。意味はすぐに分かった。どうしてアメリカ代表入りして、日本代表を苦しめているんだ……ネット上でそういう声が出ているのは知っていたが、直《じか》にそんな風に言われるとさすがにどきりとする。しかし振り向いて、声の主を探す勇気はなかった。

ロケバスに入ってシートに腰を下ろすと、芦田はすぐにカーテンを引いた。まだドアが開いているので外のざわめきは車内に入ってくるが、もうおかしなヤジは聞こえなかった。しかし「裏切り者」という言葉は脳裏に染みついている。そう野次られたのは、昨日の試合に続いて二回目だ。あんな風に思っている人が本当にいるのか？

タケダが横に座り、ふっと息を吐く。手には大きな紙袋を二つ、持っていた。

「何だい、それ」家を出てくる時には気づかなかったので、芦田は思わず訊ねた。

「土産。アイヅ名物だってさ」

タケダが紙袋に手を突っこみ、大きな箱を取り出した。

「これ、何て読むんだ？」

「ええと、『ゆべし』」

「ゆべし？　何だ、それ」

「分からない。食べたことがないな」

「お菓子だよ」前の席に座っている香山が振り返って解説してくれた。「餅みたいなものだ」

「餅？」タケダはまだ理解できない様子だった。

「あー、ライスケーキ。食べたこと、ないか？」

「ないかな……たぶん」

芦田はずっと食べていた。両親とも「日系人」ではなく「日本人」なので、正月には、日系のスーパーで買ってきた餅が食卓に並ぶのが常だったが、あれは焼いて食べるもののはずだ。どうしてお菓子になっているのだろう。

「上手く説明できないけど、東北地方にはよくあるお菓子だよ」香山が言った。「穏やかに甘くてなかなか美味い……まあ、君たちには分かりにくい味かもしれないけど」

「そうなんですか？」芦田は訊ねた。

「アメリカ人の舌は馬鹿だからな。俺もアメリカで暮らしているうちに、段々繊細な味が分からなくなってきた」

香山が自虐的に言った。しかしお菓子など、「甘い」のが普通で、その味が感じられないということはないはずだ。

「食べてみるか？」タケダが箱の封を破ろうとした。

「いや、後にしよう。チームの仲間に食べさせて、品評会をするのもいいんじゃないか？」

「そうだな」

タケダが箱を袋に戻し、膝に置いた。そのまま背もたれに身を預け、「あーあ」と声を漏らす。

「どうした」

「何だかしみじみしちゃったよ」

「そうか？」

「昔の写真とか見せられてさ。覚えてないんだけど、ちゃんとユニフォームを着てバットを担いでるんだ。あのまま日本にいて欲しかった、なんて言われてさ」

「そんなこと言われても困るよな」

「あの二人には孫がいない。だから、俺のことを本当の孫みたいに思ってたんじゃないかな。一瞬、俺も日本にいたらどうなっていたかなって考えた」

「日本で野球をやって、高校で甲子園に出て……俺と対戦していたかもしれない」

「そうなったら、絶対抑えたけど」

「どうかな。甲子園のプレッシャーはすごいぞ。昨日のアヅマ球場の二倍ぐらい観客が入るし、見られている感がものすごく強い」

「オリンピックより、高校生の野球の方が盛り上がるのか？」タケダが目を見開いた。

「日本は変な国だな」

「そういうもんだよ」

「そこで注目されるのもよかったかもしれない……これから日本で野球をやるチャンスもあるかもしれないいな」

「大リーグじゃなくて日本の野球？　アメリカの方がいいだろう。稼げる金も桁違いだし」

「そうだけど、何となくさ……不思議だよな。ほとんど忘れてたのに、だんだん記憶が蘇ってきた。いい国だよ。昨日も投げやすかったし」

観客の変なヤジがないのは、確かによかったのだろう。ただし彼は五回途中3失点で、本来のピッチングはできなかったわけだが。

「故郷が二つできた感じだな。今回は、代表に選ばれて本当によかったよ」タケダがしみじみと言った。

「そうか」

「こういうことがなければ、日本で投げるチャンスもなかったかもしれないし」

「ああ……」

車が走り出すと、タケダはすぐにシートを少し倒して目をつぶった。ほどなく寝息が聞こえ始める。移動の時はすぐに寝るんだ、と以前彼が言っていたのを思い出した。マイナーでは体力を削るようなバス移動も多いから、とにかく時間がある時に寝ておかないと持たない。

しかし芦田は、寝る気になれなかった。先ほどの言葉が頭に残り、しかも次第に大きくなってくるようだった。

裏切り者。

自分は誰も裏切っていない。アメリカ代表入りを断って、大学で普通に練習していればよかったのか……それだったらそもそも話題にもならなかっただろう。代表入りはやはり、野球ファンには青天《せいてん》の霹靂《へきれき》だったようで、発表された後に、日本ではあっという間に批判の声が湧き上がったのだ。広報担当でもある香山やリーからは「ネットは見ない方がいい」と忠告されていたが、そう言われると余計に気になるもので、ついエゴサーチしてしまう。大会が始まって、批判的な声が増えた。

もしも自分が甲子園で活躍していなければ、と思う時もあった。これほど注目を浴びることもなかっただろうし、そもそもアメリカ代表にも選ばれなかっただろう。オリンピックは自分の力を試すチャンスだとは思うし、やれる自信もある——しかしどうしても釈然としない気持ちがあるのだった。

自分は裏切り者なのか？　だけど、いったい誰を裏切ったんだ？


藤原はいつの間にか貧乏揺すりしていたことに気づいた。横浜に移動してオープニンググラウンドの第二戦、対韓国戦。日本と同じような細かい野球をやってくるかと思ったら、意外に荒っぽい。むしろ中南米の野球に近い感じだった。パワーもあるし、ボールへの執念も凄《すさ》まじい……その結果が、七回を終わって5対7と2点のビハインドだ。

韓国人大リーガーは、シーズン中とあって代表チームには入っていない。それ故チームは、国内で活躍する選手で構成されているのだが、それでも実力は予想以上で、残り二回で2点差を逆転できる予感がまったくなかった。

試合はずっと、嫌な展開が続いた。先制を許し、追いつくとすぐに勝ち越される。一度もリードできないまま、七回まできてしまった。ビッグイニングを作れず、アメリカ代表の得点は各イニングに1点ずつ。こういう試合では、結局追いつけないまま終わることが多い。

芦田だけは絶好調だった。今日も第一打席でホームランを放ち、第二打席では2点目のきっかけを作るツーベースを放った。十分合格点の成績だが、打線がつながらず、大量得点に結びつかない。

「焦るな。まだ二回ある」ヘルナンデスが慰めてくれたが、何の効果もなかった。

このまま負ければ二連敗で、A組三位が確定してしまう。ノックアウトステージ初戦ではB組三位との対戦になり、そこで負けたら全て終了だ。三位からノックアウトステージを勝ち抜くためには、B組三位との試合、さらにAB両組の二位同士の対戦の勝者との試合に勝たねばならない。状況によっては五連戦になり、選手の消耗も激しくなるだろうし、ピッチャーのやりくりも難しい。

「おい、芦田はどうする」リッジウェイが焦った口調で訊ねる。三番に入った芦田には、この回五打席目が入ってくる。試合前に決めた予定では、今日も四打席限定、五打席目がきたら、日本戦と同じようにウイリアムスを代打に送る予定でいた。

「代えます」藤原はあっさり答えた。凡退した第三、第四打席も、いい当たりは飛ばしていたのだが……。

「あいつなら打てるぞ」

「怪我が悪化したら、この先きついですよ」

「しかし、ここで負けたら後がもっときつくなる」

「芦田は預かった大事な選手です」

「今はうちの戦力だろうが。動かさない方がいい時もある。アンディは基本的に先発メンバーだけで戦ったぞ」

藤原はむっとして黙りこんだ。リッジウェイまで、前監督の名前を出してくるとは。先発メンバー固定で戦わなければならなかったのは、ここ一番で頼れる代打や、スピードで局面を変えられる足のスペシャリストがいなかったからだ。

「まあまあ」ヘルナンデスが割って入った。「状況を見てからでいいのでは？　彼の前にランナーが出ればそのまま打たせる、ランナーなしなら代打を送る——そんな感じではどうでしょう？」

この折衷案は気に食わない。藤原としては、本当に怪我が心配なのだ。芦田は怪我の多い選手だが、これまでは重い後遺症は残らない怪我ばかりだった。しかし足首となると……悪化すると、今後の選手生命に影響が出かねない。捻挫だから休めば治るのは間違いなく、途中交代させるのはチームと芦田両方のためなのだ。

「とにかく状況を見よう」ヘルナンデスが説得を続ける。「負けたらどうしようもないわけだから。チャンスがくれば打たせる——彼にはそう言うよ」

「——分かった」監督は全権の持ち主だが、バッティングの専門家二人が芦田を打たせたがっているのだから、仕方がない。それに、三位が確定すれば今後の戦いが苦しくなるのは間違いないから、勝ちには行きたいのだ。

サードベースコーチでもあるリッジウェイがダグアウトを出て行ったので、少しは圧力が低くなったが、それでも何となく嫌な雰囲気は残る。二人に押し切られてしまったのが情けなかった。

ヘルナンデスが立ち上がり、後列のベンチに腰かけている芦田のところへ向かった。彼は既に「お役御免」と考えているようで、首にタオルを引っかけ、ゆっくりとスポーツドリンクを飲んでいる。しかしヘルナンデスが話しかけると、急に目を輝かせ、立ち上がって自分のバットを取りに行った。

結局あいつも試合に出たいのだな——本職のサードを守れないのでフル出場というわけにはいかないが、大舞台で打席に立つ喜びはしっかり感じているに違いない。あれはまさに、野球少年の目だ。

藤原はベンチの上で少し尻をずらした。あづま球場と違い、横浜スタジアムは普段はプロの試合専用とあって、さすがにベンチのクッションも厚く座り心地がいい。しかし何となく落ち着かないのだった。もしかしたら、ベンチが少し高い台——いかにも後から作ったものだ——の上に乗っているせいかもしれない。どうしてそんな造りにしたかは分からないが、高さが微妙に合わなかった。

ランナーが出た方がいい。そして信頼できる芦田に打席が回れば、この試合はまだ動かせる——分かってはいるが、芦田が怪我を悪化させて、戦線から離脱する可能性も大いに考えられた。そうなったら、次の試合は絶望的だ。

もやもやしているうちに、一番のベイカーがこの日二本目のヒットを放って出塁した。それを見て、芦田がダグアウトを出て行く。軽く素振りをしてからネクストバッターズサークルに向かいかけたのを見て、藤原は立ち上がって声をかけた——日本語で。

「芦田！」

芦田が振り返り、ゆっくりとダグアウトに戻って来る。その歩き方を見た限り、足首に故障を抱えているようではなかった。

藤原はダグアウトを出て、彼の肩を摑んでグラウンドに背を向けさせた。

「足首の具合はどうだ？」

「まあまあです」

「走れるか？」

「八割ぐらいですかね」

芦田がうつむいたので、実際にはそれほど自信がないのだと分かった。

「そうか……ホームランを狙え」

「え？」

「ホームランなら歩いて帰ってこられるだろうが。いいな？」

芦田が微妙な表情を浮かべた。藤原が本気で言っているかどうか、判断しかねているのだろう。

「ここでお前の怪我が悪化したら困るんだ。だけど負けるわけにはいかない。だからホームランが欲しい——素人だってこんなことは言わないけどな」

「狙っていいなら——」

「いけるか？」

「素人だって『打てる』なんて言いませんよ」芦田がニヤリと笑う。

まだまだ大丈夫だな、と藤原は少しだけほっとした。俺に対してこんな口の利き方ができるぐらいだから、余裕がある。痛みとの戦いで頭が一杯だったら、こんな切り返しは無理だろう。

一本出るかもしれない——そして舞台は整った。

二番のカスティーヨが粘って四球を選ぶ。芦田が打席に向かうと、わあっという歓声がスタンドを回った。初戦で活躍し、今日も結果を出している芦田に期待が集まるのも当然だろう。

一番期待しているのは俺だが。

四番のデイトンはネクストバッターズサークルに向かわず、ウイリアムスと何か話しこんでいる。ウイリアムスの耳は真っ赤。彼には、「芦田は四打席で交代する」と事前に告げていたのだが、その約束が反故《ほご》にされたと怒っているのだろう。それをデイトンが宥めているようだった。

「マーク」藤原はデイトンに声をかけた。「出番だ。準備しろ」

デイトンが無言で藤原を睨んだが、それも一瞬のことで、すぐにダグアウトを出て行った。この二人が結束して反発したらチームは崩壊してしまうが、今のところデイトンは、露骨に怒りを露わにしてはいない。サード、そして先発という自分の座は死守しているから、取り敢えず文句はないのだろう。割を食ったのはウイリアムスの方で、いかにも不満タラタラの様子だった。試合前のバッティング練習からして、やる気が見えない。

ダグアウトに戻ると、ウイリアムスが食ってかかってきた。

「ボス、俺の出番じゃないのか」

「今日はアシダに打たせる」

「それは約束が違う」

「野球は、状況によって変わるんだ。それは分かってくれ」

「しかし――」

顔を真っ赤に染めたウイリアムスがなおも文句を連ねようとしたが、その時鋭い打球音が響いた。振り返ると、打球はライトのポール際に飛んでいる。長打コース——フェアになれば、ランナー二人が確実に帰って同点になる。

藤原は思わずダグアウトの最前列にあるハイチェアの背もたれを摑んだ。スタンドの歓声が、「ああ」という落胆の声に変わり、直後にパラパラと拍手が起こった。打球はフェンス直撃、ちょうどブルペンに通じるドアのところ——あと一メートル左だったら、間違いなく2点が入っていた。

後ろを見ると、ウイリアムスがむっとした表情を浮かべて腕組みしている。こいつは、チームのことを何も考えていないのか、と藤原もむっとした。惜しいと思うのが先ではないか……「あいつが打てなければ逆に俺の株が上がる」などと考えるような人間は、チームには必要ない。

芦田は淡々とした表情で打席に戻った。彼の感覚では「打ち損じ」だろうか。韓国のピッチャーは四人目、変則的な左のサイドスローで、球速こそそれほどではないものの、多彩な変化球を操るから、芯で捉えるのは難しいはずだ。

「今のボールは何だった？」藤原はゆっくりとベンチに座り直し、ヘルナンデスに訊ねた。

「おそらくスライダーだな。膝下のボールに上手く合わせたんだが」

「あのピッチャーの決め球は？」

「そのスライダーだ」ヘルナンデスがタブレット端末に視線を落とす。「サイドスローから縦スライダーを投げる。微妙に変化するから厄介だぞ——そういえば、大リーグで投げていたんだ」

「どこで?」

「タンパベイ。その後韓国に戻ったんだな。もう三十四歳だけど、コントロールと変化球の切れで勝負するタイプだから、年齢はあまり関係ない」

しかし芦田は、その微妙な変化球を苦にしなかった。膝下への一球をコンパクトなスウィングで打ち抜く——上手く流し打って、今度は低い弾道のライナーをレフト線へ飛ばす。韓国のレフトは定位置——広角打法の芦田には、特定のシフトが通用しない——で守っていたので、ボールの方へ向かってダッシュする。しかし打球は、ウォーニングトラックの少し手前でワンバウンドし、フェンスに当たってファウルグラウンドに転がった。まずい……横浜スタジアムのファウルエリアは狭いので、ボールはすぐにまたフェンスにぶつかり、フェアグラウンドに戻ってくる。レフトがボールを押さえた時には、二塁走者は既にホームインしていたが、一塁走者のカスティーヨは微妙だ。しかしカスティーヨは俊足を飛ばし、あっという間に三塁を蹴った。

ダグアウトに控えていた選手たちが、フェンスのところで鈴なりになっている。この雰囲気は悪くない——いや、いい。負けたい選手はいないのだから。勝利への執念に燃えて、芦田に対するマイナス感情が消えてしまえばいいと藤原は思った。ほとんどの選手が、多かれ少なかれ、芦田がこのチームにいることに違和感を抱いているだろう。しかしチームのピンチを救うヒーローになれば——彼は一躍中心選手になれる。

クロスプレーになった。バックホームは完璧。レフトからカットに入ったショートへ、そしてショートがこれ以上ないほどの送球を見せた。わずかに三塁寄り、ちょうど滑りこんでくるカスティーヨの足首とキャッチャーミットが交錯する位置——ほとんど同時に見えた。しかし、直後、アンパイアが両手を大きく広げた。目を凝らすと、キャッチャーミットから零《こぼ》れたボールがアンパイアの足元に転がっていた。キャッチし損ねたか、カスティーヨの足とミットが当たって、タッチしたものの零れ落ちてしまったのか。いずれにせよ、カスティーヨの好走塁と上手いスライディングが生んだ同点劇だった。

ダグアウトに歓声が回る。スタンドでは「芦田」コールが自然発生した。いつもは冷静なヘルナンデスも立ち上がり、「イエス！」と大声を上げている。

芦田は——二塁ベース上に立っている。淡々とした表情で、自分の一打が試合をようやく振り出しに戻した感慨を味わっている気配ではない。ガッツが表に出ないな……少し不満だったが、これが彼の持ち味なのだ。いついかなる時でも表情を変えず、同じレベルのプレーを見せる。

「これからだぞ！　次は勝ち越しだ！」

藤原の檄《げき》に対して、「おう」と初めて声が揃ったことに、小さな勝利感を味わっていた。自分が監督になって初めて、チームに一体感が生まれた瞬間だった。やはり、ハードなゲームで勝てれば、チームは一つになれるのだ。

勝てれば。

しかし続くデイトンはショートゴロに倒れてしまい、後が続かなかった。打線の弱さは相変わらず……早急に何らかの手を打たねば、アメリカ代表のオリンピックは早々と終わってしまう。

ツーアウトになってから、藤原は、ウイリアムスを代打に送った。

「ケビン、ここで決めてこい！」

声を張り上げて送り出したのだが、ウイリアムスは振り返りもしない。その両肩に異様に力が入って盛り上がり、緊張しているのが分かった。

「まずいな」ヘルナンデスが心配そうに言った。「あれじゃ無理だ」

韓国は五人目のピッチャーに代えてきた。右腕から速球を投げこむ本格派。藤原の目には、「無理」とは見えなかったのだが……バッティングの専門家であるヘルナンデスは何を見たのだろう。

「ケビンは、途中から出場して力を発揮するタイプじゃない」

「そうか？」

「代打というのは難しいんだ。他の選手と違って、試合に全面的に参加している感覚がない。だからこそ、独自の気持ちの持ち方があるんだが……一瞬で気持ちを奮い立たせないといけないんだが、彼はそういうことに慣れていない」

「だったら、この使い方は失敗だったと？」

「こっちが早めに気づくべきだった――監督の責任じゃない」

ヘルナンデスは庇ってくれたが、言い訳はできない。選手全員の性格やプレーの特徴を把握する余裕がなかったのが悔やまれる。実際ウイリアムスに関しては、マイナーの試合を視察もできなかったのだ。

左打席に入ったウイリアムスは、二度、肩を上下させた。やはり緊張している。指名打者なら、三打席、四打席と勝負する中で、どこかで結果を出せばいい。しかし代打は一か八かの勝負――プレッシャーは、指名打者の比ではあるまい。

初球、ウイリアムスは高目の速球を空振りした。ダグアウトから見ていても分かる、明らかなボール球。あれに釣られているようでは期待できない――不安は的中した。ウイリアムスは、二球目の変化球に手を出して引っかけ、あっさりサードゴロに終わってしまったのだ。

同点止まりか――こういう時、かさにかかって攻められないのも、今のアメリカ代表の弱点だ。「あいつが打ったから俺も」という、いい意味でのライバル意識がない。

チャンスが潰《つい》えた後は要注意だ。しっかり守っていけ、という藤原のアドバイスはまったく選手たちに通じていなかった。八回裏、韓国に勝ち越しのツーランホームランが飛び出して、またリードを2点に広げられる。九回、アメリカ代表はあっさり三者凡退した。これで二連敗になり、オープニングラウンドA組最下位が決定、今後の戦いに黄信号が灯《とも》った。いや、既に赤に変わりつつあるかもしれない。

試合後、藤原は長いミーティングを開いた。会見の時間が迫っているが、それどころではない。

意気消沈した選手たちを前に、藤原は打線は上り調子であること、まだまだ決勝まで勝ち上がるチャンスが残っていることを強調した。プロなのだから、これでもう一度やる気を出してくれるだろう——しかし、ウイリアムスが突然爆発し、ミーティングはぶち壊しになった。

「ボス、あんたはいったい何がやりたいんだ！　このチームをどうしたいんだ！」

「俺は、オリンピックで優勝するためにここに来た」藤原はできるだけ冷静さを保って答えた。

「勝てないじゃないか！　どうして俺を外した？」

それは、お前が調子を落としているからだ……その件は、今日の試合前にもじっくり説明した。合宿直前まで、トリプルAでの試合でも打てずに、打率は二割台前半をうろうろしていた。合宿に入ってから、そしてトリプルA選抜、キューバとの壮行試合でこそヒットが出たが、それ以外は結果を出せなかった。調子がいい選手を使うのが短期決戦の常識だ。お前には、いざという時の代打の切り札としての役割を期待している――やはり納得していなかったわけか。彼には彼なりの自負があるのは分かっているが、こちらの言い分も理解してもらわないと。

「あんたは日本人だから、日本人優先で使うのか？」

「あり得ない。その議論には応じない」

「皆もそう思うだろうが！」ウイリアムスが立ち上がった。周囲を見回し、「どうなんだよ！」と声を張り上げる。

返事がない。ほとんどの選手が下を向いて自分の足を見詰めている。まるで葬式……これはまずい、と藤原は危機感を覚えた。選手たちが一斉に反発するなら、まだ対処しようもある。しかしアメリカ代表の選手たちは、全員がバラバラの方向を向いているようだ。こうなると、個別に不満を聞いて対処していくしかない。

短いオリンピックの間に、そんなことができるとは思えなかった。

「ノックアウトステージでは、ラインナップを大幅に入れ替える。気持ちを新たにして、勝ち上がるために全力を尽くしてくれ。それと――クレームは一切受けつけない。俺がボスだ」藤原は親指で自分の胸を指した。

我ながら、説得力のある言葉とは思えなかったが。

会見も意気が上がらぬまま終わった。国際大会の度に優勝候補に挙げられるアメリカだが、今回は期待外れの結果が続いている。今日の試合は韓国戦とあって、韓国の報道陣が大勢来ているのだが、質問は彼らからしか出てこなかった。これがまた意地が悪い……メディアの側からすれば当然の質問ばかりなのだが、いちいち藤原の癇《かん》に障った。「五回の継投は遅過ぎたのではないか?」「二番手の投手を引っ張り過ぎたのではないか?」「ウイリアムスの代打起用は失敗だったのでは?」

藤原は一々理論的に反証したのだが、そういうコメントが一切使われないことは予想できていた。明日の韓国紙の紙面は、「アメリカを倒した」という記事一色で埋められ、韓国選手や監督のコメントばかりが使われるはずだ。

下らない……負けた監督の会見はこういう惨めなものだと分かっていたが、それでもうんざりしてしまう。会見を終えて引き揚げる時には、心底疲れ切っていた。

「どうする?」

ヘルナンデスが心配そうに訊ねた。宿舎に戻り、二人だけの打ち合わせ――信頼できるコーチがヘルナンデスしかいないのは情けない限りだが、仕方がない。リッジウェイたちとは険悪な雰囲気になっているわけではないが、打ち解けて話ができているとは言えなかった。

「そうだな……」

「ラインナップを入れ替えるとして――具体的にはどう考えているんだ？」

「デイトンを外す」

「デイトンを？」ヘルナンデスが眉を吊り上げる。「新しい反乱分子を作るだけだぞ」

「デイトンは今日、ノーヒットだ」藤原はタブレット端末を取り上げた。「しかも、全て得点機……彼がブレーキになって、4点損した。一回でも打ってくれていたら、勝てた可能性が高い」

「懲罰か？」

「いや」藤原は首を横に振った。「調子のいい選手を使うだけだ。短期決戦では思い切った起用も必要だろう」

「で？　どうする。デイトンを外して誰を入れる？」

「アシダ」

「おい――」

「アシダを二番でサードに入れる。あいつのバッティングで、早い回に突き放したい」

オープニングラウンド第二戦から中一日で始まるノックアウトステージ一回戦の相手は、B組三位に終わったイスラエルだ。投手力に難のあるチームだが、それ故激しい打ち合いになることは予想できる。だからこそ、先制することが何より大事だ。そのために、芦田を二番に入れる――藤原の中では理屈は完璧だった。

「ウイリアムスは？」

「七番」

「そんな下位に？」

「うちは下位打線が弱い。ウイリアムスを七番に置けば、少しは厚みが出る」

「本人はそれで納得するかね」

「試合には出られるんだぞ？　それでも文句を言うようなら、アメリカに送り返す」

「おいおい――」ヘルナンデスが眉をひそめる。「正気か？　感情的になったら監督はおしまいだ」

「そうだな」

藤原があっさり認めたので、ヘルナンデスが気の抜けたような表情を浮かべた。それを見て、藤原はニヤリと笑った。

「ヘッドコーチの役目は、監督の抑え役だろう。お前がまだ冷静かどうか、試してみた」

「下らんテストはやめてくれ！」ヘルナンデスが声を張り上げる。表情は真剣だった。

「すまん」藤原は頭を下げた。「しかし、今の打線の話は本当だ。これぐらいはいじらないと、選手の間にも危機感は芽生えないだろう。あいつらは……勝つ気があるのかどうか、俺には分からない。アメリカの誇りを持って戦っているようには見えない」

「ガッツがない、か」

「ああ」藤原はうなずいた。「どうしても勝とうという気概が見えないんだ。彼らにすれば、オリンピックなんかどうでもいい大会なのかもしれないけど……トリプルAでいい成績を残す方が、早く上に上がれるからな」

「私たちとは認識が違うわけだ」

「俺たちにとって、オリンピックは世界最高の大会だった。少なくとも俺にとって、あれ以上の舞台はなかった」

「そうだな」

「今さら昔の話をしても、連中は感動もしないだろうけど……」

「そうか」ヘルナンデスが顎を撫でた。「だったら、ここはヘッドコーチの出番だな」

「何か策があるのか？」藤原は身を乗り出した。

「ちょっとした嘘と芝居――連中は単純だから、すぐに引っかかると思う。そこは任せてくれないかな」

「分かった」ヘルナンデスが何を考えているかは読めなかったが、ここは彼に一任するしかないだろう。自分の方で上手い手を思いつかない以上、彼の知恵に頼るしかない。

「それより、アシダには今のうちに通告しておいた方がいい。彼にも心の準備が必要だろう」

「確かに、その方がいいな」藤原はスマートフォンに手を伸ばした。

「それと、明後日の先発はどうする？　タケダでいくか？」

「ああ。球数は制限するけど、ここはとにかく抑えてもらうしかない。明後日勝たないと、先がなくなるからな」

「同感だ」ヘルナンデスがうなずいた。「じゃあ、私はちょっと手を打ってくる。詳しいことは後で説明するよ」

「ああ」

一人になり、スマートフォンで芦田の電話番号を呼び出した。しかし、かけようと思った瞬間、呼び出し音が鳴る――常盤。

「ずいぶん苦労してるじゃないですか」常盤がいきなり露骨に切り出した。

「最初からそれか？」藤原は思わず顔をしかめた。

「他に話すこともないですからね」

「じゃあ、何でわざわざ電話してきたんだ？　嫌がらせか？」

「少しは励まそうと思いましてね……横浜スタジアムの様子はどうですか？」

「あづま球場から来て、目が回りそうだよ」

「横浜スタジアムは、集中しにくいんですよね。特にデーゲームは……都会の真ん中だから、球場の周りのビルとかが視界の邪魔だし」

「お前は慣れてるじゃないか」神奈川県の高校で野球部の監督を務めている常盤は、今まで横浜スタジアムで何試合も戦ってきただろう。ただし、球場の「癖」のようなものはあるまい。強いて言えばファウルゾーンが極端に狭いことぐらいだが、これをプレーに利用することはできない。

「俺がプレーするわけじゃないですよ。それで、芦田はどうですか？　チームの中で上手くやってるんですか？」

「まあ……なかなか難しいな」藤原は認めた。「ある程度予想できていたけど、簡単には受け入れてもらえない」

「あれだけ打っていても、ですか」

常盤が驚いたように言った。野球の世界では実力が全て——驚異的な力を発揮する選手は、どんなに性格が悪くてもいつの間にかチームの中心に居座る。

「ああ」

「俺のところにも、あれこれ聞いてくる人が増えて困ってますよ」

「例えば？」

「NPBの関係者」

「直接の接触はまずいんじゃないのか？」

「そこはいろいろ、裏の手もありますから。オリンピック後にどうする、という話ですけどね」

「大学を辞めてプロ入りするように芦田を説得しろ、とか？」

「あいつはあいつで一人の個人ですから、俺には何も言えないんですけどね……とにかく、芦田をよろしくお願いします。俺にとっても大事な教え子なんで」

「分かってるよ」

請け負ったものの、自信はない……しかしここで諦めたら、芦田という大きな才能を潰してしまいかねない。

電話を切った藤原は、すぐにトレーナーのウィリスと話した。芦田の怪我の回復具合……「七割」と聞いて心が揺れたが、ここは賭けるしかない。すぐに芦田を呼び出した。

五分後、部屋に姿を見せた芦田は、緊張しきっていた。監督室に一人で呼ばれたとなったら、やはり平然としてはいられないだろう。基本的に、芦田は真面目な男なのだ。藤原の感覚では、もう少し緩さや図々しさがあってもいいぐらいだが。

「座ってくれ」

藤原が使っている部屋には、六人掛けのテーブルが用意されている。二人でそのテーブルを挟んで座ると、藤原も妙に緊張してきた。

「今、常盤から電話があった」

「はい」

芦田の表情がにわかに明るくなる。それで藤原は、二人の師弟関係の強さを感じ取った。芦田にとって常盤は、困った時にいつでも寄れる「母港」のようなものなのだろう。

「君のことをよろしく頼むと言われたよ」

「はい。今もお世話になっています」

「なあ……」藤原はつい苦笑してしまった。「もう少し柔らかくできないか？　そんなに肩に力を入れないで」

言われるまま、芦田が両肩を上下させた。そういうクソ真面目さがマイナスなんだけどな、と藤原はまた苦笑してしまう。

「あれだけ打ったんだから、もうちょっと天狗《てんぐ》になれよ」

「常に謙虚でいるようにと、常盤監督に教えられました」

「ああ……なるほどね」

出会ったばかりの頃の常盤は、感情の起伏が激しかった。しかしその後、「常に同じでいる」方が安定してプレーできると学んだようだった。特大のホームランを放っても三振しても、絶対に表情を変えない。それがフリーバーズのチームメートには不気味に映ったようで、いつの間にか「カブキ」というニックネームがついていた。歌舞伎役者が無表情であるというわけではなく、本音を見せない日本人の象徴が歌舞伎、ぐらいの感じだったのだろう。いくら何でもそれは日本文化に対する誤解だと思ったが、藤原自身も歌舞伎に詳しくないので、上手く反論できなかった。

「凹《へこ》んでないか？　いきなり二連敗だからな」

「大丈夫です」

そう言うものの、実際には気持ちは後ろ向きになっているかもしれない。それが表情に出ないだけとか……一度、しっかり本音で話しておきたかった。オリンピックの期間は短く、一緒にいられる時間はそれほどないのだから。

「足首は問題ないか？　今日は結構走っただろう」

「回復してますよ」芦田の表情が少し明るくなった。「打ち方に気をつけてますし、守備の負担もないですから」

「今、回復の度合いはどれぐらいだ？」

「八割です」

ウィリスは「七割」と言っていた。選手とトレーナーの、一割の感覚の差をどう考えるべきだろう。

「守れるか？」

一瞬間が空く。自信がないのだとすぐに分かったが、藤原は彼の言葉を待った。芦田が藤原の顔を真っ直ぐ見詰め、ほどなくぼそりと言った。

「やれます」

「サードで大丈夫か？」

「他は守れません」

思わず苦笑してしまう。こと守備に関しては、芦田は器用ではない。内野の他のポジション——セカンドやショートに比べると、サードは反射神経がよければできるポジションだ。というより、反射神経がないと務まらない。他の内野手に比べると強烈な打球が襲ってくる確率が高いのだが、難しい動きを強いられることは多くない。

「分かった。明後日のイスラエル戦で、二番サードに入ってくれ」

「二番ですか？」芦田が目を細める。「二番なんて打ったことがないですけど」

「何も送りバントしろとは言わない。君にそんなことは期待してないよ。とにかく、好きに打ってくれ。敢えて言えば全打席ホームランを狙え」

「それは……ホームランを狙って打席に入るわけじゃないですから」

「まあ、とにかく、そういうことだ」藤原は咳払いした。「イスラエル戦は打ち合いになると思う。初回の攻撃が大事なんだ。何としても先制点が欲しいから、君を二番に置く」

「あの……デイトンは？」探るように芦田が訊ねる。

「デイトンはベンチスタートだ」

「そうですか……」

「心配か？　何か言われているのか？」

「そういうわけじゃないですが」

「なあ」藤原は両手をきつく組み合わせてテーブルに置いた。「俺がずっとメジャーで投げてきて、学んだことが一つある」

「何ですか？」

「手を抜くことだ」

「手を抜いたら、大リーグではやっていけないんじゃないですか？」

「大リーグは、年間百六十二試合もあるんだぞ。休養日なんかほとんどないし、ダブルヘッダーも多い。全部の試合で全力投球していたら、途中でへばってしまう。だから途中で力を抜く——それで調子を整えることもできるんだ。逆に言うと、スランプに陥った選手も、試合に出ながら調整できる。マイナーで調整し直すんじゃなくて、大リーグの試合に出ながら整えるんだ。だけどそれは、シーズンが半年もあるから可能なことで、オリンピックのような短期決戦、一度負けたら終わりのトーナメントでは、そういうことは言っていられない。調子のいい選手を優先的に使うしかないんだ。デイトンはそれが分かっていない……とにかく今、君は絶好調だな」

「ええ……」十分胸を張れる成績なのに、芦田の表情は晴れなかった。

「どうした。新聞やテレビでもヒーロー扱いじゃないか」

「一般の人はそうでもないみたいです。実は、会津で……」

芦田の打ち明け話は、藤原を陰鬱たる気分にさせた。「裏切り者」か……そんな言葉を直接ぶつけられたら、十九歳の若者にはショックだろう。しかし藤原は、「気にするな」としか言えなかった。

「そんなことで凹んでいたら、プロではやっていけないぞ」

「それは分かってますけど……」

「甲子園のヤジなんか、もっとすごかったんじゃないか？　関西のファンは口が悪いからな。それに、メジャーのヤジも相当なものだ。俺は最初の頃、英語が分からなかったから、かえって助かったよ。何を言ってるか、聞き取れないんだから」

ジョークも、芦田の緊張を解しはしなかった。真面目な男だけに、こういう小さな悪意が積み重なって、大きなダメージになるかもしれない。余計なことは耳に入れるな……といっても、球場でプレーしていると、どうしても聞こえてしまうだろう。怪我よりも、こういう悪意が、芦田本来のプレーを損ねてしまうかもしれない。

「いいことだけ耳に入れろよ。君はヒーローになりつつあるんだから」

「そういう風に楽天的になれるといいんですが」芦田が寂しげに笑った。「何だか宙ぶらりんな気分です」

日本とアメリカ――二つの国《ホーム》を股にかけて野球をしていると言えば格好はいいが、芦田のこの中途半端な感覚は藤原にもよく理解できた。おそらく明日の新聞では――いや、今頃ネット上には自分を叩く記事が次々と登場しているだろう。

誰にも文句を言わせないためには、この後ずっと勝ち続けるしかない。「勝てば官軍」に該当することわざが英語にあっただろうか、と藤原は訝《いぶか》った。

実際には、次の試合でアメリカ代表は終わってしまうかもしれないのだが。

3

ノックアウトステージの開始を翌日に控えた夜、藤原は宿舎のホテルで、ヘルナンデスと二人きりで先発メンバーを練った。今後のピッチャーのやりくりは頭痛のタネだ。連戦になる可能性があるので、絶対的エースのタケダをどう使うかが、勝ち上がるためのポイントになる。しかしまずは、トーナメントの初戦・イスラエル戦に勝たないと先がない。イスラエル打線を抑えるためにタケダを先発させることは、韓国に敗れた直後に決めていたが、今後の予定も勘案しておかねばならない。本当にタケダでいいのか……。

「やっぱり、イスラエル戦はタケダでいこう。初戦から中三日空いている」

藤原は鉛筆をテーブルに転がして、ヘルナンデスに告げた。

「どこまで引っ張る？」

順調に投げれば、タケダなら五回、いや六回までは持つはずだ。その旨を告げると、ヘルナンデスが眉根を寄せる。

「引っ張り過ぎじゃないか？　できるだけ球数を抑えて、継投で何とかして……」

ダブル・ローテーションで、イスラエル戦はタケダも含めたAグループのピッチャーだけを投入することになる。五人いるから、よほどのことがない限り、何とかなるだろう。最悪、グループに入らない「遊軍」のピッチャー二人を使っていく手もある。しかしまずは、先発がしっかり試合を作らなければ話にならない。

「イスラエルに勝たないと、先がない」

「球数が多くなると、次に投げられるのは中五日の決勝になるぞ」

「最高の舞台じゃないか」藤原は両手を大きく広げた。「決勝は、ローテーション通りでいけばBグループの担当になる。でも、そこまでいけば総力戦だ。決勝で先発できれば、タケダにとってもいい経験になるだろう」

「決めたのか?」

「決めた」

「分かった。君がボスだ」

ヘルナンデスが納得していないのは明らかだった。タケダは中三日でのノックアウトステージ一回戦ではなく、もう少し先に投げさせるべきだと思っているのだろう。しかし本当に、次に負けたら終わりなのだ。オープニングラウンド最下位のアメリカ代表にも、まだ優勝の可能性はあるが、ここで負けると全てが終わってしまう。

一方、日本は順調にA組一位を勝ち取っていて、ノックアウトステージ初戦ではB組一位のキューバとぶつかる。最短で三回勝てば優勝──A組最下位のアメリカに比べて、条件ははるかにいい。

「アシダには、サードでの先発を言い渡したんだな?」ヘルナンデスが確認した。

「ああ。それより、デイトンとウイリアムスはどうだ? 何か話してくれたのか?」

「話したよ」ヘルナンデスが平然とした口調で言った。

「何と?」

「まあ、それはいいじゃないか」ヘルナンデスが、膝を叩いて立ち上がった。「私と彼らの間の秘密にしておこう」

「おい──」

「もちろん、百パーセント完璧な保証はできないが、打つべき手は打っておいた」

「それはどういう……」

「秘密にしておこう」ヘルナンデスが真剣な表情で繰り返した。「とにかく明日以降、彼らはきちんと役目を果たしてくれると思うよ。期待して待っていてくれ」

ヘルナンデスは、物腰は柔らかいのだが、芯には硬い部分がある。一度言い出したらテコでも動かない男だ。藤原はそれ以上話すのを諦めた。

ここは、ヘルナンデスの打った手を信じるしかない。


B組最下位のイスラエルとの一戦は、真昼——午後零時のプレーボールだった。気温は既に三十二度、これからさらに暑くなる時間帯で、グラウンドに散った選手たちは、直射日光、さらに熱くなった人工芝から立ち上る熱気のせいで、試合前から明らかにへばっている。試合がなかった昨日は休養日にしたのだが、それで簡単に疲れが取れるものでもない。

ダグアウトにいる藤原も、既に全身に汗をかいていた。この分だと、試合中にアンダーシャツを着替えねばならないだろう。

アメリカは後攻。守備位置でボールを回す選手たちの動きは鈍い。一人張り切っているのは芦田だけだった。「二番、サード」での先発を言い渡した時には、どこか不安そうにしていたのに、いざ試合が始まるとハツラツと動いている。怪我の影響も見えなかった。

マウンド上のタケダは、さすがに緊張していた。今日負けたら終わり——この切迫した状況の先発を任されて、いつも冷静な彼でさえ、大きなプレッシャーを感じているのだろう。

その緊張が、悪い方に出てしまう。

イスラエル打線が、初回からタケダに襲いかかった。先頭打者が、いきなり初球を叩いて右中間への二塁打。二番打者も一球目から打って出た。ボテボテの当たりになったのが幸いして、セカンドへの内野安打——この間に、二塁走者は三塁を陥れた。

マウンド上のタケダが、ゆっくりと肩を上下させる。

「まずいな」ヘルナンデスがつぶやく。「ボールの抑えが利いていない」

「ああ」藤原はうなずいた。暑さのせいか緊張のせいか、明らかに普段の彼のピッチングではなかった。

それでもタケダは、三番打者を三振に切って取った。速球が上ずっているためか、低目への変化球を三球続ける。最後はワンバウンドになるスプリット——普段はあまり投げない球で、藤原は思わず目を閉じた。ランナーを三塁に置いて落ちるボールとは……バッテリーエラーを避けるために、普段ならあり得ない配球だ。しかし、これはタケダにとって「調整」なのだろう。ストレートの調子がイマイチなら、この後も変化球を中心に組み立てねばならない。そのために、試合中に練習している――タケダもキャッチャーのライアンズも、意外に大胆なことをするものだ。

ワンアウト一、三塁。まだまだ点が入りやすいシチュエーションだ。内外野は定位置。ランナーはそれぞれ、安全な範囲でリードを取っている。

イスラエルの四番打者を右打席に迎え、タケダは慎重に攻めた。初球、膝下に落ちるスライダー。二球目は外角へ配し、バットを振らせないままツーストライクに追いこむ。次は内角の厳しいところに一球投げておいて、最後は外角低目に落ちるボール――それでダブルプレーに打ち取り、このイニングを何とか乗り切る計算だろう。

しかし、藤原の予想通りに内角高目に投じられた三球目が、少し甘く入った。本当はのけぞらせるぐらい近くにいかせたかったはずだが、ボールはストライクゾーンの一番上に向かう。

「まずい」とヘルナンデスがつぶやくと同時に、鋭い打球音が響いた。

三塁線――ベースの数メートル後ろで守っていた芦田が、ファウルグラウンドへ向かって飛びこむ。抜かれるか――と藤原が思った瞬間、芦田のグラブにダイレクトにボールが吸いこまれる。ヘッドスライディングするような格好になった芦田は、すぐにもう一度頭から、三塁ベースにタッチに行く。

一瞬間が空いた後、塁審の右手が高々と上がった。ダブルプレー成立……息を止めていた藤原は、そっと呼吸を再開した。立ち上がった芦田が、一塁側ダグアウトへ全力疾走で戻って来る。マウンドで待っていたタケダとグラブを合わせた——芦田が、こういう風にチームメートと触れ合うのは初めてではないか、と藤原は内心ほくそ笑んだ。

ただし、ダグアウトの中は静かだった。数人の選手が立ち上がって拍手を送ったものの、デイトンはやはり座ったまま、腕組みをしてむっつりとした表情だった。ヘルナンデスは、本当に何か手を打ったのだろうか？

ダグアウトに戻って来た芦田は、特に歓迎されなかった。未だにチームに溶けこめていない……しかし彼は、表面上は平静を保っている。なかなか図太い人間だ、と藤原は感心した。日本人は「同調圧力」に弱いというが、芦田はあくまでアメリカ人である。自分は自分、個人でベストを尽くせばそれでいい、と考えているのかもしれない。

その芦田が、一回の裏の攻撃でまたも魅《み》せた。四球で出塁したベイカーを一塁に置いて、左中間を深々と破るツーベースを放ったのだ。俊足のベイカーは楽々生還し、アメリカ代表は喉から手が出るほど欲しかった先制点を挙げた。

これで気が楽になったのか、タケダは二回から普段通りのピッチングを見せるようになった。変化球でカウントを整え、勝負どころでは一五五キロを超える速球を投げこむ。二回から五回までイスラエル打線にヒットを許さず、アメリカは1点リードを保ったたまま、試合は後半に入った。

リードはしているものの、追加点が取れず、ジリジリする展開が続く。藤原は特に、芦田を気にしていた。先制のタイムリーこそ放ったものの、その後は二打席ノーヒット。三打席目では、この大会初の三振を喫していた。

「アシダはどうだ？」心配になって、藤原は思わずヘルナンデスに訊ねた。

「怪我はどうなんだろう」ヘルナンデスが逆に確認してきた。

「七割の回復だそうだ――トレーナーによると」

「すり足のバッティングで、まだ試行錯誤している感じだな。試合をやりながらでは、簡単にはフォームを変えられない……どうだ？　引っこめて少し休ませるか？」

「いや、駄目だ」リッジウェイが話に割って入った。「今、芦田以上に頼れる選手はいない。この先、どうしても追加点が欲しいじゃないか」

結局、結論は出ないまま……何だか、芦田をどうするかという話ばかりしているような気がする。怪我さえなければ、迷わずフル出場させているのに。

タケダは六回、七十六球を投げ切って交代した。最高のピッチング……イスラエルにヒットを三本しか許さず、無失点。ここからが自分の仕事だ、と藤原は気を引き締めた。継投で何としても勝ちを拾わないと。

七回からはフリードマンを投入するつもりだった。その後は一イニングずつピッチャーを代えて、イスラエル打線を抑えこみたい。

フリードマンは、いつものらりくらりの投球で、大振りのイスラエル打線をあっさり三人で退けた。上々の出来――もう一イニング引っ張ってもいいところだが、藤原は予定通り、三人目のピッチャーにスイッチした。フリードマンは、今後も際どい場面でリリーフに使いたいから、今日は球数を抑えておく必要がある。

七回裏、アメリカは大きなチャンスを掴んだ。

イスラエルの四人目のピッチャーが、大乱調だった。この回、アメリカ打線は四番から始まったのだが、ヒットから二つの四球で、たちまちノーアウト満塁と攻めこむ。イスラエルベンチが動き、五人目の左腕を送りこんだ。

藤原はここで動いた。

七番のスタントンは、右ピッチャーには強いが、左には極端に弱い。一気に大量得点を狙うなら、ここは右のデイトンだ。

「マーク、決めてこい」

藤原が声をかけると、デイトンが胸を張ってダグアウトを出て行った。いじけた様子もなく、ただ闘志のみが感じられる。いったいどうしたのか――ヘルナンデスは魔法でも使ったのだろうか。

投球練習に合わせて素振りを繰り返す。藤原はダグアウトを出て選手の交代を告げ、横浜スタジアムの中をぐるりと見まわした。スタンドは満員ではないが、白一色。暑さをさらに強く感じる。

デイトンが右打席に入ると、急にスタンドが静まりかえった。ノーアウト満塁、最も得点確率の大きいシチュエーションだ。実際、八割近い確率で点が入る。常に大きく振り回してくるデイトンだが、この状況の重要性は十分認識しているだろう。軽く当ててライト前に落とすだけで2点が入る。その追加点が、チームにとってどれだけ大きな意味を持つか。

しかしデイトンは、自分のバッティングを変えるつもりはないようだった。初球、内角に食いこむボールに手を出し、強振——強烈なライナーになった打球は、張り出した三塁側内野席に飛びこみ、スタンドからは軽い悲鳴が上がった。

打席を外したデイトンが、バットを脇の下に挟んでしごく。気合い十分で、ストライクゾーンに入ってくるボールなら全部打ち返してやろうという勢いだった。「待て」のサインを出してもいい——ここは慎重に見極めて、四球を選んでも1点入るのだ。しかし藤原は、デイトンの闘志に賭けた。自分が本当にこのチームの顔だと思っているなら、ここで一発打って決めてくれ。

二球目——藤原は思わず、日本語で「危ない！」と叫んでしまった。ボールは内角高目に入り、踏みこんだデイトンは避けられない。ぎりぎりで体を引いたが、投球は頭を直撃した。一瞬、何かが割れる音が響き、藤原は思わず立ち上がる。

デイトンは、打席で倒れていた。頭に直撃か……慌ててダグアウトを飛び出す。審判はデッドボールを宣告し、三塁走者がゆっくりとホームインする。非常に危険な状況だが、試合は動いている。しかしデイトンはまだ立ち上がらなかった。

藤原が跪《ひざまず》いたところで、デイトンがようやく顔を上げた。ヘルメットのフェースガードが砕け散り、唇から血が流れている。

「生きてるか？」

「何とか」かすれた声でデイトンが答える。

喋れるということは、骨折などはしていないだろう。ほっとして手を貸したが、デイトンは立てない。ようやく上体を起こしたものの、腰が抜けてしまったようだった。

誰かがデイトンの腕を摑み、ぐっと引っ張り上げる。

芦田。

「立って下さい。大したことはないでしょう」

「何だと」挑発的な芦田の口調に、デイトンが反発する。

「打点を稼いだんだから、よかったじゃないですか。これで大リーグが近づきましたよ」

「お前……」

「さっさと一塁へ行って下さい。それとも、特別代走でも出しますか？」

「ふざけるな。走れる」

デイトンが、芦田の腕を振り払う。「走れる」と言いながら、辛うじて歩いている感じだった。芦田が、三歩下がった位置からついて行く。

芦田の奴、何を考えてる？　藤原は首を捻った。憎まれ口をたたきながら、まるでつき添うようではないか。一塁ベース上に立ったデイトンが、芦田を見て顔をしかめる。追い払うように手を振ると、芦田が肩をすくめてダグアウトに向かった。

今のはどういうつもりだ？　芦田に確認しようかと思ったが、彼はダグアウトの後ろへ引っこんでしまった。自分から聞きに行ったら、監督の威厳がなくなる……まあ、後でゆっくり話を聞こう。

この回、アメリカはさらに2点を追加し、リードを4点に広げた。デイトンは三塁走者で残っていたが、藤原はすぐに交代させた。自力でダグアウトに戻っては来たのだが、なにぶん顎へのデッドボールである。トレーナーに相談して、必要なら病院直行、と藤原はリーに指示した。

また心配の材料が増えてしまった。デイトンは不安のタネであると同時に、やはりチームの主軸である。ここで彼が離脱したら、さらに打力が落ちる。

思うようには進まないものだ――短期決戦の国際大会とは、こういうものかもしれないが。


「デイトンを助けたのか？」タケダが訊ねる。

「何が？」芦田はとぼけた。

「真っ先に駆け出して、助け起こしたじゃないか」

「それは……」芦田は頬を掻《か》いた。「分からないな。反射的に飛び出しただけで」

「ふうん」

急に居心地が悪くなり、芦田は立ち上がった。宿舎にしているホテルの部屋で二人きり。ぼんやりとテレビを観ている時に、タケダが急にドアをノックしたのだった。

「大した怪我じゃなかったみたいだな」芦田は話を違う方向に振った。

「顎を骨折したかと思ったけど……髭のおかげで助かったんじゃないか」

「まさか」

芦田も、戦線離脱を余儀なくされるぐらいの大怪我だと思っていた。実際には、フェースガードがあったから助かったのだろう。フェースガードは粉々になったものの、とにかく本来の機能を果たしたわけだ。デイトンは唇と口内を切り、顎に打撲を負ったが、少なくとも一五〇キロのストレートの直撃は避けられた。フェースガードは何となくみっともない感じがして、芦田は一度も使ったことがないが、今回の結果を見ると馬鹿にしたものではないと思う。

「とにかく、次の試合も出られるみたいだよ」タケダが心底ほっとしたように言った。

「ああ」

「試合も勝ったし、取り敢えずよかった」

4対0での完勝。イスラエル打線をリレーで完封した投手陣の手柄だ。自分は……初回こそ先制のツーベースを放ったものの、その後はノーヒットに終わってしまった。追加点に絡むチャンスは何度かあったのだが、どうも調子がおかしい。国際試合では、次々にピッチャーが代わり、目先が慣れないせいもあるが、そもそも自分のバッティングを見失いかけている感じがした。やはり、怪我の影響だろうか。体を休ませる時間がないせいか、依然として痛みが引かないのだ。

それもこれもデイトンのせい——トロントでバッティング練習中にボールを転がし、自分に怪我をさせたのはデイトンだと確信している。だったら何故、チームメートの中で誰よりも早く、倒れた彼に駆け寄ってしまったのだろう？　自分でも説明できない。

「じゃあ、次も頑張ってくれよ」

タケダが立ち上がる。次の試合は明日——ノックアウトステージの一回戦を勝ち上がった韓国との一戦になる。そこで負けても、まだチャンスが潰えたわけではない。敗者復活のような形で試合を行い、なお決勝へ進めるチャンスが残っている。「ページシステム」と呼ばれるらしいが、その複雑さは大会前から批判の的になっていた。消化試合を少なくして、最後まで観客の興味を引く狙いもあるらしいのだが、芦田も最初、どういうシステムなのか理解できなかった。

一人になり、芦田はベッドに寝転がった。心配事が多過ぎる……チーム全体のことは自分が心配してもしょうがないとしても、怪我のせいでまだ不完全燃焼の状態なので、どうにも中途半端な気持ちだった。デイトンも同じだろう。代打で出て、貴重な追加点を稼いだわけだが、「打って」ではない。しかも怪我の影響はまだ読めない。彼自身、何を考えているのか……一つ言えることは、今、自分とデイトンはある意味同じ立場に立った。怪我という共通の問題を抱えているのだから——距離を近くするチャンスかもしれないが、そういう努力をすべきかどうかも分からなかった。自分が声を上げ、チームをまとめる役割を果たす——そんなことは、柄に合わない。そもそも途中からチームに合流した自分に、そんなことをする権利があるかどうか……。

立ち上がり、デスクにつく。思い切ってデイトンと話してみようか。彼がどの部屋に泊まっているかは、リーか香山に聞けばすぐに分かる。スマートフォンに手を伸ばしかけ、引っこめる。顎を痛めたデイトンは、話すのも辛いかもしれない。

そうだよ、喋るのが辛い人間と、わざわざ話す必要はない。

今は自分のことだけを考えよう。どうやってこの怪我を乗り越え、本来のバッティングを取り戻すか。本当は徹底して打ちこみ、右足首を庇うすり足のバッティングを少しでも体に染みこませるべきだ。しかし練習時間も場所も限られており、自分の思う通りの練習はできない。

いっそのこと、母校に行ってみようか。自分が通っていた高校は、宿舎のホテルから車で十分もかからない場所にある。屋内練習場——芦田が三年生の時に完成したばかりだ——があるので、そこでマシンを使ったバッティング練習ぐらいはできる。後輩たちが使っていない時間なら、誰かに迷惑をかけることもないだろう。監督の常盤に許可を取って……いや、オリンピックの最中に、母校で練習をしていたらまずいのではないだろうか。ルール的には問題はなくとも、マスコミに漏れたら面倒なことになりそうな気がする。

何とかするしかないか……とにかく、まずは素振りだ。実際にボールを打つのとは感覚が違うが、フォーム固めには素振りが一番だ。幸いここには、短い廊下と部屋の間にあるドアに、大きな鏡が張ってある。ソファを動かせば、素振り用のスペースが確保できるのだ。長い試合をフル出場で戦って疲れてはいたが、無理してでも体に刻みこまねばならない時もある。

本来芦田は、右足を大きく上げて踏み出すバッティングフォームだった。それでも軸がぶれない体幹と下半身の強さには自信がある。とにかく、常盤には徹底して走らされたから……暑い盛りのランニングで反吐《へど》を吐きそうになり、「陸上部に入ったんじゃないんだ」と陰で文句を言っていたが、考えると、あの練習が今の自分を作ってくれたのだと思う。

慣れたフォームから、右足に負担がかからないすり足の踏み出しに変える——言うのは簡単だが、長年慣れ親しんで結果も出してきたフォームは、すぐには変えられない。鏡で確認しながら素振りを繰り返したが、どうにもしっくりこない。ためしに、本来の大きく右足を上げるフォームを試してみると、着地した瞬間に痛みが走り、バットを止めざるを得なかった。クソ、冗談じゃない……バットを置き、足首の状態を確認する。痛みはすぐに引いていったが、不安はしっかりと残った。

こんなのは、本当の俺じゃない。どうしたらいいんだ？

翌日の二回戦で、アメリカは韓国に敗れた。そして日本は激しい打ち合いの末、12対7でキューバを退けた。これで一回戦で韓国に敗れていたメキシコとアメリカが敗者復活戦の山へ回り、明日対戦する。

この日の芦田は、歯嚙みする思いだった。韓国戦では四打数ノーヒット。怪我のせいもあって先発を回避したデイトンは、途中で代打に出て、そのままDHで試合に出場し続けたが、二打席連続でサードゴロに終わった。いつもの豪快なバッティングは影を潜め、腰が引けた感じ……顎に一発食らったことが、明らかに尾を引いている。試合後のミーティングでは、さすがに藤原も言葉少なだった。こういう時こそ気合いを入れて欲しいのだが、それだけショックだったのだろう。

日本がキューバに勝った後、芦田は香山に電話をかけた。

「どうかしたか？」

「ちょっと相談があるんですが……」

「面倒臭い話か？」

「多少」

「分かった。すぐ行く」

五分後、香山はリーと連れ立って芦田の部屋にやって来た。二人一緒か、と緊張したが、相手は何人でも同じだ。二人をソファに座らせ、芦田は立ったまま自分の計画を話し始めた。三人中二人が英語ネイティブなので、英語での説明になる。

「高校で練習したい？」リーが眉をひそめる。

「僕の母校がすぐ近くなので……今、夏休みですし」

言ってから、常盤に話をすると、彼を苛つかせるのではないかと思った。母校は今年、神奈川県大会の決勝で敗れ、三年連続の甲子園出場を逃している。今は既に新チームになって、春の選抜を見据えた練習を始めているはずだ。

「明日は――たぶん、早朝は空いています」

「いつ？」

「今から頼んで大丈夫なのか？」

「電話してみます。それより、チームとして問題はないですか？」

「ないとは思う……確認するよ」

リーがスマートフォンを取り出し、どこかに電話をかけ始めた。会話が終わるのを待つ間に、香山が呆れたように話し始める。

「ここで無理しなくていいんじゃないか？　怪我だってあるんだし」

「納得できないんです。新しいフォームをまだ固められない」

「しかし、怪我が悪化したら何にもならないぞ」

「怪我が悪化しないバッティングフォームを探ってるんですよ」

「しかしねえ……」

香山には、自分の焦りが伝わっていないのだろうか？　そう考えると不安になった。

電話を終えたリーが、芦田に向かってうなずきかける。ＯＫ、ということだろうか？

「場所を借りる分には問題ないと思う。ただ、あくまで場所だけだ。練習を手伝ってもらうのは駄目だし、関係者と会話するのもＮＧだぞ。余計なことは一切しない方がいい」

「練習は俺たちが手伝うよ」香山が言った。「リッジウェイにも話して、つき合ってもらおうか。バッティングピッチャーも必要だろうし」

「一人だけ一緒にいてもらえば大丈夫です。最新の設備――バッティングマシンがありますよ」

「さすが、強豪校は金持ちだな」からかうような口調で香山が言った。

問題なしとなれば、あとは自分で交渉するだけだ。芦田はすぐにスマートフォンを取り上げ、常盤に電話をかけた。常盤の第一声は厳しかった。

「お前、今日はどうした」

四打数ノーヒットを責めているのは明らかだった。「すみません」と反射的に謝ってしまう。

「怪我か？」

「いえ……」普通に歩いている分には足を引きずることもないし、この件は表には漏れていないはずだ。

「さすがに世界の壁は厚いか」

「そうですね」

「……で？　アメリカ代表選手が俺にアドバイスを求めるのは筋違いな気がするけど？」

「アドバイスではなく、場所を貸して下さい」

「場所？」

「屋内練習場です。空いている時間で構いません。できれば、明日」

「明日の練習は、朝の九時からだぞ」

「だったらその前——七時でどうですか？」

「おいおい」常盤が呆れたように言った。「そんな早くに？」

「できれば……お手数をかけて申し訳ないですけど」

「問題はないのか？」常盤は慎重だった。オリンピック中、選手は半ば「隔離状態」になる。

「練習場所を借りるだけですから、問題にならないはずです」

「そうか……いろいろ面倒だな」

「すみません。助かります」

「七時に鍵を開けておく。ただ、お前と話をするといろいろまずいだろうな」

「ええ。黙ってます」

「この件、何かで返せよ」

「はい、もちろんです」

「巨額の契約金が手に入ったら、家でも買ってもらうか」

「監督……」

「マジだぞ。それぐらいの契約金は分捕ってこい」

電話を切って、芦田は首を傾げた。普段の常盤は、こんな冗談を言う人ではないのだが。

まあ、いい。とにかく練習場所は確保できた。あとは一球でも多く打ちこんで、感触を身につけるだけだ。野球は結局、理屈ではできない。全ては練習量で決まるのだ。

午前七時。芦田は二ヶ月ぶりに母校を訪れた。アメリカ代表入りを迷い、常盤に相談しに来て以来である。つき添いは香山一人。あまり大勢で来ると目立ち、外に情報が漏れる恐れがある。

グラウンドに面した練習場の外では、常盤が待っていてくれた。

「よう」常盤が軽く右手を上げる。「話をするといろいろまずい」と言っていたのに、気軽な調子だった。

「早くにすみません」芦田は頭を下げた。

「まったくだよ。夏休みぐらい、寝坊させてくれ」

実際は寝坊などしているはずもないのだが……神奈川県の強豪校として、常に甲子園を狙える位置にいるので、対外試合も多い。夏休みは特に、他校を迎えて、あるいはこちらが遠征しての試合が毎日のように組まれているので、学期中よりも忙しいぐらいのはずだ。

「あとは勝手にやってくれ。九時前にはマネージャーが来るから、鍵は渡しておいてくれ」

「助かります」もう一度頭を下げ、常盤から鍵を受け取る。

久しぶりの屋内練習場だった。広さは、隣にある屋根つきブルペンの四倍ほどもあるだろうか。バッティングマシンでの練習、それに内野手がノックを受けられるぐらいだ。高校としては最高に恵まれた環境だろう。

香山がしばらく、バッティングマシンを調べていた。その間に、芦田はストレッチと素振りを繰り返して準備を整えた。昨日もフル出場して、今朝は普段よりも早起き……体が硬い感じがしたが、打ちこむうちに解れてくるだろう。

「お願いします」

「どんな感じでいく?」

「一四〇キロ、ストレートで」

「フォーム固めだったら、もう少し遅くてもいいんじゃないか?」香山が疑念を発した。

「遅い球を打っても練習にならないので」

踏み出す右足を大きく上げるのと、すり足にするのでは、体重移動の感覚がまったく違う。足を大きく上げると、体全体でボールにぶつかっていく感じになるのだ。それで、パワーを全て打球に伝えられる。しかしすり足だと、どうしても上半身の力に頼る感覚になる。ミートはできるが、飛距離は伸びない。

何球か打つうちに、どうしても払拭できない違和感に気づいた。やはり、体重がボールに乗らないのだ。もちろん芦田は、自分の本質がホームランバッターだとは思っていない。基本的にはミート重視の中距離打者だ。しかし、スタンドに放りこむ長打の魅力も捨てがたい……特にアメリカ代表は深刻な得点力不足だから、ホームランの魅力には抗《あらが》いがたい。

確実にミートはできている。だが、普段のように振り抜けていない感じは否めなかった。芦田は何度も首を傾げながら、バットを振り続けた。

「休憩、休憩」香山の声ではっと我に返る。「ボールがなくなったぞ」

「ああ……」

芦田はバットを足元に置き、慎重に周囲を見回した。足元にボールは転がっていない……トロントでボールを踏んだ時の記憶が蘇ってしまう。

散らばったボールを拾い集め、一息つく。スポーツドリンクを飲んで、額の汗を拭った。そこで、予想もしていなかった人間の訪問を受ける。

「やってるな」

「ミスタ・ヘルナンデス」

　思わず直立不動の姿勢を取ってしまった。急遽ヘッドコーチとしてチームに参加したヘルナンデスとは、まだまともに会話を交わしていない。どうやら藤原個人の参謀役という感じらしいし、芦田にすれば「恐れ多い」「伝説上の」人物でもある。

「ミスタはやめてくれ」

「では……コーチ」

　ヘルナンデスがうなずく。Tシャツにジーンズという軽装だが、体に贅肉がまったくついていないのが驚きだ。現役を引退して何年も経ち、HIVとの闘病も続いているはずなのに、今もしっかり体を鍛え続けているらしい。元々「大リーグ一の自制心の持ち主」と言われていたようだが、それは伝説ではないようだ。

「フォームを変えようとしているね？」ヘルナンデスが指摘した。

「はい」

「何パーセントぐらい完成してる？」

「まだ五十ですね」

「私には十分に見えるが」

「いや、まだとても……」

「とにかく、続けてくれ。短期決戦で試合が続くと、なかなか練習を見る暇がないからな」

「いいんですか？」

「私はコーチだよ？」ヘルナンデスが眉をひそめた。

「君たちをコーチするために来たんだ」

「分かりました」

かつての大打者に見られていると思うと緊張するが、実際に打ち始めると、その緊張はすぐに薄れていった。ひたすらボールに集中して、自分の手元を見る……調子がいい時なら、ミートの瞬間が見える――感じがするのだ。

「オーケイ、オーケイ」

ヘルナンデスが両手を叩き合わせた。それではっと我に返る。

「いい調子じゃないか」ヘルナンデスが満足そうにうなずく。

「いや……」芦田としてはまだ満足できなかった。

「ちょっと貸してみたまえ」

まさか、ここで手本を示してくれるのか……芦田は両手で捧《ささ》げ持つようにしてヘルナンデスにバットを渡した。

「今、何キロだった？」

「一四〇です」

「一三〇——八一マイルに下げてくれ」ヘルナンデスが香山に声をかけた。「年寄りに一四〇キロは無理だ」

香山が準備を整える間に、ヘルナンデスが二度、三度と素振りを繰り返した。ジーンズなので少し窮屈そうだが、スウィングの速さは現役並み……もしかしたら今でも、バッティング練習をしているのかもしれない。金さえあれば、必要な場所と機材を揃えるのはさほど難しくはないし、ヘルナンデスが金に困っているとは思えなかった。

「頼む」

一声かけて、ヘルナンデスが打席に入った。一三〇キロのスピードは、芦田の目にはまるで止まっているようにも見える。そのボールを、ヘルナンデスは楽々と打ち返した。ジャストミート、まさにバッティングマシンのすぐ上を越していく——ライナーでセンター前だ。続く五球、ヘルナンデスの打球は全て同じ場所に飛んだ。

芦田は現役時代のヘルナンデスを直接は知らない。その凄《すご》さは数字で知るばかり……もちろん今は、当時の動画も簡単に見ることができるのだが、基本的にヘルナンデスは芦田と同じような中距離ヒッターである。ただし、打球の速さは驚異的だ。角度をつけてスウィングしないので、ジャストミートの打球は基本的にライナーになるのだが、そのスピードは殺人的だった。有名な映像——ブレーブスのピッチャーと対峙したヘルナンデスは強烈なピッチャー返しを放った。まったく反応できないほどのスピードで、打球はピッチャーの頭を直撃し、大きく跳ね返ったボールは三塁側ダグアウト近くまで飛んで行った。ピッチャーは頭蓋骨陥没の重傷を負い、シーズンの残り三ヶ月を棒に振った。もちろんヘルナンデスに悪意はなかったのだが……。

「分かるか？」

「はい？」突然訊ねられ、芦田はどぎまぎしてしまった。

「今は全部、センター前ヒットを狙って打った」

「すごいですね……」芦田も「どこへ打つ」という意識は徹底しているが、ここまで上手くいくとは限らない。いくら素直なバッティングマシン相手とはいえ、ヘルナンデスの打球の正確さは驚異的だった。

「昔に比べて腕は落ちたけどね」ヘルナンデスが肩の上でバットを二度弾ませた。「微妙に高さが違ってたよ。現役の頃は、狙って三塁ベースに当てられた」

「マジですか？」

「証明したいところだが、そういうのは練習での余興だから。残念ながら映像も残っていない」

「それで……」

「常にセンター前。君ならそれも可能だろう」

「できないでもないですけど、この後の試合で僕に求められるのはそういうことじゃないと思います」

「ホームランは確かに、一番効果的な得点方法だ。でも、ヒットで十分なんだよ。自分一人で決めようと思わずに、仲間のヒットを待てばいい」

それができれば苦労はしないのだが……今のアメリカ代表の貧打ぶりを見ると、連続ヒットで着実に得点を重ねるパターンは期待できない。

「コツコツやることだ。それに、君の若さでもう一つの打ち方を身につければ、将来も役に立つ。いずれは体力が落ちて、若い頃と同じようには打てなくなるんだ。その時に、もう一つのフォームが君を助けてくれるはずだ」

「はあ……」

「楽にやれ、ということだよ」ヘルナンデスが微笑んだ。「君は肩に力が入り過ぎている。とにかく確実にミートして、内野の間を抜けばいい。塁に出ることだけを考えてプレーしなさい。そうすれば、自《おの》ずと結果はついてくる」

「フリードマンを先発させる？」ヘルナンデスが眉を吊り上げた。「彼は抑えだぞ。今後も重要な局面で投げることになる。ここで投げ過ぎたらまずい」

「一試合も落とせない。初回だけ抑えてもらえばいいんだ」藤原は譲らなかった。

「オープナーか……」ヘルナンデスが顎を撫でる。「本人はどう言ってる？」

「やる気満々だ」

「仕方ない。決めるのはボスである君だ」ヘルナンデスが諦めたように譲った。

リリーフ投手を一回、ないし二回だけ先発で登板させる「オープナー」は、まだ定着しているとは言い難く、藤原もその効果には懐疑的だったが、思い切ってここで試してみることにした。一回だけならフリードマンの負担も少ない。今後の投手陣のやりくりも楽になるし、とにかく負けたら終わりなのだ。

メキシコ戦は、藤原の予想に反して投手戦になった。打力が売りのメキシコに対して、守り勝ちたいアメリカ——藤原の期待に応えたフリードマンは、いつものらりくらりのピッチングで、打ち気に逸《はや》るメキシコ打線を二回ノーヒットに抑えた。初回だけのつもりだったが、あまりにも調子がいいので、二回まで引っ張ったのだ。それでも球数は二十五で、負担は最低限で済んだ。その後を引き継いだのは、本来はAグループで先発のアンダーソン。さほどスピードはないサウスポーなのだが、変化球をコントロールよく投げこみ、メキシコ打線につけ入る隙を与えない。もっとも、アメリカ打線も湿りがち……五回まで、両チームとも無得点だった。今日も二番サードで先発した芦田は、二打席連続ノーヒットに終わっていた。まだ、新しいフォームにアジャストできていないようだ。

アンダーソンは予定通り五回まで投げてくれたので、これから先は継投になる。投手陣はよく踏ん張ってくれているが、打線が奮起しないとどうしようもない。六回裏の攻撃が始まる前、藤原はダグアウト前に選手たちを集めた。

「とにかく1点を取りに行こう。どんな手を使ってもいい。先制点が欲しいんだ」こんなことを言っていてもしょうがないが、メキシコの投手陣に対するアドバイスは、リッジウェイが既にしっかり行っている。

メキシコはこの回から、変則左腕のゲレーロをマウンドに送ってきていた。本来は先発ピッチャーなのだが、トーナメントという特殊な試合方式では、先発も中継ぎも関係ない。球数と登板間隔をベースに、基本的には調子のいいピッチャーをどんどんつぎこむだけ——向こうの監督も、自分と同じことを考えているようだ、と藤原は思った。

芦田が打席に向かう。しかし今日の芦田は、完全に腰が引けていた。いつもの力強いスウィングは影を潜め、とにかく何とか当てて、内野の間を抜ければ満足という消極的なバッティングになっている。藤原は、隣に座るヘルナンデスに声をかけた。

「奴の練習、見てくれたんだろう？」

「ああ」

「まだ調整できていない感じか」

「その通りだ。迷ってる」

「何かアドバイスは？」

ヘルナンデスが無言で首を横に振った。打つ手なし、か……ここは本人に任せるしかないだろう。もともとミートは上手い選手なのだし、当たれば何とかなる――しかし、ボールが前に飛ばない。粘ったものの、結局三振に倒れてしまった。

先頭の芦田をあっさり退けたゲレーロは自分のペースを摑み、結局この回を三者凡退で片づけた。さらに七回も三者凡退……打てそうな気配がまったくない。一方メキシコ打線も大振りを繰り返し、アメリカ代表が繰り出す投手陣の前にヒットが出ない。八回まで終わって、両チームともヒット三本ずつという貧打戦だった。

藤原は延長を考え始めた。監督として一度も延長を経験していないので、どう攻めていくか、いかに守り切るか、不安しかなかった。

結局、九回表まで両チームともゼロ行進――しかしその裏、アメリカチームはとうとうチャンスを摑んだ。きっかけは芦田――やはり自分のスウィングを取り戻していない感じではあったが、それでも何とかアジャストした。マウンドには、一六〇キロを超える速球を決め球にする、抑えのヒメネス。二メートル近い長身なので、球の出所がバッターに近く、実際のスピードよりも速く感じられる厄介なタイプだ。

しかし芦田は、ファウルで粘って七球を投げさせ、八球目のストレートに合わせた。思い切り引っ張った打球は、ライトのライン際……メキシコのライトが飛びついたが、ボールはグラブの先に当たり、ファウルグラウンドを転々とする。カバーにまわる選手がいない——芦田は迷わず走り続け、滑りこまずに三塁に達した。足を庇う様子もなく、藤原は興奮すると同時に安心した。

サヨナラのチャンスだ。

藤原は迷わず、三番に入っているカスティーヨの代打にデイトンを送った。カスティーヨも今日ノーヒットだし、まったくバットが振れていない。

ダグアウトを出たデイトンを、藤原は呼び止めた。

「決めてこい」

デイトンはうなずいたものの、顔面は蒼白《そうはく》で、藤原はこの代打が失敗に終わると悟った。顔面へのデッドボールによる怪我は大したことはなかったのだが、恐怖心までは簡単には消せない。マイナーで散々苦労してきたデイトンにしても、顎にヒットした速球の記憶をすぐに消すことはできないのだろう。

とにかくここは、任せるしかない。藤原はベンチに腰を下ろすと、足を組んだ。芦田には「待て」のサインを出す。ノーアウトだからデイトンには自由に打たせるしかない。芦田は焦って走塁させず、その結果待ち……足のことを考えると、無理はさせたくなかった。ゆっくり帰れる犠牲フライ、できればホームラン——ここで一発出れば、デイトンも恐怖の記憶を乗り越えられるはずだ。

「十回からのピッチャーは？」ヘルナンデスが訊ねる。

「準備してる」

「今のうちに声をかけて——」

「ちゃんとやってるさ」少し苛々して、藤原は乱暴に答えた。外野フェンスの裏にあるブルペンとは、何度も連絡を取り合っている。このまま延長戦に突入しても、しっかり継投できるだけの準備は整えていた。ピッチャーについてはこっちが専門なんだから、一々指図しないで欲しい……。

初球、唸りを上げるような速球が内角に食いこむ。それほど危ないコースではなかったが、デイトンは明らかに腰が引けていた。二球目はさらに内角、今度は肩の辺りに来る。のけぞったデイトンが、打席を外してマウンド上のヒメネスを睨みつけたが、ヒメネスの方では気にする様子もない。

打てないな、と藤原は覚悟した。どう考えても打てそうにない。こんな中途半端なバッティングをするぐらいなら、カスティーヨをそのまま打席に送り出しておくべきだったのではないだろうか。リッジウェイにきちんと相談しておけばよかった。バッターのことは、彼が一番よく分かっているのだから。

先々のことを考えねば——藤原の思いは既に、今大会初の延長戦に飛んでいた。

暑い……芦田は三塁ベース上で何度も額の汗を拭った。リストバンドはすっかり濡れてしまい、もう汗を吸わなくなっている。

横浜スタジアムでは何度も試合をしたことがあるが、ここまで暑くなることはなかった。まるで、熱したフライパンの中にいるようなもの……頭上から降り注ぐ陽射しだけではなく、暑くなった人工芝からも熱が上がってくるようだった。上下から熱にやられ、まさに蒸し焼き状態じゃないか。

右打席に入っているデイトンの姿が、蜃気楼《しんきろう》のように揺らいでいる。妙に緊張して体が硬い。それは分からないでもない……一六〇キロの速球が、体のすぐ近くに飛んでくるのだ。それにメキシコバッテリーは、デイトンが顔面にデッドボールを食らったことを当然知っている。まだ恐怖を乗り越えていないと判断して、厳しく内角を攻めるのは当然だ。

これが野球だから。

デイトンに対しては、依然としてわだかまりはある。トロントで、彼が芦田を転ばせたのは間違いないだろう。あまりにも姑息《こそく》な手段だ。あんなこと、漫画でもあり得ない。それだけ芦田が邪魔だったのだろうが、あんな手を使わなくても、追い落とす手はあったはずだ。

しかし——と思う。もしかしたらデイトンは、精神的に弱いのかもしれない。だからこそ正面から戦わず、あんな卑怯な手で僕を排除しようとした——そう考えると怒るより可哀想《かわいそう》になってきたが、芦田は同情心をすぐに打ち消した。僕が怪我していなければ、アメリカ代表はここまで苦労していなかったかもしれない。正直、試合を重ねるごとに症状は悪化している。捻挫の一番の治療はとにかく休ませることなのだが、試合が続いているので、なかなか痛みが引かない。ましてや今日は、早朝から打ちこんできたので、疲労もある。

ホームランがありがたいな、と思った。ホームランなら、ゆっくり歩いて帰れる。それで試合もおしまいだ。

しかしデイトンは、あっさりとメキシコバッテリーの罠《わな》にはまった。ごくごく基本的な攻め方——内角に連続して投げこんで意識させ、最後は外角で引っかけさせる。内角が苦手なバッターに対するセオリー通りの攻めだが、これは二十一世紀になっても変わらない。ましてや、ピッチャーに一六〇キロの速球があれば、この攻めは効果的だ。ヒメネスは、徹底して内角を攻めた。フルカウントまでもつれこんだが、最後は外角低目へのハードスライダー……デイトンは完全に腰が引けた状態で、中途半端にスウィングしてしまった。三振、ワンアウト。

冗談じゃない。僕はここにいるんだ。三塁からホームまで、わずか二七・四三一メートル。全力で走れば五秒もかからず駆け抜けてしまう。しかし今、ホームははるか遠くに見えた。

四番に入ったウイリアムスは、ファウルで粘った。コンタクトの瞬間に、芦田がスタートを切ること三度……その都度右足首に負担がかかって痛みが走る。どうも、この試合中に悪化してきたようだ。

早く帰してくれ。芦田はほとんど祈るような気分になっていた。

結局ウイリアムスは、一塁後方にフライを打ち上げた。もしかしたら、ファースト、セカンド、ライトのちょうど真ん中に落ちるのではないか——芦田はベースから少し離れて打球の行方を見守った。セカンドが追いつきそう……ベースに戻る。あの位置だと、セカンドの捕球姿勢によってはタッチアップできるかもしれない。

実際、最後はメキシコのセカンドがボールに飛びついてキャッチした。体がファウルグラウンドまで出てしまっている。いける——芦田はスタートを切ろうとしたが、サードベースコーチのリッジウェイが「ステイ！」と大声を上げた。反射的にベースに戻る……セカンドがファーストにボールをトスし、ファーストが芦田の出方を見守っていた。さすが、この辺の連係はしっかりしている——ちらりとホームプレートを見ると、はるか遠く……あり得ない話だが、先ほどよりも遠くなっているように見えた。

「焦るなよ」リッジウェイが声をかけてきた。

「分かってます」芦田としてはそう答えるしかない。

「まだチャンスはある」

本当に？　五番のダルトンも、今日はノーヒットだ。

しかし初球、チャンスが訪れた。

三遊間の深い位置への鋭いゴロ……芦田は反射的にスタートを切った。ショートの守備範囲ぎりぎりのゴロになったようだが、レフト前に抜けるかもしれない。しかし芦田は、目の前でキャッチャーが捕球姿勢に入っているのを見た。クソ、ショートが追いついたのか……一塁は間に合わないと見て、バックホームで勝負を懸けたのだ。

どっちだ？　キャッチャーの体が、わずかに左へ寄る。バックホームは一塁寄りだ。芦田は三塁側から滑りこむコースを取った。スライディングの体勢に入ったところで、キャッチャーがボールを捕球する。そのまま、体全体を投げ出すようにしてタッチに来た。

一瞬速く、芦田の左足がホームプレートに触れる。その直後、思い切り体を投げ出して来たキャッチャーの全体重が右足にかかり、激痛が走った。

セーフだ。

セーフだが、僕のオリンピックはここで終わりかもしれない。

「折れてはいない」

トレーナーのウィリスから報告を受け、藤原はほっと胸を撫で下ろした。既に宿舎のホテルに引き揚げてから、一時間以上が経っている。ずっとやきもきしながら、電話を待っていたのだ。

「次の試合に出られるか？」これが一番大事なことだ。

「無理だな」

ウィリスの報告に、藤原は思わずスマートフォンをきつく握り締めた。

「松葉杖をついてる。あれじゃあ、走れない」

「ＤＨで打つだけだったら？」

「オリンピックで彼を潰してもいい、というなら使えばいいさ」ウィリスの声には怒りが感じられた。トレーナーとしては、どんな場面でも選手の健康を守ることが最優先なのだろう。無理に試合に出してはいけない、と判断しているに違いない。

電話を切って、藤原は「クソ」と悪態をついた。

「駄目か」ヘルナンデスが訊ねる。

「ああ。ウィリスの判断では、打席に立つのも無理だ」

「次の手を考えないと」

「分かってる」

分かっていない。芦田が戦線を離脱し、デイトンも調子を落としたままの今の状態は、言ってみれば飛車角落ちである。このままともに戦えるとは思えない。

そして明日の対戦相手はB組一位のキューバ。ノックアウトステージ初戦で日本に敗れ、敗者復活の山に回っていた。

「まあ、今日の作戦は褒めておくよ。フリードマンを先発させたのは奇襲だけど、計算通りに上手くいった。監督として慣れてきたんじゃないか？」

「ピッチャーのことは専門だから……それより、ミーティングを開こう」

「今からか？」ヘルナンデスが目を見開く。「今まで、こんなタイミングでミーティングを開いたことはないじゃないか」

「今やらなくて、いつやる？」

ヘルナンデスが、傍に控えたリーに目で合図した。不安な表情を浮かべたまま、リーが連絡を回し始める。藤原はじっと目を閉じ、ソファで固まったまま、リーの声を聞いていた。どうやらまとまりそう……リーが「一時間後に」と告げたのを機に目を開けた。

「場所は確保できてるか？」

「ホテルの会議室を押さえました」

「了解」

何を話そうか……話さねばならないと分かってはいたが、その内容が自分でも思い浮かばない。これまで監督らしいこともしてこなかったが、そろそろ……とにかく、あと三試合、勝たねばならないのだ。

藤原は、会議室に集まった選手たちの顔をぐるりと見まわした。芦田は本当に、松葉杖をついて現れた。デイトンの顎に貼られた絆創膏《ばんそうこう》も痛々しい。他にも負傷している選手がいるし、チーム全体が満身創痍《まんしんそうい》だ。

「あと三試合だ」藤原は第一声を上げた。「いろいろ苦しい状況なのは分かっている。だが、俺はどうしても勝ちたい。俺のために——いや、亡くなったミスタ・ムーアのためにも勝とう」

こんなお涙頂戴の精神論に感動するような連中でないことは既に分かっているが、言わざるを得ない。チームは未だにバラバラの状態……一丸となって勝ちに行く気概に欠けている。

「ミスタ・ムーアが君たちを信じて、不動のラインナップで勝ち続けたことは素晴らしいと思う。だけど今はオリンピック本番なんだ。勝ち上がるためには、全員に頑張ってもらうしかない。その方針は今後も変わらない。不満はあると思うが、金メダルを取れば全て帳消しだ。金メダルほどいいものはない」

デイトンの顔にまだ不満な表情が浮かんでいる。やはりムーアのやり方の方がいいと思っているのだろう。藤原はすっと息を呑んで、低い声で続けた。

「昔話をさせてくれ。俺は二十年前に、日本からアメリカに渡った。ここにいるミスタ・ヘルナンデスとどうしても対決したくて、全てを投げ出した。まあ、結果的に彼を抑えこむことはできなかったが」

ヘルナンデスが苦笑を浮かべているのが分かった。この会話は、二人の間では何度も繰り返されてきた……老人同士の昔話のようなものだ。

「アメリカは、俺を平然と迎えてくれた。それは、俺が野球選手だったからだ。アメリカはチャンスの国だが、正直に言って、差別もある。それに苦しんできた——今も苦しんでいる人もいる。だけど野球の世界に生きている限り、そんな差別は関係ない。偏見を持っている選手は、自然に零れ落ちる。大事なのは、たった一つの目標に向かって走ることだけだ。たった一つの目標——それが何だか分かるな、マーク？」

「勝つこと」デイトンが低い声で答える。

「その通りだ。君たちは全員、メジャーに上がって活躍することを夢見ている。近い将来にそれが実現することを、俺は疑っていない。しかし、今はとにかく、目の前の勝利を見てくれ。メジャーに上がっても、戦い方は同じなんだ。もちろん、メジャーにいる選手には全員、同じ目標がある。ワールドシリーズに出て勝つことだ。しかし、シーズン初めの四月に、その目標を掲げて戦うのは難しい。だから、まず目の前の一勝にこだわり、その試合を勝つために全力を尽くす——余計なことを考えると失敗するものだ。常に目の前の一試合一試合を全力で戦ってくれ。やり方は俺と違うけど、ミスタ・ムーアも同じことを考えていたはずだ」

反応が薄い……藤原は、逆療法に出た。

「オリンピックで勝てないような選手に、メジャーのチームは声をかけないぞ！　ここで結果を出すのは、君たち自身のためなんだ！」

ようやく、選手たちが上を向き、藤原を一斉に見た。

「脅すつもりはない。さっきも言った通り、君たちは遅かれ早かれメジャーに上がる。その時、オリンピックの優勝メダルを持っていれば、一目置かれるんだぞ。他の選手よりも有利な立場で、メジャーでのスタートが切れるんだ」

「その通りだ」ヘルナンデスが急に声を上げた。「ミスタ・フジワラが参加したバルセロナオリンピックでは、アメリカは優勝を逃した。私は選手としては出場していなかったが、負けた選手たちの絶望的な表情は今でも忘れられない。こういう思いを、君たちにはして欲しくないんだ」

「勝とう！」藤原は声を張り上げた。「勝って、堂々とアメリカに帰ろう！　大歓迎を受けたくないか？」

声は上がらない。しかし藤原は、選手たちの目に強い光が宿っているのを見て取った。彼らはあくまでプロ……一々大声を上げて気合いを入れるようなことはしないのだ。

間違いなくチームの気合いは入った。ただ、足首はどうしようもない。もう、このオリンピックでは試合に出られないだろう。

芦田は慣れない松葉杖を使って、会議室を出た。出た途端、デイトンとぶつかりそうになる。何か忘れ物をして、戻って来たようだ。

自分が出られないとしたら、デイトンに頑張ってもらうしかない。そのためには、デッドボールの恐怖をどうしても払拭しなければならないのだ。

「ミスタ・デイトンは意外に気が弱い」芦田は挑発した。

「何だと」

「トロントで……僕を排除しようとした。自分に自信がないから」

デイトンが顔を赤く染めて、詰め寄って来た。芦田はすぐに左の松葉杖を上げて、彼の動きを制した。

「おっと、僕は怪我人だよ」

「ふざけるな」

「内角が全然打てなくなってる——デッドボールの記憶が残ってるんでしょう」

「そういうのは、どんなバッターでも経験することだ」

「じゃあ、直してあげますよ」

「ああ？」

芦田はメモ帳を取り出し、母校の住所を日本語で書き綴《つづ》った。それを、デイトンに向かって突き出す。

「これは？」

「タクシーに乗って、この紙を見せれば、連れていってくれますよ。朝七時から待ってます」

「これは何なんだ！」デイトンの苛立ちが頂点に達した。

「僕があなたを特訓してあげる。勝ちたいなら、ここへ来ればいい。勝ちたくないなら……お好きにどうぞ」

「冗談じゃない」

デイトンがメモを握り潰し、踵を返して去って行った。忘れ物はいいのだろうか……まあ、それを心配してもしょうがない。デイトンは、握り潰しただけで全て終わりと思っているのだろうか？　あのメモを捨てなければ……明日の朝は、デイトンと全面対決だ。

4

アメリカ代表にパープルハート章を。

私の耳に入っている情報では、芦田は右足首の捻挫で、松葉杖がないとまともに歩けないほどの状態になっている。もう一人の主砲、デイトンは顔面にデッドボールを受けて以来、完全に調子を崩してしまった。

オープニングラウンドの最下位から、何とかここまでは盛り返してきた。あと三勝で、オリンピックの金メダルを手にできる。しかし今や、それは極めて困難な道のりと言わざるを得ない。主力に期待できない以上、甘い考えは厳禁だ。

そう、金メダルを獲得できる確率は、限りなくゼロに近い。

アメリカ代表はメキシコに辛勝した後、緊急のミーティングを開いた。しかしそのミーティングは意気が上がらず、葬式のようだったという。日米の混成チームのようになったアメリカ代表に、一致団結したチームワークを期待するのが間違っているのかもしれない。

もう一つのマイナス要因。ヨコハマ・スタジアムの暑さはやはり異常だ。真夏のアリゾナよりも気温は低いものの、アメリカでは経験できない湿気が、選手の本来の動きを阻害する。私は、このスタジアムで行われているのは、野球とは別のスポーツではないかと疑い始めているぐらいだ。

来るか、来ないか。

午前七時、高校の屋内練習場の前で、芦田はデイトンを待っていた。彼自身、どうすればいいかは分かっているはずだ。内角への恐怖心を克服するためには、ひたすら内角のボールを打ちこむ練習をするしかない。しかしトーナメントで試合が続く中ではそれも難しい……だからこそ、この早朝の練習に彼を誘ったのだ。

デイトンのことは、今でも気に食わない。いや、絶対に好きになれないタイプだ。しかし自分がラインナップを外れざるを得ない今、デイトンが打ってくれなければ、アメリカは絶対に勝ち上がれない。勝てなければ、自分の存在価値もなくなってしまう気がしていた。

腕時計が七時を示した瞬間、芦田は屋内練習場の壁に掛けられた時計を見た。こちらも、もちろん七時。やっぱり来ないのか。半々……いや、六対四で来ないだろうと思ってはいたが、嫌な予感が当たってしまってさすがにがっかりした。

それでも芦田は、まだその場を動かなかった。デイトンは、単に寝坊しているだけかもしれない。あるいは、まだ気持ちが定まらないとか……もう少しぐらい、待ってもいいだろう。以前と変わっていなければ、高校の野球部の練習は九時からのはずだから、まだ余裕がある。

七時十分。腹が減ってきたのが情けなくなり、芦田は松葉杖の先で地面をコツコツ叩いて気を紛らわせた。もう試合にも出られないくせに、一人前に腹は減るんだな……本当はアメリカ代表チームを離れ、宿舎からも出るべきかもしれない。人の金で高いホテルに泊まっていると考えただけで、何だか悪いことをしているような気になるのだった。帰るか。

七時二十分になると、芦田の気持ちはデイトンではなく完全に朝食に向き始めた。朝飯のことなんか考えている場合じゃないのに……スマートフォンを取り出し、スポーツニュースを確認する。今はほとんど、オリンピック一色。芦田の怪我についても大きく取り上げられていた。プレー中の怪我だから隠しておけるはずもなく、試合終了から数時間後には、リーが「重度の捻挫」という声明を出していた。スポーツをしていたら、怪我からは逃げられない。しかし怪我が原因で野球選手として大成できないかもしれないと思うと、情けなくなる。日本の格言で、無事これ名馬と言うじゃないか。

ついでにSNSをチェック……いや、これはやめておこう。普通のニュースならともかく、SNSは独断と偏見に満ちた世界だ。誰もが好き勝手なことを言い、無責任な噂を流す。芦田の耳には、何度か聞いた「裏切り者」という言葉がこびりついている。その裏切り者が怪我したら、ネットの世論は「万歳」なのだろうか。

溜息をついてスマートフォンをジャージのポケットに落としこんだ時、車の気配がした。すぐそばの道路にタクシーが停まり、ちょうどデイトンが出て来るところだった。香山が同行している。一人で横浜の街に出るのが不安で、朝早くから香山を同行させたのか……態度だけはメジャー級だな、と芦田は皮肉に思った。

Tシャツに短パン姿のデイトンは、バットケースだけを持っていた。

「ボールはあるんだろうな」開口一番、デイトンが訊ねる。

「もちろん」

「……だったら、打つか」

「準備します」

芦田は練習場のドアを開けたまま押さえた。デイトンが大股で中に入って行く。まるで自分の家に入るような、堂々とした態度だった。

「えらく立派じゃないか。アメリカの高校には、こんな練習場はないぞ」周囲をぐるりと見まわしてデイトンが言った。

「それだけの成績を挙げているチームですから」

「なるほど」

デイトンが準備を始めた。ストレッチから素振り……相変わらず迫力のあるスウィングだ。芦田はマシンの準備をする香山に小声で告げた。

「内角だけ狙って下さい」

「いいのか？」香山が眉を吊り上げる。

「一五〇キロで」

「おいおい――」香山が眉をひそめる。

「構いません。ぶつけるつもりでいって下さい」

「本当にいいのか？」

「今日の練習の意味はそれです」

芦田はマシンの横に陣取った。打席に入ったデイトンが、無言で構える。初球――肩の高さに一五〇キロの速球が入る。デイトンは思い切り身を引き、その勢いでひっくり返ってしまった。

「おい！」

立ち上がったデイトンが怒鳴り、マシンの方へ向かって歩み出す。芦田はむきになって「次です！」と怒鳴り返した。顔を真っ赤にしたデイトンが無言で芦田を睨みつけ、打席に戻る。二球目――やはり肩の高さだ。今度は余裕を持って避けたが、デイトンの怒りは収まらない。

「お前、どういうつもりだ！」

芦田は香山に、「今度はストライクゾーンに入れて下さい」と小声で頼んだ。

「内角で？」

「内角ぎりぎりで」

デイトンが「クソ」と吐き捨てる。三球目――少し低いが、内角ぎりぎり、懐に飛びこむ速球。デイトンは窮屈そうにバットを振ってカットするのが精一杯だった。

「どうしたんですか！　打てないコースじゃないでしょう」

「うるさい！」

次も同じコース。今度はバットに当てたが、明らかに打ち損じ、ファウルになる当たりだった。

「そういうことか」香山がつぶやく。「内角の恐怖を克服させるためだな」

「荒療治しかないんですよ。たまに、頭の辺りを狙って下さい」

「馬鹿言うな。俺があいつに怪我させたら、馘《くび》だ。これから野球の世界で生きていけなくなる」

「避けられない方が悪いんです」

香山が溜息をついた。しかし芦田の指示通り、ずっと内角を狙い続ける。時折思い出したように高いボールで攻め、デイトンに尻餅をつかせた。

しかしデイトンは、次第に恐怖を克服し始めたようだ。元々、パワーを生かして外角でも強引に引っ張るプルヒッターで、内角は基本的に捨てる——ファウルで逃げることが多かったのだが、そのうち確実にミートし始めた。肩、さらに頭の辺りにくるボールも、尻餅をつかずに軽く避けるようになる。超一流とは言えないかもしれないが、やはり一流のバッターだと芦田は確信した。

いつの間にか、練習場内の空気が単調になる。バッティングマシンがボールを送り出す「シュッ」という音。デイトンのバットがボールを打ち返す音。それに、バットを振る度にデイトンが苦し気に漏らす息が混じるだけになった。

芦田はちらりと腕時計を見た。八時……もう百球近く打ちこんでいるだろう。ボールもなくなった。

「休憩します」

芦田が告げると、デイトンが「休む必要はない！」と怒鳴り返した。

「ボールがないんですよ」

それを聞いて、デイトンがふっと肩の力を抜く。ペットボトルのキャップを捻り取り、一気に半分ほどを飲んだ。自分でボールを拾い集めるつもりはないようだ……芦田は松葉杖をついたまま、ボールを拾い始めた。これがやりにくいことこの上ない。結局、ほとんどを香山に任せることになってしまう。

「あと百、いきますか？」

「当たり前だ」

デイトンが怒ったように言った。よしよし……恐怖を乗り越えるためには、体に覚えこませるしかない。恐怖の記憶を上塗りして消すのだ。

デイトンはその後も快調に打ち続けた。緊迫した、そして純粋な野球のための空間。

これだけ集中して、長い時間打ち続ける選手を間近に見る機会はあまりない。芦田はいつの間にか、屋内練習場の中にギャラリーが入りこんでいるのに気づいた。午前中の練習のために出て来た後輩たちだ。その中には当然、常盤の姿もある。

さらに百球を打った後で、デイトンはバットを置いた。黙って、自分でもボールを拾い集め始める。最後の一球を籠に入れると、芦田の顔を凝視した。

「何でこんなことをした」

「このままだと、あなたは内角を打てないまま、オリンピックが終わってしまう」

「だから？　お前には関係ないだろう」

「僕もアメリカ代表だから」

デイトンが肩をすくめる。もう一度芦田の顔を凝視し、「俺の練習につき合うのはおかしいだろう。ザマアミロと思ってたんじゃないのか」と吐き捨てるように言った。

「どうして」

「それは……」デイトンが黙りこむ。自分からトロントの一件を持ち出そうとしたのだろうが、話せば自分の非を認めざるを得ない。

そんなこと、もうどうでもいい。

自分たちはここまで来た。時間を巻き戻すことはできないし、戦いはまだ続くのだ。デイトンの卑怯な行いを許す気はないが、だからと言って、ここで殴り合いをしても何にもならない。

進むしかないのだ。そのために自分ができることは——デイトンが恐怖を乗り越える手伝いをするぐらいしかない。

「これで今日は、打ってくれますね」

「そんな保証はできない」

「せっかく場所を提供したんですよ？」

「そうか……」

「僕の代わりに——」

「お前、出ないつもりか？」

芦田は肩をすくめ、松葉杖の先で地面を叩いた。「これで出られると思います？」と言うしかなかった。芦田の中ではもう、オリンピックは終わっている。

「出られるだろう」デイトンが迫った。

「まさか」

「一打席なら——ホームランを打てば、這ってでもホームインできる」

芦田としては、首を横に振るしかなかった。今の自分に、打球をスタンドに叩きこむ力はない。フォームの改造中で、明らかに飛距離は出なくなっているのだ。しかもこの怪我——今は、たとえ大きくステップしなくても、右足を踏み出すのは難しいだろう。

「この足でどうしろって言うんですか」

「自分で打って勝ちたくないか？」

「それは――」

「まあ、いい」

デイトンが、バットをケースにしまった。そのまま、見学していた高校生の中に突っこんで行く。さっと人の輪が割れ、デイトンはその中央を悠々と歩いて行った。香山が慌てて後を追う。やはりつき添いは必要か……デイトンが一人で宿舎のホテルに帰れるとは思えなかった。

芦田は常盤に近づき、鍵を渡した。話をすべきではないと分かっていたが、この状態だとどうしても礼を言っておきたかった。

「ありがとうございました」

「俺にあいつぐらいの体格があったらな」常盤がぽつりと漏らす。

「そうですか？」

「体全体が持ってるパワーってものがあるだろう？　俺の身長だと、どんなに鍛えても限界があった。俺にデイトンの体格があったら、メジャーでホームラン王を取ってたよ」

反応しにくい……芦田は苦笑した。申し合わせたように、常盤も虚《うつ》ろな笑みを浮かべる。仮定の、昔の、夢の話。

「だいぶ厳しい練習だったな」

「あれぐらいやらないと、内角恐怖症は克服できません」

「やっぱり、この間ぶつけられたせいか」常盤がうなずく。

「フェースガードがついていたとはいえ、顔面ですからね。同じようなデッドボールを受けたら、僕だって打てなくなりますよ」

「お前は……」常盤が視線をゆっくりと下に向け、すぐに上に戻して芦田と目を合わせた。

「今日の試合には出られるか？」

「どうですかね」

無理だ。しかし何故か、常盤にはそう言えない。二年半指導を受けた監督には、弱い一面を見せたくないという気持ちが強かった。

「まあ、それにしてもよかったよ」

「何がですか？」

「お前がちゃんと居場所を見つけられて」

「居場所？」

「アメリカ代表に入る時、相当悩んでただろう。でも今は、それなりにチームに馴染んだようじゃないか」

「そんなこともないですけどね」芦田はまた苦笑するしかなかった。「居場所とは言えないと思います」

「そうかね」常盤が首を捻った。「俺には居場所があった。藤原さんにも居場所はあった。お前も同じ場所を見つけたんじゃないかな」

「それはどういう――」

「そんなこと、自分で考えろよ」常盤がニヤリと笑う。

ああ、この監督は、手取り足取り教えてくれる人じゃなかったな、と思い出した。ヒントは与えてくれる。しかし考え、最後に答えを出すのは選手――今の自分に対しても、同じように接しているわけだ。

僕の居場所《ホーム》はどこだ？　オリンピックの最中に、またややこしい問題を抱えこんでしまった。

「分かった。デイトンを三番で先発させる」

電話を切り、藤原は軽く溜息をついた。ヘルナンデスが目ざとく気づく。

「誰からだ？」

「コウヤマ」

「何と？」

「朝方、打ちこんできたらしい。内角ばかり二百球」

「トキワの高校の練習場か」

藤原は無言でうなずき、ボールペンでテーブルを叩いた。これは、藤原はあずかり知らなかったことである。特に問題はないが、芦田の気持ちの変化が気にかかった。あれほどデイトンとは馬が合わなかったのに、わざわざ練習場を提供するとは、いったいどういうつもりだろう。それに応えたデイトンも何を考えているのか……いや、芦田の考えは理解できた。彼にとっては、このチームで勝つことが何より重要なのだ。突然アメリカ代表に入れられ、自分の立ち位置も分からず、右往左往している。どんなに打っても、周りからは受け入れてもらえない——そういう辛い状況を払拭するためには、勝つしかないと判断したのだろう。

そう——勝利は全てを凌駕《りょうが》する。

しかし、デイトンの動きは理解に苦しむ。彼にとって芦田は明らかな邪魔者で、芦田さえいなければ、このチームで王様のように振る舞えていたはずだ。それが芦田の誘いに乗って練習をするなど……藤原はヘルナンデスの顔を凝視した。お前、何か知ってるな？

視線に気づいたヘルナンデスが咳払いをする。

「あー、言わないつもりだったけど、言っておこうか。デイトンとウイリアムスには、ちょっとした餌を投げておいたんだ」

「餌？」

「私は本当は、オリンピック代表選手を査定するためにコーチに就任した、と。オリンピックの後、彼らが確実にメジャーに上がれるように口利きをするとも言った」

「大リーグ機構の上級副社長がそういうことを言うと、いろいろ問題があるんじゃないか？　それこそ、公平性とか」

「日本の慣用句で、嘘も方便というそうじゃないか。もちろん私は、大リーグ機構には正式なレポートを上げるつもりだが」

「で？　本当にメジャーに上がれる保証はあるのか？」

「まさか」ヘルナンデスが静かに首を横に振った。「そういうことは、様々な要因で決まる——オリンピックで活躍しても、すぐにメジャーに上がれるわけじゃない。結局は、それぞれのチームの事情だ」

「そりゃそうだ」藤原はうなずいた。

「だけど、努力する姿勢を見せれば、必ずプラスに働く——見ている人は必ずいる。まして舞台はオリンピックで、世界中が注目している。ここで手を抜かないこと、一打席一打席に全てを懸けることで、メジャーへのチャンスが生まれる」

「正論……だな」決して騙したわけではない――自分が同じことを言っても彼らは納得しなかったかもしれないが、バッターとして伝説になり、今は大リーグ機構の幹部として活躍するヘルナンデスの言葉には説得力があったのだろう。

「マイナー暮らしが長い人間は、藁《わら》にもすがる気持ちになる」

「そこにつけこんだわけか」

「いや」ヘルナンデスがゆっくりと首を横に振った。「彼らを少し元気づけて、モチベーションを高めてやっただけだ。それに、オリンピックの金メダルは一生残る。ワールドシリーズ制覇のリングと同じだ」

「ああ」

「私たちは――バルセロナでは、日本もアメリカも優勝できなかった。でも彼らにはまだチャンスがある。ましてや、これがオリンピックでは最後の野球になるかもしれないんだ。ある意味、金メダルの価値はこれまでよりもずっと大きい」

「そうだな」寂しい話だが、それは事実だ。「それで連中が頑張ってくれれば――」

「答えはもう出てる。少なくともデイトンに関しては、勝ちたいと思う気持ちが強くなっているはずだ。だから芦田の誘いに乗ったんだよ。先発させるのはいいことだと思う。今日のデイトンは、結果を出してくれるはずだ」

キューバ戦は、この大会で初めてと言っていい楽な展開になった。キューバは、試合間隔が空いたせいで、集中力が切れていたのかもしれない。珍しくアメリカ打線が活発に打ち、前半で勝負を決めてしまったのだ。最終スコアは7対3。藤原はBグループのピッチャーを四人使っただけで、今後使えるピッチャーにも余裕を残した。次の韓国戦、さらにそれで勝てば臨める決勝では、もう少し贅沢にピッチャーを使えるだろう。実際藤原は、最大で残り二試合になったことを勘案して、ダブル・ローテーションを解消することにした。残りの試合は、調子がいいピッチャーを状況に応じて投入する。

準決勝の初回、アメリカは韓国の一気の先制攻撃で4点を失った。投手力で何とか踏ん張ってきたチームが、序盤でこの失点は痛い。しかしその裏、アメリカはすぐに反撃に出た。一番のベイカーが四球を選び、二番のカスティーヨがライト前に運んで一、三塁のチャンスを作る。ここで本来の打順――三番に入ったデイトンが打席に向かった。

しかし韓国のバッテリーは、予想通りえげつなく内角を攻めてきた。初球は胸元、のけぞったデイトンが思わず後ずさって打席から出てしまうほどの厳しいコースだった。それでもデイトンは、闘志を失わない。ピッチャーを一瞥すると、すぐに打席に戻った。今朝も内角打ちの練習をしてきたと藤原は聞いている。それがようやく効果を発揮したようだ。

「打つぞ」ヘルナンデスが予告する。

藤原は無言で、彼の打席を見守った。二球目も胸元。やはりえぐるような速球で、デイトンはまた打席から押し出された。自分が投げていたら――と藤原はシミュレートした。次はやはり内角、しかし膝のところぎりぎりのストライクゾーンに決める。四球目も内角、今度は高目の速球でツーストライクまで持ちこみたい。そこまでたっぷり内角を意識させておいて、勝負球は外角低目に沈む変化球だ。その組み立てで、最後、デイトンのバットが力なく空を切る様子まで目に浮かぶ。

予想通り三球目も内角――だが藤原の予想に反して、ジャストミートの鋭い打球音が響く。藤原は一瞬、打球の行方を見失った。「レフトだ！」とヘルナンデスが叫んだので、藤原は思わず立ち上がり、グラウンド全体の動きを何とか視野に入れようとした。打球はレフト線へライナーで飛んでいる。いかにもプルヒッターのデイトンらしい痛烈な一撃で、打球はフェンスを直撃した。当たりが良過ぎて、三塁走者のベイカーがホームインしただけだったが、ノーアウト一、三塁となってチャンスが広がる。

打席には四番のウイリアムスが入った。こちらも一時の不機嫌から脱しつつあり、落ち着いた様子――初球を叩いた。大きく弧を描く打球が、ライトスタンドに向かって飛んで行く。行った――わあっという歓声がスタンドを回り、ボールがフェンスを越えたことを藤原は悟った。三塁からカスティーヨが悠々とホームイン。デイトンとウイリアムスはわずか数メートルの差で続けてホームプレートを踏んだ。

一気に同点。

スタンドの歓声がさらに大きくなる。ダグアウトに帰って来た三人が、他の選手たちと次々にハイタッチを交わした。ちらりと振り向くと、芦田は後列のベンチに座ったまま、立ち上がっていない……まあ、松葉杖をついたままでは、ハイタッチは難しいだろう。

デイトンが珍しく、後列のベンチに座る。芦田と一瞬視線を交わしたようだ——芦田がうなずきかける。デイトンは無視した。しかし、二人の間に何か、信号のようなものが流れたのを藤原は見抜いた。

まあ……こういうものだ。アメリカの野球では、人種も出身国も様々な人間が集まる。言葉によるコミュニケーションすら難しいことも珍しくない。しかし、ことプレーに関しては、言葉は必要ない——二人はようやく、共通の言葉を手に入れたのかもしれない。

初回に4点ずつを取り合った後、試合は膠着《こうちやく》状態に陥った。アメリカも韓国も、二番手のピッチャーが踏ん張り、試合を引き締めたのだ。二回から五回まで、スコアボードには綺麗に「0」が並ぶ。しかし六回表、三番手のフリードマンが摑まった。オープナーで二回を投げてから中一日——登板数が多いというほどではないので疲れているわけではないだろうが、やはりこの暑さはきつい。気温三十度、そして日本特有の湿気……まるで東南アジアのようだ、と藤原は思った。二十年間離れているうちに、日本はすっかり熱帯化してしまった。

韓国打線に粘られ、結果的に二者連続四球を与えてしまう。コントロールがいいフリードマンには珍しいピンチだった。これは、早めのスイッチも考えておかねばならない——藤原は自らブルペンと連絡を取った。

フリードマンは抑えきれず、次打者に左中間を割られた。一塁走者までが一気にホームインし、韓国に2点を勝ち越される。スタンドの一角が異常に盛り上がった。おそらく、韓国からの応援団だろう。このオリンピックに向けて、日本も徹底した観戦客誘致作戦を行ったようで、街中でも球場でも海外から観戦に訪れた人の姿をよく見かける。しかし残念ながら、アメリカから野球を応援に来てくれる人は少ない……それだけ、オリンピックの野球に対する興味が薄いのだろう。それが少しだけ情けない。アメリカこそ、野球の故郷《ホーム》なのに。

藤原はブルペンに電話をかけ、次のピッチャーが準備できていることを確認した。受話器をフックにかけると、マウンドに向かう。うつむき、ジョギングの速さで……突然、上方から「藤原！」と声がかかって驚いた。観客の多くは日本人で、中には俺を知っている人もいるわけだ。一度も日本のプロ野球で投げていないのに。

「シャワーを浴びろ」フリードマンからボールを受け取り、藤原は告げた。見ると、フリードマンの目が潤んでいる。

「ボス、申し訳ない」

いつも剽軽にジョークを飛ばし、投手陣のリーダー格であるフリードマンの謝罪に、藤原は仰天した。思わず唇を噛み締め、彼の肩を軽く叩く。

「よくやってくれた。シャワーを浴びろ」藤原は繰り返した。「お前にはまだ役目があるからな」

「何ですか？」

「ベンチを一つにしろ。それがこの後のお前の仕事だ」

フリードマンがマウンドを降り、小走りにダグアウトに向かう。パラパラと拍手が起きる中、うつむき、苦しみを押し隠すように……こういう緊迫した状況を破壊してしまい、マウンドを降りるピッチャーの苦悩は、藤原にはよく分かる。自分も、クローザーとして試合の締めくくりに失敗し、サヨナラ負けしてトボトボとマウンドを降りたことが何度あったか。そういう時は、どんな言葉もいらない。本当は今も、フリードマンに余計なことを言うべきではなかったかもしれない。自分の失敗は、自分が一番よく分かっているのだ。

次のピッチャーにボールを渡し、ダグアウトに向かう。そもそもこれは、藤原の失敗だったかもしれない。同点、あるいはリードしている場面ではフリードマンという「定石」にこだわり過ぎたのではないか。メキシコ戦のように大胆な投手起用を試すべきだった。やはり自分には、圧倒的に監督としての経験が少ない。チクチク攻めてくるバーグマンのコラムも、見当外れではなかったわけだ。

それでも勝ちたい。ここまで来て負けるのは我慢できない。


打てよ……芦田はダグアウトの後列で、両方の拳を握りしめたまま、念を送った。

試合は韓国が2点リードのまま、六回裏まで進んだ。この回の先頭は、三番のデイトン。初回にタイムリーを放ったものの、その後の二打席は沈黙……内角に腰が引けているわけではないものの、韓国が繰り出すピッチャーにタイミングが合っていない。そしてこの回、韓国は五人目のピッチャーを注ぎこんできた。これだけ頻繁に目先が変わると、どうしても簡単にはアジャストできない。

しかしデイトンは粘った。右のサイドハンドから、徹底した内角攻めをしてくるピッチャーだったが、ファウルで焦《じ》らす。外角の甘い球を待っているな、と分かった。いくら「デイトンが内角を怖がっている」というデータがあっても、内角だけを攻めていくわけにはいかない。定石通り、徹底して内角を意識させた後、アウトコースの落ちるボールで勝負だ、と芦田は読んだ。

しかし――打つ。デイトンは一発打つという予感があった。この打席には、何となく今までと違う気迫と粘りが感じられる。

予感は当たった。

フルカウント、次のボールがもう十球目になる。これまで、外角に投じられたボールはわずか二球、しかも明らかにコースを外したボール球だった。今度が勝負球——芦田の予想通り、外角低目にピンポイントで変化球が行く——デイトンが強振した。まさにフルパワー、それこそ体がねじ切れるのではないかと思えるぐらいの滅茶苦茶なスウィングだった。普通、ここまで力を入れるとバランスが崩れてジャストミートできないものだが、この打席のデイトンは気迫が違った。ボールの真芯を捉える。いつもの高々と上がるフライではなく、強烈なライナーとなって、打球はレフトのポール際に飛んだ。

芦田は思わず立ち上がり、「切れるな!」と日本語で叫んだ。飛距離は十分——左足だけで危なっかしく跳ねながら最前列まで飛び出し、芦田はダグアウトのハイチェアの背もたれを摑んで何とか打球の行方を見極めようとした。

スタンドに大きな歓声が湧き上がる。

「入ったか?」隣にいたタケダに訊ねる。

「入った、入った!」タケダが興奮して声を張り上げる。

二人は強烈なハイタッチを交わし、その勢いで芦田はその場に倒れそうになった。慌ててタケダが腕を摑み、支えてくれる。

ダグアウトの中は沸き立っていた。こんな風に盛り上がるのを見るのは初めて……やはりホームランには、一瞬で場面を変える力がある。見ると、藤原とヘルナンデスも立ち上がり、両腕を突き上げて雄叫《おたけ》びを上げていた。いつも冷静に見える二人のこんな様子は初めてだった。もしかしたら二人の興奮が、他の選手にも伝わったのかもしれない。指揮官はいつも冷静でいるべきだろうが、その冷静さを失わせるほどの劇的な場面だ——そう、特別な状況、特別な試合だという意識が、選手たちを変えつつあるのだろう。

デイトンが、三塁ベースコーチのリッジウェイと手を合わせ、うつむいたままホームへ向かう。次打者のウイリアムスと拳を合わせてから、ダグアウトに帰って来た。チームメートからの手荒い祝福……しかし芦田の前に来ると、すっと手を引っこめた。まだ僕のことが気に食わないのか……芦田は苦笑して顔を背けようとしたが、意外な言葉をかけられた。

「お前、何してるんだ」

「何って？」

「出ないつもりか？」

「足が……」

「足ぐらいなんだ。一振りならできるだろう。一発で決めてこい」

まさか……しかし芦田は、デイトンの言葉を「予言」のように感じ始めていた。

試合は再び膠着した。アメリカの投手陣は踏ん張って韓国に追加点を与えない。アメリカ打線はデイトンのホームラン以降、塁を埋めたが得点にはつながらなかった。しかも韓国は、早くも八回から絶対的な抑えのエース、高夏俊《コハジュン》を投入してきた。韓国KBOリーグで三年連続最多セーブのタイトルを獲得し、来年にもメジャー挑戦かと噂されている。その最大の武器は、一六〇キロに迫る速球——絶対的に空振りが取れる武器だ。アメリカは、オープニングラウンド、それにノックアウトステージの二回戦で対戦して、苦もなく捻られている。

普段は、リードした九回にしか登板しない。それが八回から出てくるということは、韓国がこの試合に全てを懸けている証拠だ。とにかく決勝進出を最大の目標にして、この試合を最後の登板と覚悟して出てきたのかもしれない。そう考えれば、負ければ終わり。とにかく決勝に進まなければ、全てが終わってしまうのだ。……いや、アメリカも短いイニング限定でもエースのタケダを先発させるべきではなかったか……いや、藤原の狙いは、あくまで優勝することだろう。エースを温存したことが吉と出るか凶と出るか——試合後半で1点を追う今のところ、ボスの判断はマイナスになっている。

後ろから見ると、藤原の体も小刻みに揺れていた。彼もストレスを抱えているはず……自分には想像もできないようなプレッシャーに襲われているだろう。何しろ、ニューヨーク・タイムズには、「経験のない人間に監督は任せられない」と書かれてしまったし。戦いが始まる前からあんな批判を書くのは、後ろからいきなり殴りつけるみたいで卑怯だ——しかし藤原は、メディアの厳しい批判に対しても一切反論していない。文句を呑みこんでひたすら目の前の試合に集中するのが、サムライの戦いなのだろうか。

芦田の嫌な予感は当たった。八回裏、アメリカ打線は二者連続三振。しかも高は、二人を片づけるのにわずか七球しか要しなかった。

「お前ら、いい加減にしろ！」

突然、ダグアウトの中に怒声が響き渡る。デイトン……前のベンチに座っていた彼が立ち上がって振り返り、顔を真っ赤にしている。

「もっと粘れ！　奴をさっさとマウンドから引きずり下ろすんだ！」

戸惑い……ベンチに座っている選手たちは、一様に困惑した表情を浮かべ、互いの顔色を窺っている。急に激昂したデイトンの本音が読めないのだろう。しかし芦田には、彼の焦りが何となく分かった。勝てば官軍——自分の評価が高まると思っているのだろう。それでもいいのだ。勝利へのモチベーションは人それぞれである。動機はともあれ、「勝ちたい」という気持ちが強い人間が多いほど、チームは強くなる。

「お前ら、勝たないとメジャーに行けないぞ！　こんなところで負けたら、俺たちはアメリカに帰ったら馘だ！　それでいいのか！」

何人かの選手がもぞもぞと体を動かした。デイトンの話には根拠はないが、妙な説得力がある。多くの選手が、オリンピックを一種のスプリングボードと捉えているに違いない。それなのにここまで、ほとんどの選手が力を全て出し切ったとは言えない。

芦田はそっとダグアウトを抜け出した。ベンチ裏には、鏡張りで素振りができるスペースがある。松葉杖を壁に立てかけ、誰かが置いたバットを手に取った。普段自分が使っているものより、少しだけ重い。まったく踏み出さないで打つことは可能なのだろうか。ほとんどのバッターが、軸足はしっかり固定する一方、反対側の足を踏み出すことで体重を移動させ、タイミングを計る。

まず、ステップせずにバットを振ってみた。どうしても力が入らない。すり足を試してみたが、鋭い痛みが右足首に走って、思わずバットが止まってしまった。これは無理……デイトンには、この痛みが分からないんだ。

デイトンがふらりと姿を現した。見られている状態では素振りもしにくい。デイトンは壁に背中を預け、芦田を凝視し続けた。

「何か？」

「振れるな？」

「無理」

「振れるな？」デイトンがしつこく念押しする。

　この男は、単に嫌がらせをしているだけだろうか。僕がまともにプレーできないことぐらい、分かっているはずだ。

「何で急に変わったんですか」芦田は訊ねた。

「変わってない」デイトンが否定した。「俺はずっと勝ちたかった。あらゆるレベルで、勝つために力を尽くしてきた」

「オリンピックでは……そうは思えなかった」芦田は率直に指摘した。

「こういう大会での戦い方がよく分からなかっただけだ。だけど、勝ちたいことに変わりはない。ここで負けたら全て終わりだ。俺の将来も終わる」

「まさか」反射的に否定してみたが、デイトンの言葉は真実だと分かっていた。既にプロ選手として年齢を重ねているデイトンは、このオリンピックで目立った成績を残し、優勝しないと、メジャーへ上がれるチャンスを失うかもしれない。プロは、あらゆるステージで目立ってこそなのだ。

「お前みたいな人間には頼りたくない」デイトンの表情が引き攣《つ》った。「途中から勝手に入ってきて……しかもお前は日本人だ」

「僕はアメリカ人だ」何度となく繰り返されてきた会話。何度否定しても、デイトンの頭にこびりついた偏見は消えそうにない。

「日本人だろうがアメリカ人だろうが、関係ないんだよ。このチームでプレーしている限りは、勝つために全力を尽くしてもらわないと困る」

芦田は思わず笑ってしまった。自分を「日本人だ」と指摘して煙たがっていたのは、目の前にいるこの男ではないか。全力でプレーできない状況に追いこんだのも同じ。「何がおかしい」デイトンの顔は赤くなっていた。自分がやったことが、結果的にチームをこういう状態に追いこんでしまったことは、十分理解できているだろう。行動と状況の矛盾……しかし今は、そんなことはどうでもいい。ダグアウトに入っている選手にはそれぞれの思惑があるだろうが、一つだけ、共通した思いがある。

勝ちたい。勝たねばならない。

ここで終わりにするわけにはいかない。

九回、三番のデイトンが再び先頭打者として打席に入った。芦田は前列のベンチに腰かけ、彼の打席をじっと見守った。

高は相変わらず絶好調で、速球を二球投げこんで、あっという間にデイトンをツーストライクに追いこんでしまった。デイトンは一度もバットを振っていない。苦手なタイプのピッチャーかもしれない。

三球目、高が内角に投じた速球に対して、デイトンが思い切り踏みこんだ。瞬間、芦田は「危ない！」と叫んでしまった。見送るつもりだったら、避けられないほどのボールではない。しかし踏みこむことによって、デイトンには逃げる余地がなくなった。凶器になりかねない速球が、デイトンの左肩を直撃する。デイトンが撃たれたように打席で倒れこんだ。

「クソ！」藤原が叫び、立ち上がる。デイトンはまだ横たわったまま……肩ではなく頭に当たったのではないか？

しかしデイトンは、ゆっくりと立ち上がった。高を一睨みしてから、ゆっくりと一塁に向かう。ユニフォームは土まみれ。しかし一塁ベース上に立ったデイトンは、ダグアウトに向かって人差し指を突きつけた。その指先は——真っ直ぐ芦田に向いている。

俺は出たぞ。あとはお前が決めろ。

彼の考えは手に取るように分かったが、自分から進んで「代打に出して下さい」とは言えない。横から藤原の顔を盗み見てみたが、まったくの無表情だった。最終回、1点差。どうしても同点に追いつき、願わくば逆転サヨナラで試合を決めたい。

監督は動くはずだ。今の一球はすっぽ抜けだったが、今日の高は絶好調で、簡単には崩れそうにない。何かしかけて、高の気持ちをさらに揺らすことが大事だ。大リーグでは否定されがちだが、ここは送りバントでもいいのではないだろうか。四番のウイリアムスが、これまでバントをしたことがあるかどうかは分からないが。

藤原は動かなかった。やはりウイリアムスには自由に打たせる——よく粘って、高に七球を投げさせたが、最後は浅いライトフライに倒れてしまう。当然、デイトンは一歩も動けない。

五番のダルトンにもサインは出ない。思い切ってデイトンに走らせる手もある――いや、それはないか。巨漢のデイトンは、チームでは一番の鈍足なのだ。そういう選手が走れば、意表を突かれてバッテリーエラーが起きる可能性もあるが、あくまで可能性だけである。貴重なランナーがいなくなったら、反撃の機運は一気になくなるだろう。

ダルトンも六球粘った。しかし最後は三振――高のストレートは、この日マックスの一〇〇マイル《161キロ》を記録した。

たまらず、芦田は立ち上がり、藤原に向かって「ボス！」と大声で叫んだ。こちらを向いた藤原に、「行かせて下さい！」と頭を下げる。それを聞きつけた六番のジョンソンが、困ったような表情を向けてきた。

「ボス！」

芦田は立ち上がり、藤原の横まで行った。

「振れるのか？」藤原がグラウンドを見据えたまま訊ねる。

「一振りだけなら――一振りで仕留めます」

藤原が、ちらりとヘルナンデスの顔を見た。この二人は常にワンセット……ある意味、昔からの戦友なのだろう。かつてのライバル同士だが、何度も直接対決した中で、互いにしか分からない感情の交換をしたはずだ。ヘルナンデスがうなずいたが、その表情は決して険しくはない。少し突けば笑顔になってしまいそうだった。

「よし、いけ」

藤原の声を聞き、芦田はダグアウトを飛び出した——実際には飛び出せず、ゆっくりとグラウンドへ出るしかなかったのだが。バットケースから自分のバットを引き出し、ネクストバッターズサークルに向かう。途中ですれ違ったジョンソンに向かって、軽く頭を下げた。彼の出番を奪った——新たな敵を作ってしまったかもしれないが、しょうがない。ジョンソンは今日ノーヒットだし、今の彼に高を打ち崩せるとは思えない。

「お前……」

「打てなかったらユーフー一年分を進呈します」アメリカでは子どもが好むチョコレートドリンクだ。芦田の感覚では、体調が悪くなるぐらい甘い。

「冗談じゃない。ビールにしてくれ」

「分かりました」

ジョンソンには冗談が通じる余地があると思ってほっとした。少なくとも、新たな敵ができたわけではない……同時にこの際、敵ができようが何だろうがどうでもいい。勝つことだけが正義なのだ。

芦田は一度も素振りせずに打席に向かった。松葉杖なしなので、かすかに足を引きずる格好になる。しかし、まさかバットを杖代わりにするわけにはいかない。

少し大袈裟に足を引きずってみた。与《くみ》し易《やす》しと思わせ、少しでも油断させたい。芦田は、高のようなピッチャー——速球に絶対の自信を持ち、ここぞという時には必ず速球を投げこんでくるタイプ——は必ずしも苦手ではない。速球打ちには自信がある。

左打席に入って足場を固める。一塁ベース上に立つデイトンを見ると、彼は厳しい表情を浮かべていた。まるで、「ここで打たないと殺す」と無言でメッセージを送ってくるようだった。

さあ、まずはボールを見極めよう。

セットポジションながら、高のピッチングフォームはダイナミック、かつ流麗だ。長身を柔らかく、そして力強く使い、手本のようなオーバーハンドから膝下——内角低目に糸を引くような速球を投げこんでくる。ワンストライク。確かに速い。ここ何年かで対戦した中では一番だ。このボールなら、メジャーにいっても即通用するだろう。

しかし、打てない速球ではない。必ず打てる。

マウンド上の高は、明らかに警戒していた。芦田が重傷で、試合には出られないという情報は韓国側にも流れていたはずだ。その男が重要な場面で代打に出てきて、しかも妙に堂々としている——疑心暗鬼になるのも当然だろう。二球目は外角低目の速球だった。これはわずかに外れる。今日はボールがよく見えている。三球目はスライダー。ただし、タケダのスライダーに比べると切れがよくない。曲がりが大きく、どちらかというとスピードの乗ったカーブ、という感じだった。このボールなら、次に投げられても対応できる。ストレートとさほど変わらぬスピードできて、手元で鋭く、微妙に変化するタケダのスライダーの方が、よほど合わせにくい。

ワンボール、ツーストライク。追いこまれてはいるが、芦田は何故か焦りを感じなかった。

自分には一振りしか許されていない。その一振りは、自分の野球人生を終わらせてしまうかもしれないが、今はそれでも構わないという気持ちだった。とにかく打って勝つ。勝てば決勝へ進めるのだ。そうすれば自分は、アメリカ代表が優勝を懸けて日本と戦うのを、一番近くで観られる。

二つの祖国《ホーム》の激闘を。

高は、早めに決着をつけたいと焦っているだろう。これ以上球数を増やさずに勝てば、明後日の決勝でも連投できる。

勝負に焦りは禁物だ。明後日のことを考えても駄目だ。今だけに集中しろ。

勝てる。

四球目、渾身《こんしん》の速球が内角に入ってきた。膝下を突いたつもりかもしれないが、甘い――芦田は迷わず始動した。右足を大きく上げる慣れたフォーム。着地した時に痛みで崩れ落ちなければ、何とかなる。高の速球は、自分にとってはむしろ望むものだ。

いくぞ。


「勝ったな」

ヘルナンデスがつぶやいたが、藤原は一歩出遅れた。

選手たちがダグアウトを飛び出していく。文句なし――打球はライトスタンド中段に突き刺さった。しかし藤原が見たのは、その打球をダイレクトキャッチした少年が跳び上がって喜ぶ姿だった。

ああ、逆転サヨナラか……藤原の頭にその事実が染みてくるのに、少しだけ時間がかかった。ヘルナンデスに背中を叩かれ、ようやく我に返る。

「さあ、行こう」

促され、ようやく立ち上がる。既にデイトンはホームインし、ホームプレート付近で揉《も》みくちゃにされている。藤原はヘルナンデスと並んで、ゆっくりとそちらに向かって歩き出した。

「勝ったって言うのが少し早かったんじゃないか」藤原は指摘した。

「打つか打たないかは、バッターが始動した瞬間に――その前に分かるよ」

「さすが、スーパースターは違う」

ホームプレート付近にいた選手たちが、塊のままダグアウトへ戻って来る。しかし芦田はまだ、ダイヤモンドを回っていた。今の一撃――いつも通りに高々と右足を上げ、思い切り踏み出したので、さらに痛めてしまったのかもしれない。右足をひどく引きずり、ほとんど歩くようなスピードでしか走れないのだった。

「待て！」藤原は声を張り上げた。逆転サヨナラ勝ちを決めた選手を置いてダグアウトに戻るのは許せない――こんなのは、野球の基本的な決まりごとだ。

一人、タケダだけがホームプレート近くに残っていた。そして、三塁ベースコーチのリッジウェイが、つき添うように芦田と並走して来る。芦田は苦笑を浮かべていた――どうやら痛みはそれほど深刻ではないようだ。痛いことは痛いだろうが、選手生命を脅かすほどではないだろうと藤原は安心した。

怪我に強いのはいい選手――それにしてもタフな奴だ。

リッジウェイにつき添われた芦田がホームインする。真っ先にタケダが抱きつき、二人はしばらくそのまま勝利の感慨に浸っていた。しかしすぐにデイトンが駆け寄り、二人の頭を乱暴に叩いて手荒く祝福した。他の選手たちも合流し、ペットボトルの水を芦田に浴びせかける。

ようやくチームは一つになれたようだ。結局、勝つことでしかチームは一体化できない。芦田の何よりの功績は、このチームを一つにしたことかもしれない。

試合後の記者会見で、藤原は自制心を最大限に発揮して喋った。興奮はなおも腹の底で燻《くすぶ》るように続いていたが、それでも静かに喋れるだけの自制心はある。

試合に出ていないのに会見に引っ張り出されたタケダも、興奮を隠し切れない様子だった。

『決勝で投げるチャンスを作ってくれたアシダに感謝する』と話し始めると、「明後日はぎりぎりまで、自分の全能力を使って日本代表と対決したい」と決意を明かした。

芦田は落ち着いていた。記者の質問は怪我のことに集中した——そもそも怪我がフェイクだったのではないかと疑われていたが、芦田は丁寧にその疑念を否定した。決勝には出られるのか？　監督の判断に任せる。

芦田への質問はなかなか途切れない。意地悪な質問をぶつけてきたのは、やはりバーグマンだった。

「日本人として、日本代表と決勝で対戦する気持ちは？」

「アメリカ代表として試合に参加しています」芦田は軽くいなした。この手の質問にも慣れたのだろう。

「日本代表に対する勝算は？」

「勝つつもりで試合をしない選手はいません」

バーグマンのしつこさと言ったら……メジャーだったら、襟首を掴んでロッカールームから追い出しているところだが、オリンピックの会見の場となったらそうはいかない。

ところが、過激なことを考えているのは藤原だけではなかった。突然、デイトンが会見に乱入したのだ。記者たちの前のひな壇まで来ると、手にしたボトルから突然炭酸水を噴出させる。それを機に、他の選手たちも次々にやって来て、芦田に水を浴びせかけ、そのまま会見場から連れ去ってしまったのだ。これにはさすがに、記者たちも憤然と抗議の声を上げる。

「まだ終わってない！」「芦田を戻してくれ！」

立ち上がった藤原はマイクを摑み、深々と一礼した。

「申し訳ない。逆転サヨナラ勝ちで、選手たちはまだ興奮しているようだ。この状態では会見にならないので、今日はこれで勘弁していただきたい」

そこでもう一度、一礼。抗議の声はなかなか止まらなかったが、突然静かになった。会見室に入って来たヘルナンデスが、藤原にうなずきかける。いつものユニフォーム姿ではなく、何故かきちんとスーツを着ていた。藤原が座っていた席に代わって腰かけると、それだけで記者たちが完全に無言になった。当然、ヘルナンデスが何者か知っている記者は多いし、そうでなくても彼には、独特の威厳がある。黙って座っているだけで、周囲を圧してしまうような迫力……。

「ミスタ・フジワラはミーティングがあるので、この先はヘッドコーチの私が質問を受けます。ハイ、バーグマン」ヘルナンデスがにこやかな笑みを浮かべ、バーグマンに向かって軽く手を振って見せた。昔からの知り合いか……バーグマンは攻撃の手を失ったようで、苦笑している。

藤原は一礼して、会見場を出た。会見がいつまで経っても終わりそうになく、しかもバーグマンのしつこい質問で雰囲気が悪くなりかけたので、ヘルナンデスは自分が責任を一身に背負うことにしたのだろう。まったく申し訳ない……これは、ヘッドコーチの仕事の枠を超えている。

ロッカールームに戻ると、笑いが爆発していた。その中心にいるのはデイトン。上半身裸になった芦田は、困ったような表情を浮かべている。

「せっかく乾いた服に着替えたのに」

「洗濯代ぐらい、俺がいくらでも払ってやる。ふざけた野郎から逃がしてやったんだから、感謝しろ」

「まあ……どうも」

また笑いが弾《はじ》ける。こんなことでチームが一体になるのは正しいのだろうか。よく分からないが、初めて雰囲気がよくなったのは間違いない。

「勝ちたいか?」藤原は大声を張り上げて、選手たちに問いかけた。一瞬間が空いた後、

「おう！」と声が揃う。このチームになって初めてだった。

「勝とう。俺が絶対に勝たせる」

それだけ言って藤原は踵を返した。監督が余計な口出しをする状況じゃないな……選手が自分たちで結束を固めているなら、それでいい。あくまで、プレーするのは選手なのだから。

藤原は会見室に戻った。中には入らず、開いたドアの隙間からヘルナンデスを見守る。スーツ姿のヘルナンデスは、足を組んで余裕たっぷりの姿勢を取り、記者たちの質問に答えている。時に笑い声が起きるほどで、彼が百戦錬磨の記者たちを簡単に手玉に取っているのは明らかだった。

頼りになる男は、いつまで経っても変わらない——藤原は、ヘルナンデスに感謝するしかなかった。


八月八日、ついに決勝の日がきた。

藤原は試合開始前の練習を見守りながら、静かに感動を嚙み締めていた。オープニンググラウンドでは全敗。ノックアウトステージでも敗れたが、ページシステムという特殊な方式に救われ、何とか決勝に駒を進めることができた。

もっとも、オープニングラウンドから全勝で決勝に勝ち上がってきた日本に比べて、アメリカの条件は悪い。試合数が少ない分、日本の方が明らかに余裕があるのだ。先発は、満を持してのエース・野口。タケダとの投げ合いになる。おそらく二人が投げている間は、両チームとも大量得点は望めないだろう。勝負は後半、と藤原は読んだ。

おとといの夜、試合後に診察を受けた芦田の様子が気になる。「一振りなら」と言って代打で出て行って、本当に一振りで試合を決めてしまった芦田の怪我の具合は、よくも悪くもなっていない。今日も松葉杖をついて現れ、試合前の練習にも参加しなかった。話はしたのだが、「決勝はボスに任せます」というだけで、昨日のような猛烈な闘志は感じられなかった。準決勝で逆転サヨナラホームランという強烈な一打を放ち、自分の仕事は終わったと思ったのだろうか。いや、実際にはもうプレーできるコンディションではないということか……藤原は深く追及しないことにした。試合前というのは何かと忙しく、一人の選手とじっくり話している暇はないのだ。

「アシダは取っておく、か」ヘルナンデスが言った。

「今日は、あいつをあてにしない方がいい」藤原は答えた。

「そうだな」ヘルナンデスの表情は真剣だった。

「無理はしない、ということだ。これ以上あいつの怪我が悪化したら、俺は常盤に殺される」

「彼は、そういう乱暴なことはしないタイプに思えるが」

「自分の教え子のことになったら別だよ」

アメリカ代表の打撃練習が終わったところで、藤原は選手たちをダグアウト前に集めた。

「ありがとう」

思いもよらぬ一言だったのか、選手たちが一斉に藤原を見る。藤原は、一人一人の顔を見ながら話し続けた。

「俺が監督になることに関しては、批判も多かった。そもそも、君たちの信頼が得られていたかどうかも分からない。しかし君たちは、俺の拙さをカバーして、とうとう決勝まで連れてきてくれた。この件に関しては、感謝してもしきれない。あとは——決勝は君たちのものだ。思う存分力を発揮して戦ってくれ。俺は、できる限りのフォローをする。主役はあくまで君たちだ。ここで目立って、アメリカに戻ったらメジャーデビューだぞ！」

また「おお」と声が揃う。普通のことなのだが、アメリカ代表としては新鮮な出来事だった。

「君も丸くなったね」からかうようにヘルナンデスが言った。

「現役じゃないからな。丸くなって、監督としていいのかどうかは分からないが」

「監督が真っ先に退場させられるようなチームが、まともに機能するとは思えない」

「アール・ウィーバー時代のオリオールズは？」

指摘すると、ヘルナンデスが苦笑する。七〇年代、オリオールズの黄金時代を築いたこの名監督は、極端な癇癪持ち《かんしやくも》としても知られ、通算退場回数は九十七回にもなる。これは今もアメリカンリーグの記録であり、藤原も伝説として知っている。

「あれは、時代が違うよ」ヘルナンデスが肩をすくめる。「七〇年代……荒っぽい時代だったんだろう。監督が退場して、選手が奮起することもあったと思う。しかし今は――」

「二〇二〇年のオリンピックだ」藤原はうなずいた。「七〇年代のア・リーグじゃない」

「そうだな。今日も、退場させられないように気をつけてくれ」

「そういう状況にならないことを祈るよ」

まさか、オリンピックの決勝で退場など――しかし、選手を奮起させるという意味ではそれもありかもしれない。そんなことを考えるのは、自分が平常心を失っている証拠だろうか。

日本代表は、ホームグラウンドの地の利を生かして、非常に落ち着いていた。

一方、アメリカ代表は、藤原自身も含めて浮き足立っていた。その原因の一つが、横浜スタジアムを埋めた満員の観客である。しかもそのほとんどが、日本代表を応援しているのだ。日本の観客は礼儀正しく、相手チームにブーイングを浴びせることもないのだが、それでも基本的にスタンドも「敵」である。試合が進むに連れ、観客からの圧力も高まってくるだろう。果たして、ほとんどがマイナー暮らししか経験していない選手たちが、そのプレッシャーに耐えられるだろうか。

先攻はアメリカ。マウンドに立った野口は、リーグ戦初戦で対峙した時よりも、一段ギアを上げてきた感じだった。滑らかなフォーム、右のスリークォーターから投げ込む速球は、平均して一五〇キロぐらいなのだが、スピードガンが示す数字よりも打ちにくい。おそらく、スピンレートが異常に高い——手元で伸びるボールなのだろう。それに加えて、いつでもカウントが取れるスライダー、確実に空振りを奪えるスプリットと、絶対的な武器になる球種が三つもある。しかもコントロールは抜群。昨シーズンの与四球率は一・一四で、両リーグ通じてベストの成績だった。間違いなく、今の日本を代表するピッチャーである。

一番のベイカーは粘った。ツーストライクを取られてから三回ファウルを続けたものの、最後は懐に食いこむ内角球がストライクと判断されて見逃し三振。ボールだと思って見逃したというより、手が出なかった感じである。続くカスティーヨも何とか食いついたものの、最後はピッチャーゴロに倒れた。三番のデイトンも、ピッチャーフライ。結局、打球は一度も外野に飛ばなかった。

日本の攻撃で、スタンドの歓声は一際大きくなる。いわゆる日本プロ野球の「応援団」のような鳴り物応援は禁止されているようだが、選手個人の応援ソングを歌うのは問題ないようだ。生の歌声も、三万人分が重なると地響きのような爆音になる。

しかし――結果的に中五日でマウンドに上がったタケダのピッチングは、野口の上を行った。先頭の幸田、二番の上山《うえやま》を続けて三球三振。余計なボールは一切投げない、全てが勝負球――そんな覚悟を感じさせるピッチングだった。一イニングでも長く投げるためには、遊び球はいらない。ランナーが出ている場面ではともかく、そうでなければ常にストライク優先でいけ――試合前の藤原の指示が、そのまま守られているようだ。

三番の本庄《ほんじょう》が打席に入ると、歓声が一際大きくなる。「地元」であるベイスターズの選手だから当然だ。しかしタケダは、二球で本庄を追いこみ、次の一球をファウルされたものの、四球目に、左打席に入った本庄の膝に当たりそうなほど大きく曲がるスライダーで空振りを奪った。

わずか十球で三者連続三振――横浜スタジアムが静まり返る。

さあ、これからだ。藤原は両手をきつく握り合わせた。

5

観ているだけでも掌から汗が滲《にじ》み出るような投手戦が続く。先発の野口、タケダともストライク先行で、球数が少ない——バッターは簡単に手玉に取られている。打ち急いでいるわけではないのだが、二人とも厳しいコースを突いてくるので、手を出さざるを得ず、結果的に凡打の山が積み重なっていった。

先に初安打を放ったのは日本だった。三回、七番の滝《たき》が、二遊間を緩く抜くヒットで出塁。しかしタケダはまったくペースを乱されず、八番に入った海老原《えびはら》をショートゴロでダブルプレーに打ち取って危機を脱した。この時点で藤原は、日本がよそ行きの戦い方をしているのではないかと疑念を抱いた。今の場面は、日本のプロ野球であれば間違いなくバントだったはずだ。

藤原は立ち上がり、一塁側ダグアウト——日本ベンチを凝視した。幸い、この歳になってもまだ視力は衰えておらず、かなり離れた日本ベンチの中もよく見える。たった今、ショートゴロを打ってしまった海老原が、直立不動で監督から何か注意を受けている。さてはサインを見逃したか？　このレベルの選手——アメリカ代表と違い、まさにプロ野球のトップ選手が揃っている——がサインを見逃すはずなどないのだが……いや、これこそが代表チームの弱点かもしれない。どうしても「急遽集められた」のは間違いなく、戦術を徹底するのは難しいだろう。

日本の作戦をあれこれ推測しても仕方がない。疑心暗鬼になれば、こちらのペースも乱れる。今はピンチの芽が勝手に摘まれた、と判断することにした。

一方アメリカも、チャンスを摑めなかった。四回表、デイトンが外角球を狙い打ちして、センター前にチーム初ヒットを放ったものの、続くウイリアムス、ダルトンが連続して三振に倒れ、デイトンは一塁から動けなかった。せめてバットに当ててくれたら、何か起きたかもしれないのに……。

なかなか上手くいかない。純粋な野球ファンから見れば最高の投手戦だろうが、実際に戦っている立場にとっては、たまったものではない。

五回、タケダが摑まりかけた。先頭の五番・浅野《あさの》に、この試合初の長打——ライトの頭を越えるツーベースヒットを打たれる。続く押原《おしはら》は、サード強襲の内野安打。ライン際の打球を、デイトンが体を投げ出して止めたが、ボールがグラブから零れ落ちてしまった。セカンドにいた浅野は動けなかったが、一、二塁とチャンスが広がる。この時点で、タケダの球数は七十球を超えた。どれだけ圧巻のピッチングを見せていても、二回り目、三回り目となるとさすがに打者の目は慣れてくる。タケダを疲れさせようと、日本の打者はファウルで粘り始めた。この辺、日本はやり始めると徹底する。

タケダはそこでギアを一段上げ、七番滝、八番海老原を連続三振に切って取り、九番の所をファーストフライに打ち取って得点を許さなかった。しかしこの回を終えるのに二十球を要し、球数は八十五球に達した。そろそろ限界……百球が目処《めど》で、六回も投げさせるつもりだが、イニング途中での交代も考えておかねばならない。藤原はブルペンに電話をかけ、フリードマンに次の回の途中からの投入もある、と告げた。この大会、フリードマンのピッチングは安定していないが、気持ちは作ってくれるだろう。元々、しびれる場面でのリリーフが多い選手なのだ。

さて……ピッチャーに関しては手を打った。しかし打線はどうしようもない。野口の攻略法も摑めぬまま、五回までヒットわずか一本に抑えられているのだ。

意外なことが転機になった。六回表の攻撃が始まる前、芦田が「ちょっと聞いてくれ」と選手たちに声をかけたのだ。予想外の行動に、藤原は驚かされた。ここで、チームリーダーの役目を引き受けるつもりか？　本来なら、この回は藤原が中心になってダグアウト前で円陣を組み、気合いを入れるつもりだった。しかし芦田は、ダグアウトの中で話したいという。選手たちは怪訝な表情を浮かべたが、藤原にはピンときた。外に出ると、日本側ダグアウトから丸見えになってしまう——隠しておきたいことがあるのだろう。

「ノグチの癖が分かった」

「何だと！」デイトンが声を張り上げる。「何で早く言わない！」

「前の回で確信したんだ」芦田が軽い口調で言った。「変化球を投げる時に、左肩が少しだけ開く。ストレートの場合は、左肩は真っ直ぐバッターの方を向いている」

時々そういうピッチャーがいる。特に右ピッチャーで、シュートやシンカー系の変化球を得意にしている場合、手先でボールをいじるのではなく、体全体の捻りでボールを変化させることがあるのだ。よく「腰を入れて」と表現される投げ方——藤原はそういうタイプのピッチャーではなかったが、かつて一度試してみたら強烈なシュート回転のボールが右打者の内角にエグく食いこんだ。ただし、コントロールがままならないので、習得は諦めたが……野口はそこまで極端ではないが、体の「軸」の動きで変化球を上手く使っているのかもしれない。

「間違いないか?」デイトンが確認する。

「間違いない。全ての投球を見ていたから」芦田が保証した。

「よし、とにかく試してみよう。球種が分かれば、絞って狙える」藤原は両手を叩き合わせた。「この回から、狙ってみよう」

「よし」六回表の先頭バッター、九番のライアンズが声をあげ、ダグアウトを出て行った。

ライアンズは、このオリンピックでは打撃不調……決勝戦が始まる前まで、辛うじて打率二割に乗せているだけだった。リードの上手さを買って、毎試合キャッチャーとして先発させていたが、基本的にバッティングは期待できない。

そのライアンズが、初球を叩いた。綺麗なピッチャー返しのライナー。野口がグラブを差し出したが間に合わず、打球はセンター前に抜けていく。よし……一塁ベース上に立ったライアンズが右手を高々と掲げ、親指を上げてみせた。ストレート狙いが上手くいったのだ、と藤原にも分かった。

「オーケイ、アシダの読みが合っていたみたいだ」藤原は声を張り上げた。「狙っていけ。どうしても先制点が欲しい」

打順は一番に戻って、ベイカー。藤原はここで初めて動いた。ヒットエンドランのサイン。ベイカーはコンタクト能力が高いから、球種が分かっていればバットに当てることはできる。引っ張って、上手くライト前に持っていってくれ——。

藤原の祈りが通じたのかもしれない。初球、膝下に滑り落ちるスライダーに手を出したベイカーは、窮屈なバッティングを強いられたが、それでも軽く合わせてファーストの頭上を越える当たりを飛ばした。ライトが突っこんでくるが間に合わず、一塁走者のライアンズは迷わず二塁を蹴った。三塁はクロスプレーになったが、スライディングしたライアンズの足が、一瞬早くベースに到達する。三塁ベースコーチのリッジウェイが、盛んに拍手してライアンズの好走塁を褒め称えた。

ダグアウトの中が急に活気づく。ノーアウト一、三塁。何をやっても点が入りやすい場面だ。ダブルプレー崩れでも1点は入る。しかし藤原は、さらにチャンスを広げることにした。カスティーヨに「待て」のサインを出し、ベイカーに走らせる。

去年は、マイナーの各レベルで計六十盗塁を記録し、コンタクト能力と俊足を買われて代表入りしたベイカーが、その本領を発揮する。初球から走った。盗塁を警戒していた野口は当然速球を投げこんできたが、カスティーヨが空振りでアシストする。キャッチャーの所からの送球はストライクになったが、それより一瞬先にベイカーはセカンドベースに滑りこんでいた。

ノーアウト二、三塁。

あとはカスティーヨに任せよう。

間髪容《い》れず畳みかけるつもりのようで、カスティーヨは二球目に手を出した。変化球――藤原の観察ではスライダー――を確実に捉え、右方向に弾き返す。一塁線を襲った打球は、ベース上を通過したように見えた。塁審が、大袈裟なジェスチャーで「フェア」を宣告する。

「よし！」怪我している芦田が、ダグアウトのフェンスを両手で摑んで、大きく身を乗り出した。

一塁にランナーがいれば、ファーストはぎりぎりまでベースについているから、今の打球に対処できたかもしれない。しかし、通常の守備位置についていたので、ベース上を通過した打球には追いつかなかった。ベイカーの盗塁が奏功した形だ。

ライアンズ、続いてベイカーがホームインし、アメリカは待望久しい先制点を挙げた。

ダグアウトは沸きたち、スタンドは静まり返る……日本の投手コーチがマウンドに向かった。ここで引っこめるつもりか、と藤原は首を捻った。六回途中までで六十八球、せめてこの回だけでも締めて、次の回からスイッチすべきではないか？

藤原が予想した通り、野口は続投になった。ここはチャンスだ。癖は読みきっているから、もう1点欲しい。次は復調してきているデイトンなので、期待できる。

藤原は、打席に向かうデイトンに「マーク！」と呼びかけた。振り向いたデイトンに向かって、両手でバットを握るジェスチャーをしてみせる。サインでも何でもない、単なる撹乱《かくらん》作戦——これを見て、日本側ベンチが疑心暗鬼になってくれればいいのだ。デイトンがうなずき、ゆっくりと打席に向かう。スタンドでは、デイトンを腐すのではなく、野口を応援する声が大きくなる。この辺はいかにも日本の観客らしい。関西だと、激しいヤジが飛ぶかもしれないが。

デイトンは焦らなかった。初球のストライクを見送り、二球目はカットする。続く内角の二球はしっかりボールと見切り——今は苦手の内角もきちんと見えているようだ——カウントはツーボールツーストライクになった。

今のデイトンなら打てたはずだ。しかし敢えて手を出さなかったと藤原には分かっている。初球を叩いてヒットになれば、球種を読みきったことが日本側ベンチにばれてしまうかもしれない。粘って、野口に一球でも多く投げさせる——これがデイトンのチームプレーだ。

五球目、デイトンは内角高目の速球に軽く合わせた。珍しく流し打ちで、ライト前へ。セカンドランナーのカスティーヨが絶好のスタートを切り、楽々ホームインした。

これで3対0。長打もあったが、基本的にはヒットを積み重ねての3点である。

「君は、こういう地味な点の取り方が好きだろう」藤原の表情を見て、ヘルナンデスが指摘した。

「俺には、点の取り方をどうこう言う資格はない。ピッチャーのことならいくらでも言えるけど」

「とにかく、この3点は大きいぞ」ヘルナンデスは満足そうだった。

「ああ。ここから守りきるのが俺の仕事だ」

藤原は芦田の顔をちらりと見た。そう、何とかこのまま逃げ切りたい。芦田を打席に送るような事態は避けたいのだ。彼の足首に、これ以上負担をかけるわけにはいかない。

しかし芦田はダグアウトから身を乗り出し、グラウンドで躍動する選手たちを凝視していた。まるで、初めて大リーグの試合を観に来た少年のような態度……自分もいつかこの選手たちとプレーしたくてしょうがない、という顔をしている。

試合に出たい。右足首の動きがままならないのでどうしようもないが、この厳しい試合の中に身を置きたいと、芦田は死ぬほど焦がれていた。とはいえ、今自分が出ても、足を引っ張ってしまうだろう……。

「芦田、次の回から一塁のベースコーチに入れ」

藤原に突然指示され、芦田は仰天した。高校野球なら、試合に出ていない選手がベースコーチに入るのは普通だ。それにしても、まさかこんな形でグラウンドに出ることになるとは。物欲しそうな顔をしていたので、本音を読まれてしまったのかもしれない。

タケダは九十二球まで投げ、ツーアウトを取ったところでフリードマンにスイッチした。フリードマンは気合いの入った投球で、三人目のバッターのバットをへし折ってピッチャーゴロに打ち取り、この回の日本の攻撃を終わらせた。そこで、芦田はゆっくりグラウンドに出た。途端に、歓声が湧き上がる。意外な反応……決勝進出を決めた逆転サヨナラホームランは確かに劇的だっただろうが、今の日本にとって、芦田はあくまで「敵」のはずである。この歓声をどう考えたらいいか、芦田には分からなかった。自分は裏切り者のはずなのに。

もっとも、芦田が出たところで、戦況に変わりはない。

日本はこの回から、ゴールデンイーグルスの富沢《とみざわ》をマウンドに送ってきた。去年、リーグ最多ホールドを記録した選手で、多彩な変化球と抜群のコントロールを誇る。投球練習の最中、芦田は必死に癖を見抜こうとしたが、まったく分からなかった。ただ、球種が分からなくても、野口ほどは攻略に苦労しないはずだと楽観的に考える。

しかし富沢は、楽々と投げてアメリカ打線を三者凡退に抑えこんだ。七番のスタントンから始まる下位打線だったとはいえ、三連続内野ゴロ……スリーアウトを取るのに、わずか十球しか要しなかった。

富沢の好投でアメリカの勢いは削がれてしまった。しかしアメリカ二番手のフリードマンも踏ん張る。四番の今宮《いまみや》にツーベースヒットを許したものの、続く浅野、押原を連続して外野フライに打ち取り、ピンチを封じかける。しかし七番の滝がしぶとくライト前に弾き返し、二塁から今宮が生還して、日本は1点を返した。フリードマンは後続を打ち取って、それ以上の反撃を許さなかったものの、芦田は何となく嫌な流れを感じた。

八回表、アメリカ代表は一番から始まる好打順だったが、ベイカーがセカンドゴロ、二番のカスティーヨがサードゴロに倒れ、チャンスが作れない。続いて、この日二安打を放っているデイトンが打席に入る。芦田にちらりと視線を送り、ヘルメットを平手で抑えてからバットを構えた。一本出る気配……デイトンは、初球から打って出た。

極端なアッパースウィングから、いかにもデイトンの打球らしく、高々と舞い上がる。飛距離は……微妙に足りない。日本代表のレフト、今宮が一直線にバックし、レフトフェンスに張りついた。ジャンプ――ボールはグラブの少し上でフェンスに当たった。芦田は右手をぐるぐる回した。楽にセカンドには行ける。しかしデイトンは、ハーフウェイまで行って一塁へ戻って来た。何やってるんだ……バッティング用の手袋を受け取りながら、芦田は文句を言った。

「今のは二塁へ行けた」

「無理だ」デイトンが弱気に言った。

その一言で、芦田はデイトンがどこかを怪我したのだと悟った。いつだろう……先ほどのプレーで彼が怪我した場面は思いあたらない。

「どこ？」

「左の腿が引き攣《つ》りそうだ」デイトンが小声で打ち明ける。連戦で疲労が溜《た》まっているのだろうか。

「交代する？」

「冗談じゃない」一転して強気な口調で、デイトンが拒否した。「誰にも言うなよ」

「もうばれてる」一塁へ向かう時点で、既に足を引きずっていたのだ。

トレーナーのウィリスが、こちらへ向かって来るところだった。デイトンはベースを離れ、ウィリスと小声で話し始める。怪我の具合を確認したいウィリスと、「何でもない」と頑《かたく》なに否定するデイトン。結局、デイトンの主張が通ったようだが、ウィリスは明らかに怪我を疑っていた。

「ウイリアムスがツーベースを打ってもホームインできなかったら、デイトンの野郎を

す。

悪態を残して、ウィリスがダグアウトに戻る。芦田はさらに声をかけようとしたが、それを拒否するようにデイトンが首を横に振った。代わりに、ぶつぶつと独り言を漏らす。

「クソッタレ……俺はこんなところで終わらないぞ」

ファーストを守る滝には聞き取れなかったはずだが、芦田ははっきりと耳にし、彼が背負うものの大きさを改めて感じた。幼い子ども二人を抱え、金メダル、そして大リーグ入りの最後のチャンスに賭けている——多少の怪我では、引き下がる気にはならないはずだ。それに比べて、自分はこれでいいのだろうか。確かに準決勝の逆転サヨナラホームランは、チームを決勝まで連れてきた。しかし肝心の——一番大事な決勝で一塁ベースコーチをしているだけで満足していいのか？

とはいえ、この試合で自分が活躍できる機会があるとは思えない。

四番のウイリアムスが初球を叩き、強烈なラインドライブを飛ばす。抜ける——打球は左中間に飛んでいる。芦田は「ハーフウェイ！」と叫んだが、デイトンは芦田が叫び終える前にスタートを切っていた。抜ければそのまま一気に生還し、貴重な追加点を奪える。しかし今の自分の足では、一刻も早いスタートが肝心だ——彼の気持ちは、芦田にも痛いほど分かった。

次の瞬間、スタンドを揺るがすような大歓声が上がった。センターの本庄が横っ飛びし、まだ体が浮いている間に、左中間を抜けそうな打球をダイレクトキャッチしたのだ。あまりにも思い切りよく飛びこみ過ぎ、人工芝の上で体が数メートルも滑っていくほどだった。

クソ……二塁手前にまで達していたデイトンは、左足で人工芝を蹴り上げるようにした。そのまま三塁側のダグアウトへ戻って行く——しかし、明らかに足を引きずっていた。このまま三塁の守備につけるのだろうか。かといって、芦田がサードを守るのも不可能だ。この足首では、横への素早い動きは絶対にできない。

何だか嫌な予感がする。まだ2点リードしているとはいえ、まったく安心できない。そして八回裏、日本代表打線は上位に回る……。

野球においては、悪い予感は往々にして当たる。

八回裏、悪い流れを切ろうと、藤原は二人目の中継ぎ、ワトソンをマウンドに送った。今大会は三試合目の登板。間隔が空いているので疲れているとは思えないが、最初から乱調で、九番の所に粘られた末、フルカウントからライト前ヒットを許してしまった。芦田はダグアウト最前列に陣取り、じりじりしながら戦況を見守っていた。隣には先発のタケダ。肩をアイシングもせず、汗で濡れたユニフォームのままである。

「もたないぞ」

「まずいな」タケダがつぶやく。

「そうか?」

「今日は全然腕が振れていない」

言われてみれば確かにそうだ。ワトソンは右のオーバーハンドから小気味好い速球を投げこむタイプの力投派だ。電光掲示板の球速表示を見る限り、いつもと同じように一五〇キロは出ている。しかしどうもボールに伸びがない。ピッチャーはデリケートな生き物で、ピッチングは様々な小さな要素によって左右される。本人の疲れ、気温、湿気……最終的には相手バッターとの相性。今日のワトソンは、全てにおいてバランスが微妙に崩れている感じがする。

一番打者の幸田が初球から打って出た。ショートの深い位置——マッキーが回りこんで、バックハンドでキャッチする。いつものマッキーなら、楽にアウトにしている位置だ。しかし今日は、踏ん張った瞬間、微妙にバランスを崩した。送球がワンバウンドになり、思い切り突き出されたダルトンのミットからこぼれてしまう。エラー——ではなく内野安打。マウンド上のワトソンがピリピリしているのが、手に取るように分かる。

藤原が早くも立ち上がった。電話でブルペンと話すと、すぐにダグアウトを飛び出す。もう投手交代か……ワトソンをこのまま投げさせて傷口を広げてしまうよりも、一刻も早く火消ししようということだろう。案の定、ピッチャー交代——外野フェンスにある、ブルペンへ通じる扉が開き、抑えのヤングマンが飛び出してくる。この球場にはブルペンカーがあるのだが、さすがにそれは使わないか……あれはベイスターズ専用のものなのだろう。ヤングマンは全力疾走でマウンドに向かった。いよいよ最大の見せ場がきたと思っているのか、元気一杯である。

ヤングマンが投球練習を始める。身長は、公称では一八五センチだが、手足が異様に長いせいか、もっと長身に見える。ぎくしゃくしたフォームから投げこむので、バッターからすればタイミングが取りにくい。あえて高目のフォーシームで勝負するタイプ――スピンレートで言えばタケダよりも上で、ボールは実際のスピードよりもずっと速く、伸びがあるように感じられる。

ヤングマンのようなピッチャーは、最近のアメリカのバッターには強い。大リーグにおける「フライボール革命」の背景には、低目の変化球を決め球に使うピッチャーが増えてきたことがある。こうしたピッチングに対応するためには、バッターも低く構え、低目のボールを狙って行く必要がある。それに加えて、フライを打ち上げた方がヒットになりやすいというデータが、アッパースウィングの大流行につながっていた。逆に言えば、高目に伸びのある速球を投げて勝負するピッチャーは、ローボールヒッター揃いとなった大リーグでは有利だ。もちろん、打者を牛耳れるスピードがあってこそだが。

しかし……相手は日本代表だ。フライボール革命の波はまだ日本には及んでおらず、依然としてレベルスウィングが主流だ。芦田も高校時代、常盤に徹底してレベルスウィングを叩きこまれた。アッパースウィングがボールを「点」で捉える感覚なのに対し、レベルスウィングは「線で」迎え打つ感じにもなる。

ヤングマンが得意とする高目の速球に、日本打線は上手く対応した。二番の上山がきっちり合わせ、ライト前に弾き返す。これで1点差——スタンドが一気に盛り上がり、ヤングマンの顔ははっきりと蒼くなっていた。

藤原は腕組みしたまま、微動だにしない。手の打ちようがない、ということだろうか……抑えのエースを出してしまった以上、任せるしかないと考えているのかもしれない。ヤングマンがノックアウトされてマウンドを降りるようなことになれば、この試合は負ける。

ノーアウト、一、三塁。三番の本庄が打席に入り、その初球、一塁走者の上山がいきなり走った。投球を受けたライアンズが立ち上がり、二塁へ送球する振りをしたが諦める——ディレイドスチールも警戒しなければならない。

スモールベースボールの罠にかかったか？　基本的に日本代表は、一番から九番まで、走れる選手ばかりを揃えている。プロ野球のレギュラーシーズンでは盗塁を企図することなどない重量級の選手も、平然と走ってくる。

ヤングマンは、本庄を何とか三振に切って取った。ワンアウトになったが、なおも二、三塁。ヒット一本で逆転されてしまう場面だ。しかも慎重になり過ぎたのか、ヤングマンは四番の今宮を歩かせてしまった。満塁で迎えるバッターは、五番の浅野。浅野は、この大会で一番当たっている選手と言っていい。打率は五割を超え、ホームランも三本。今日も安打を放っているし、アウトになった打球も全ていい当たりだった。

不安は的中した。

ヤングマンは浅野を簡単にツーストライクと追いこんだが、打席の浅野には余裕があった。三球目、肩の高さにきたボールを軽くよけると、四球目を叩く。打球は左中間――センターのベイカーが回りこんで抑えたが、深い位置まで飛んでいたので、三塁、そして二塁走者がホームインする。逆転。スタンドの盛り上がりは最高潮で、芦田は耳を塞ぎたくなった。

しかし次の瞬間、無意識のうちにダグアウトの裏に向かっていた。

「ダイスケ？」

振り向いたタケダが、怪訝そうに声をかける。芦田はうなずくだけで一言も発さず、ダグアウトを出た。

鏡の前でバットを手にする。振れるか？　前回の一撃で怪我が悪化したわけではない。かといって回復もしていない。打つならホームランを狙っていくしかないだろう。しかし、ホームランを放った打席での衝撃が脳裏に蘇り、どうしても怯《ひる》んでしまう。激痛で膝が折れてもおかしくなかったのに、何とか堪《こら》えた——しかし、二度目も上手くいくとは限らない。

芦田はロッカールームに向かった。場内テレビを覗きこんでいたウィリスが、怪訝そうな表情を浮かべる。

「どうした」

「テーピングをやり直してくれませんか？」

「構わないが、どうするんだ？」

「行きます」

「おい——」

「負けてるんですよ？　ここで行かなくてどうするんですか」

「何も一人で全部背負いこまなくてもいいじゃないか」

「僕は勝つためにここに来たんです」芦田は真剣に訴えた。「僕はまだ、ベストを尽くしていない」

ウィリスが数秒、芦田の顔を凝視した。ほどなくうなずき、「感覚がなくてもいいか？」と訊ねた。

「痛むよりはいいです」

「……分かった」

芦田はすぐにストッキングを下ろし、足をむき出しにした。ウィリスが手早くテーピングを解き、新たに巻き直す。その間もちらちらと場内テレビを観ていた。ヤングマンは六番の押原を歩かせ、また満塁になる。まだワンアウト……点が入りやすい状況に変わりはない。しかも次打者は、今日二安打を放っている滝だ。

「痛むか？」ウィリスが訊ねる。

「何とか……大丈夫です」きつく巻かれるテーピングが、足首の痛みを増幅させる。しかし巻かないよりは巻いた方がましだということは、経験から分かっている。

「よし……いいだろう」

言われて立ち上がる。足首から先にまったく感覚がない。このままずっとテーピングを外さずにいたら、血流が妨げられて足先が壊死《えし》してしまうかもしれない。だったら早めに決着をつける――それしかない。

「これが最後の試合だ」ウィリスが言った。「後のことは何も考えないでいい」

「そうか、後があるんですね」芦田はニヤリと笑った。「オリンピックの後のことなんか、何も考えていませんでしたよ」

遠くから、わあ、と歓声が聞こえてくる。次いで、大きな吐息の合唱――芦田は反射的に場内テレビを見た。画面ではリプレイが放映されているところ。ダブルプレーだ。それもぎりぎりの。

太腿を負傷していてまともに動けないはずのデイトンが、三遊間の緩いゴロに追いつく。姿勢を立て直す間もなくバックホーム。三塁走者はフォースアウトになり、ライアンズが一塁への矢のような送球で打者走者も刺した。ショートのマッキーとグラブを合わせたデイトンが、足を引きずりながらダグアウトへ戻って来る。

「よし、行け」ウィリスが芦田の肩を乱暴に叩いた。「しかし、デイトンも使い物にならないみたいだな。このチームは、故障者が多過ぎる」

「僕は動けますよ」

「お前だったら、今のゴロ、アウトにできたか？」

芦田は返事をしなかった。仮定の話であれこれ言っても仕方がない。ストッキングに足を通し、スパイクの紐をきっちり締め上げ、これで準備完了——気持ちは。体はどうだ？

芦田……まだ戦い続けるつもりか。

バットを持ってダグアウトに現れた芦田を見て、藤原は目を見開いた。芦田はこの大会で、十分過ぎるほど活躍してくれた。チームになかなか溶けこめない苦悩を抱えながら、バットで結果を出し、チームを救ってくれた。今、他の選手たちも、自然に芦田を受け入れる気になっているだろう。

しかし、彼の役目はもう終わった。これ以上プレーを続ければ、間違いなく怪我は悪化する。そんな状態で、芦田を日本球界に返したくなかった。

「ボス」

横に立った芦田がぽつりと呼びかける。藤原は無視して、グラウンドに視線を注いだ。九回表、ラストチャンスだ。どうやって日本の誇る強力リリーフ陣を攻略するか、必死に考えねばならない。それに、同点、あるいは逆転すれば、この裏の攻撃を凌《しの》ぎ切るためにまた知恵を絞る必要がある。

「行かせて下さい、ボス」

「駄目だ」藤原は拒否した。

「トレーナーに許可をもらいました」

「ウィリスが？　大丈夫だって言ったのか？」藤原は目を見開き、芦田の顔を見た。

「俺は何も言ってないぞ」いきなりダグアウトに入って来たウィリスが、藤原に声をかける。「やめろとも言っていない。出すか出さないか決めるのは、ボス、あんただ」

「無責任なことはできない」藤原は首を横に振った。

「足首がなくなったわけじゃないんです」芦田が必死に訴える。「きっちりテーピングし直しました。一打席だけなら――一球だけなら何とかやれます」

「駄目だ」

「ボス……」

「準備しなさい」突然、ヘルナンデスが割りこんできた。「代打だ」

「アレックス」藤原は目を見開いた。「それを決めるのは俺だ」

「勝ちに行こう」

「駄目だ」

何度目の「駄目」だろう。藤原も意地になってきた。

「ボス、僕はまだ何も見つけていません」芦田が言った。

「見つける？」

「このチームで、何かを見つけるつもりでした。その『何か』の正体は分からないけど、まだ見つけていないのは間違いないんです」

「ここで抽象的な話をされても困る」藤原は腕を組んだ。

「自分でも分かりません。でも、この試合で何かを見つけたいんです。自分の将来のために……たぶん、将来のためになるものを」

「行かせよう」ヘルナンデスが芦田を後押しした。「少しでもチャンスが多い方に賭けるべきだ。とにかく、アシダが出れば、向こうは警戒する。それで四球でも選べば御の字だ」

藤原はなおも腕組みしたまま、日本の絶対的抑えのエース、下倉《しもくら》がブルペンからマウンドへ走って来る姿を凝視した。四球狙い……しかし下倉は剛球派なのにコントロールがよく、コントロールの乱れは期待できない。だったら芦田ではなく、そのまま五番のダルトンを送り出した方がいいのではないか。

「ボス、行かせてやってくれ」今度はデイトンが加勢した。

「お前――」意外な援軍に、藤原はもう一度目を見開いた。

「ここで点が入らないと負けるんだ。とにかく同点に追いつかないと」

「お前、アシダに打たせていいのか？」

「俺はこいつが好きじゃない」デイトンが平然と言い放った。「日本人がチームに入って、でかい顔をしているのも気に食わない。でも、勝ちたいんだ。絶対に勝って、金メダルを勲章にメジャーに上がる。そのためには、こいつに打たせるしかない」

ダグアウトの外で素振りしていたダルトンまで戻って来た。こちらは涼しい表情。自分がそのまま打つか、芦田を代打で出すか――どちらでもいいと考えているようだった。バットを杖代わりに体重を支え、無表情にダグアウト内のやり取りを見守っている。

「この打席に、何か答えがあるかもしれません」芦田が必死に訴える。

「この試合は、お前のためだけのものじゃない」藤原は指摘した。

「ボス、勝ちたいなら――ここで点が欲しいならアシダだ」デイトンが詰め寄って来る。

「俺は勝ちたい――勝ちたいのは俺だけじゃない。全員がそう思ってる。勝つためにべストを尽くすのが、ボスの仕事じゃないのか。ミスタ・ムーアはそうやってきた」

「君は難しく考え過ぎなんだよ」ヘルナンデスまでデイトンに加担する。「純粋に考えろ。どうすれば一番、点が入る確率が高いのか」

藤原は立ち上がった。ダグアウトをゆっくりと出て、ダルトンの肩に手を置く。

「お前のプライドを潰すつもりはないが――」

「金メダルを取れれば、俺もヒーローだ」藤原の言葉を途中で遮り、ダルトンが笑みを浮かべる。

藤原はうなずいて歩き出したが、すぐに立ち止まって振り向いた。

「アシダ、出番だ」

芦田は必死で素振りを繰り返した。今日は試合前に軽いストレッチをしただけ――バッターにはピッチャーほど入念な準備は必要ないが、それでもいきなり打席に入って一五〇キロを超える速球と対峙するのは無理がある。

右足には感覚がない。痛みがないのは助かるが、逆に踏み出した時にしっかり足裏が地面を捉えたかどうか分からないのは不安だ。ここは一つ、別の打ち方を試してみよう。すり足――まだものにできてはいないが、それでもミートはできるはずだ。野球では、ボールがバットに当たれば何かが起きる。

素振りしながら、芦田は投球練習する下倉を観察した。それほど大柄ではなく、ピッチャーというより投擲《とうてき》選手のようながっしりした体格である。フォームは小さくまとまっていた。いきなり始動して、最小限の動きでボールが飛び出して来る――タイミングが合わせにくいタイプだ。何となく、かつてのメジャーのセーブ王、エリック・ガニエを思い出す。下倉の速球は、常時一五〇キロを超える。それに加えて強烈なスプリットがあった。データでは、このスプリットが曲者《くせもの》だった。一四〇キロ台で、速球のような軌道で入ってきて急激に落ちる。深く挟んだフォークボールのような変化で、タイミングを外して内野ゴロを打たせるというより、空振りを狙うボールだ。追いこむと、ウィニングショットには高確率でこのスプリットを使ってくる。できれば、早いカウントで勝負したい――しかし、他のバッターにピッチャーの癖を見せる必要があるから、ある程度球数は投げさせた方がいい……今の自分は、先発ピッチャーに初めて立ち向かう初回先頭打者のようなものだ。

「おい」

デイトンがやって来た。何の用事だ……彼の変心が今一つ理解できない。まあ、先ほどのダグアウトでのやり取りで、彼が自分を嫌っているのは確かだと分かったが。

「一発狙っていけよ」

「それは分からない」

「打っても走れないだろうが。ホームランなら歩いて戻って来られる」

「どうかな」

芦田はマウンド上の下倉に目をやった。そう簡単にホームランを許すピッチャーではない。何しろ去年、六十五イニング投げて、許したホームランは二本だけなのだ。

「まあ……金メダルを取れたら、奢ってやるよ」

「は？」

「好きなもの、何でも食わせてやる」

「それは、何年か先に取っておきますよ。どうせなら、アメリカで美味いものが食べたいですね」

「メジャーへ来る気か？」デイトンが目を見開いた。

「それも選択肢の一つです」

「とにかく、俺のために打ってくれ」

「お断りします」

芦田が頭を下げると、デイトンの唇がひくひくと痙攣《けいれん》した。

「この打席は、僕に下さい。自分のために打ちたいんです」答えを求めて——自分がこのチームで何を探していたのか、それが知りたい。

デイトンは何も言わずうなずき、そのまま一塁ベースコーチに入った。

これは彼の好意なのか、あるいは……芦田が打てるはずがないと見て、恥をかかせようとしているのかもしれない。しかし今、彼の本音を詮索している余裕はなかった。

下倉は、初球からスプリットを投げてきた。絶対に打たせないために、一番自信のあるボールできたか――しかし芦田は見切った。外角低目に落ちるボールは、ストライクゾーンを大きく外れる。確かに変化は大きいが、それだけのことだ。手元でわずかに沈むようなボールの方が、はるかに捉えにくい。

今のは見せ球だったかもしれない。となると、二球目はストレート――読み通りだった。内角高目ぎりぎりでストライクに入る。確かに速い。スコアボードの球速表示で確認すると、一五一キロ出ていた。ただし、球速ほどには威力が感じられない。おそらくスピンレートが低く、伸びがないのだろう。力のないバッターなら、これだけのスピードがあれば抑えられるが、僕はそう簡単にはやられない。

ワンボールワンストライク。次は何でくる？　芦田としてはやはり、ストレートを狙いたい。思い切り遠くへ――フェンス越えの打球を飛ばすには、やはりストレートがいい。そのためには、スプリットを投げにくい状況を作らないと。

三球目、スプリットがきた。芦田は軽くカットした。マウンド上で、下倉の表情が微妙に変わる。今の球を簡単にカットするのか、と意外に思っているのかもしれない。見えている——変化が大きいだけで、対応できないボールではない。腕の振りはまったく同じだが、ストレートとのスピード差から「来る」のは分かる。低目にくれば見逃せばいいし、少しでも高く入ってきたらカットだ。

ツーストライクに追いこんだので、次の一球で勝負してくるかもしれない。となると、やはりスプリットだろう。予想通りの一球——芦田は強振して、真芯で捉えた。しかし打球は、ライト側の内野席に飛びこむ。

芦田は一度打席を外し、そっと右足首に力を入れた。今のところ、何とかバットは振れている。足首の中心には鋭い痛みがあるが、我慢できないほどではない。ここまではすり足で打っていたが、前の試合のように思い切り右足を上げても何とかなるのではないか？　いや、そこは我慢だ。その後のこと——ホームランを打てず、思い切り走るような状況になった時のことを考え、足首の負担はできるだけ減らしておかねばならない。

四球目、ストレート。外角低目一杯を、芦田は自信を持って見送った。今日の審判は、左打者の外角へくるボールの判定が少しだけ厳しい。予想通りボールで、下倉は表情を硬くしてマウンドを降りかけた。彼にすれば、絶対の自信を持って投げこんだ一球だったのだろう。

これでツーボールツーストライク。まだ一球遊べる。となると、やはりスプリットがくるのではないか？　この予想も当たった。芦田は簡単に合わせてファウルにした。ただし今度は、スタンドに飛び込まず、ライト線のすぐ外に転がる。これも伏線だ。次第にスプリットにタイミングが合ってきたと思わせ、「速球勝負」の作戦を考えさせる。きた——一転して内角高目。下倉は、ここで一球内角を意識させておいて、最後の勝負球はやはり外角低目に落とすスプリットと考えたのかもしれないが、芦田はこの速球に反応した。

すり足で素早く右足を踏み出す。ぎくりと痛みが走ったが、バッティングの流れを阻害するほどではなかった。レベルスウィングで、思い切り叩く。打球は強烈なライナーになって右中間に飛んだ。クソ、少し低いか？　スタンドインは無理か？

バットを放り投げて走り出した芦田は、ホームランにはならないと悟った。あとは、どこまで行けるかだ——一塁を蹴る直前、デイトンが「行け！」と叫ぶ。「サードだ！」

まさか……ちらりと打球の行方を見ると、ちょうど打球はフェンスに当たって跳ね返ったところだった。全力疾走で打球を追いかけるライトの幸田が途中で諦め、バウンドに備える。しかし打球の勢いは彼の予想をはるかに上回っていたようで、フェンスに当たった打球は彼の横を抜け、内野の方へ戻って来る。これはチャンス——ちょうど誰も手が届かないところにボールが転がっている。

しかし芦田は、走っている気がしなかった。痛みも感覚もないので、ふわふわと——まるで分厚く柔らかいクッションの上を走っているような感じだった。何でもない状態に比べて、スピードは半分も出ていないだろう。

二塁を蹴ったところで、右足に鋭い痛みが走る。テーピングが突然緩んだ感じだった。しかし三塁ベースコーチのリッジウェイは、大きく右腕を回している。来い――クソ、それなら行ってやる。

しかし、足が言うことを聞かない。ほとんど右足を引きずる格好になり、芦田の目には、三塁ははるか遠くに見えた。リッジウェイが両手を低く抑えながら上下に振る――「セーフ」を宣告する審判のようだった。

滑りこめ、か。勢いがどの程度出ているかが分からない。芦田は思い切って頭からスライディングしたが、届かないかもしれない、と不安になった。目の前に、サードの浅野のグラブ。ボールは……見えない。しかし指先がベースに届く瞬間、顔の横を何か白い物が通過したように見えた。

土埃《つちぼこり》。一瞬視界が霞《かす》む。しかしそれが収まった瞬間、芦田は目の前にボールが転がっているのに気づいた。こぼしたか……芦田はしばらくそのまま、地面に突っ伏していた。ようやくスタンドの悲鳴と歓声が耳に入るぐらい落ち着く。芦田はベースにタッチしたまま、慎重に立ち上がった。

「よしよし、ご苦労」リッジウェイが大袈裟に両手を叩き合わせた。「よく打ってくれた。交代だ」

「いえ」芦田は即座に拒否した。

「馬鹿言うな。もう走れないだろう」

「あとはホームに帰るだけです。誰かが帰してくれますよ」

「無理するな……交代だ」リッジウェイがダグアウトに向かって手を振った。

「代わりません」芦田は再度拒否した。「このままやります」

「冗談じゃない……クソ！」リッジウェイが毒づく。

見ると、ダグアウトで藤原が両手で大きな「丸」を作っていた。続行という意味か……もしも交代させるつもりだったら、彼はとっくに立ち上がっているだろう。

ボス……ありがたいという気持ちと、申し訳なく思う気持ちが交錯した。しかしすぐに、これでいいのだと思い直す。自分で選んだ道――答えは自分で探さねばならない。そのためには、自らの足でホームプレートを踏む必要がある。

突然「芦田」コールが巻き起こる。どうして？　芦田は困惑しながらスタンドを見回した。多くの観客が立ち上がり、スタンディングオベーションを送っている。何故賞賛されるのか、理解できない……怪我を乗り越えてスリーベースを打った人間に対する同情のようなものか？

この声援に応えるわけにはいかない。日本人の中には、自分を「裏切り者」と言う人が確かにいたのだから。福島で投げかけられた言葉は、今も棘のように胸に刺さっている。

「お前、ヒーロー扱いだな」リッジウェイが嬉しそうに言った。

「まさか」芦田はぽつりとつぶやいた。僕は裏切り者じゃないのか……探していた「答え」がまた分からなくなってくる。

「お前、自分がどこにいるか、分かってないのか？」

「それは、ヨコハマスタジアム——」

「違う、違う」リッジウェイはほとんど笑っていた。「分かってないのか？」

「何の話ですか？」

「まあ、自分で考えろ」

リッジウェイが三塁ベースから離れた。いったいどういうことだ？　自分は横浜スタジアムにいて、オリンピックの決勝を戦っている——他に何があるというんだ？

同点のチャンスはあった。六番のジョンソンがレフトフライを打ち上げる。ほぼ定位置——芦田はベースに戻り、タッチアップに備えた。しかしリッジウェイが「ストップ！」と制する。レフトの今宮が矢のような送球をして、ショートがほぼ定位置でボールをキャッチする。俊足のベイカーならともかく、普通のランナーだったらクロスプレーになる状況だ。ましてや自分は、まともに走れない。

七番のスタントンは、粘って四球を選び、すかさず二盗を試みる。ディレイドスチールでホームを陥れられるのではないか？　しかしリッジウェイがまた「ストップ」をかけた。これはしょうがない……自分は同点の走者なのだ。絶対に避けるべきは、アウトになること。

八番のマッキーはファウルで粘った。彼がバットを振る度に、芦田はスタートに備える。しかしどうしても打球がフェアゾーンに飛ばない。何度もスタートストップを繰り返しているうちに、芦田の右足首の痛みは急に激しくなり始めた。これは、長打でないとホームインできない……シングルヒットでは不安だ。当然、この足の状況は日本代表の守備陣も把握しているはずで、シングルヒットだったらバックホームで芦田を刺そうとするだろう。

そうはいかない。交代しなかったことには意味があるのだ。自分が同点のホームを踏まないことには、何も見つけられない。

マッキーの打球がライト線に飛ぶ。これはフェアだ――芦田はスタートし、ホームの二メートル手前まで達したのだが、マッキーがまだそこにいるのを見てストップした。マッキーが申し訳なさそうに首を横に振る。ファウルか……芦田は足を引きずりながら三塁へ戻った。

ホームが遠い。

これまで何百回とホームプレートを踏んできたが、ここまで遠くに感じたことはなかった。ベース間の距離は絶対に変わらないはずなのに、普段よりもずっと遠くに見える。帰るべき場所《ホーム》に、どうしても手が届かない。

マッキーは結局、内野フライに倒れた。これでツーアウト。動きようがない。クソ……芦田は心の中で悪態をつきながら、もう一度スタンドを見回した。先ほどとは打って変わって、静まり返っている。甲子園ではこんなことはなかった。常にざわつき、どちらかのチームの応援団がブラスバンドの演奏に乗って応援を繰り広げる。神宮はどちらかというと静か……高校野球ほど、熱烈なファンはいない。それ故、オールドファンの痛烈なヤジがはっきり聞こえたりするのだが。

ああ、僕はここにいる。家《ホーム》に帰る途中……しかしすぐ近くにあるホームプレートは、あまりにも遠い。

今や痛みは、脳に強烈なメッセージを送ってきていた。無理するな。ここで鋭い動きをすると、足首が致命的なダメージを受ける。

そんなことは分かっている。しかし場合によっては、自分の足を——選手生命を懸けて走ってもいい。これが、オリンピックで行われる最後の野球の試合になるかもしれないのだ。

打席には九番のライアンズ。代打攻勢をかけることもできるのに、藤原は動かなかった。ヘルナンデスも。この二人は最後の最後で、先発メンバーで戦うことにこだわりを持ち始めたのかもしれない。ここまでは、あんなに打線をいじったのに……。

ライアンズは、まったくタイミングを合わせられない。最初の二球を空振りし、たちまちツーストライクに追いこまれる。しかしそこから、必死に粘り始めた。ファウルを続けて三回。その都度スタートを切った芦田の右足首は、ずきずきと激しく痛んだ。早く何とかしてくれ——しかしそんなことを祈るのは筋違いだ。自分の足のためじゃない。勝つためだ。芦田がホームインすれば、同点になって試合は振り出しに戻る。そこから改めて勝負だ。もしかしたら、もう一度打席が回ってきて、自分の一打で勝負を決められるかもしれない。

ライアンズは、次第にタイミングを合わせて——下倉の投球を見切ってきたようだ。二球続けて際どいボールを見逃す。手が出なかったわけではなく、自信を持って見送ったのだと芦田には分かった。

これでツーボール、ツーストライク。ライアンズが一度打席を外し、大きく深呼吸してからバットを一回振った。大きく肩を上下させて、もう一度深呼吸する。準備完了……打つ、と芦田は確信した。次の一球が勝負になる。

芦田は小さくリードを取った。低い姿勢を取り、内野にゴロが飛んだら、すぐに突っこむ準備を整える。

ストレートだ――ライアンズがバットを振りだす。芦田は迷わずスタートを切った。足首の痛みに悩まされ、自然に足を引きずる格好になってしまうが、だからどうした。とにかくホームは、二七・四三一メートル先にあるのだ。いや、リードを取っているから、もう少し近い。

ジャストミートした音が、芦田の耳にも届いた。いける。間違いなく同点だ――。

野球とはこういうものだ。

ダグアウトに座った藤原は、空になったスタンドをぼんやりと見ながら、少し涼しくなった横浜の夜風に身を晒《さら》していた。日本代表が歓喜の叫びを上げた表彰式、そしてグラウンド整備も終わり、まもなく球場自体が閉鎖される。先ほどまでの熱戦が、はるか昔の出来事のように感じられた。隣にはヘルナンデス。こうやって二人で横に並び、どれだけのプレーを見守ってきただろう。それが終わってしまうことが、少しだけ寂しい。

「惜しい試合だったよ」ヘルナンデスが言った。

「惜しい試合なんてない。1点差でも10点差でも、負けは負けだ」藤原は吐き捨てた。

ライアンズの痛烈な打球は、サードの超ファインプレーでサードライナーに終わった。最終スコアは3対4。

「相変わらず負けず嫌いだな」

「お前ほどじゃない」

ヘルナンデスがふっと笑った。藤原は笑えなかった。勝てた試合なのだ。どこかでもっと積極的に手を打っておくべきだったのではないだろうか。ニューヨーク・タイムズの記事に指摘された通り、俺には圧倒的に経験が足りない。オリンピック代表チームを率いるのは、もっと経験を積んだ人間の方がよかったのではないだろうか。

とはいえ、それも全て仮定の話だ。終わってしまったことを、あれこれ悩んでも仕方がない。

「私は楽しかったよ」ヘルナンデスが言った。「こういう感覚――ダグアウトで試合を見守る感覚を忘れていた」

「そうだな。これを機に、お前もどこかのチームで指揮を執ったらどうだ？　お前なら、どこだって喜んで受け入れるだろう」

「それは簡単じゃない。今の仕事も大事だ」

「そうか」

「でも、またアメリカ代表にかかわるようなことがあれば――」

「お前なら、指揮を執るのに相応しい。誰もが納得するよ」

「いや。君の指揮ぶりを見ていたら自信がなくなった」ヘルナンデスが肩をすくめる。

「監督はやはり難しい」

「まったくだな」藤原はうなずいた。

「これからどうする？」

「もちろん、フリーバーズに戻る。チームの方で、俺をお払い箱にしなければ」

「オリンピック準優勝監督だぞ？　年俸を上げてもらえ」

今度は藤原が笑う番だった。そんなことは考えてもいなかった。

「ボス」

呼ばれて振り向くと、芦田が立っていた。松葉杖は使わず、足を引きずりながら近づいて来る。

「お疲れ」藤原は軽く右手を上げた。「いい勉強になっただろう」

「どうですかね」芦田が薄い笑みを浮かべる。

「探していたものは見つかったか？」

「分かりません」芦田が素直に言った。「そもそも、何を探していたかも、分かっていなかったと思います」

「いや、君は間違いなく見つけたね」ヘルナンデスが指摘した。「かつて私たちが――私とミスタ・フジワラが見つけたのと同じものを」

「俺も？」藤原は自分の鼻を指差した。

「居場所《ホーム》だ」

「ああ」

納得して藤原はうなずいた。ヘルナンデスは故郷のキューバから亡命してアメリカに渡ってきた。藤原もそれまでの人生全てを捨てて大リーグに挑んだ。その結果、二人は今ここにいる。芦田はキョトンとした表情を浮かべている。

「これからどうする？」藤原は訊ねた。

「分かりませんけど……選択肢は増えたと思います。悩む贅沢を楽しみたいと思います」

「いいね。悩まない奴は成長しない。悩んで悩んで、いつか自分の居場所を見つけろよ」

そう、自分もヘルナンデスも、大リーグで初めて人生の居場所を見つけたと言っていい。藤原はオリンピックで負けた悔しい思いと、娘を失った喪失感から逃れるために海を渡った。ヘルナンデスに至っては、命がけでキューバから亡命してきて、大リーグでようやく自分という存在を認められたのだ。そんな選手ばかりではないが、大リーグに迎えられて、初めて人生の意味を見出した選手も少なくないだろう。

ここは居心地のいい世界だ。野球という共通語を話し、分かりやすいルールと慣習に従えば、誰でも溶けこめる。

「君がアメリカ代表に入るかどうか悩んでいた時、一番のポイントは君の国籍だった。

日本人なのかアメリカ人なのか、自分でも分からないままに、どこに身を置いていいか分かっていなかったよな」藤原は指摘した。

「はい」

「今はどうだ？　アメリカ代表で戦って、どんな気持ちになった？　まだ中途半端な、自分の立ち位置が分からない嫌な感覚があるか？」

「いえ」芦田が短く否定した。

「じゃあ、君は今どこにいると思う？」

「それは……やっぱりよく分からないんですけど、居心地は悪くありません」

「だろうな」藤原は笑みを浮かべた。「ここにいる限り、誰も君を傷つけることはできない。自分の力を思う存分発揮できるんだ。これから何十年も――あるいは死ぬまで」

「どういうことですか？」

「君は今まで――子どもの頃から何をやってきた？」

「……野球ですけど」

「だろう？　だったら分かるはずだ」

藤原はうなずいた。ヘルナンデスが満面の笑みを浮かべ、芦田に手を差し伸べる。芦田が遠慮がちにヘルナンデスと握手した。

「これで君も、間違いなく私たちの仲間になった」

「そうだな」

藤原も手を差し出す。大きな芦田の手を握りながら、自分の中に新しい血が流れ出すのを感じた。長年続けてきた若手の指導——そこから一歩踏み出し、何か新しいことを始めるべきではないだろうか。

藤原は三十歳を過ぎてから、まったく新しい世界——大リーグに飛びこんだ。あれから二十年が経ち、五十代になったからと言って、新しいことにチャレンジしていけない法はないだろう。

新たな時が来た。

「明日のために」(デーヴィッド・バーグマン)
私は泣いた。
足を引きずりながらアシダが三塁に滑りこんだ後、何とか彼に同点のホームを踏ませたい、もう一度ヒーローになってもらいたいと願ったのは、私一人ではあるまい。どうしても生還できない——三塁ベース上で泣きそうな表情を浮かべるアシダの顔を見ながら、私は野球の厳しさと面白さを同時に味わっていた。あれこそが野球なのだ。変則的な試合形式の中、アメリカはどん底から這い上がってきた。私はフジワラを

「監督ではない」と指摘したが、今、それを撤回する。限られた戦力、複雑なルールによるトーナメントという悪条件にもかかわらず、フジワラはアメリカ代表を決勝まで押し上げた。その手腕に対して「監督ではない」と烙印《らくいん》を押すことはできない。いや、フジワラにこれまで、監督としての経験がなかったのは間違いない。しかし彼は、一戦一戦を戦う中で、タフな経験を重ね、監督として成長したのだ。私は今、素直に拍手を送りたい。

それにしても惜しかった。勝てた試合を偶然の要素で落としたとしか言いようがない。銀メダルは大変な努力の結果だが、アメリカ代表にはやはり金メダルが似合う。

しかし残念ながら、オリンピックの野球はこれで終わりになる。関係者に理解を得られないのは悲しいことだ。

そこで私は提案したい。オリンピックに、もう一度野球を復活させよう。そのために、国境の壁を越えた署名運動を始めるつもりである。オリンピックに野球を——これをスローガンに、今後も野球アメリカ代表を応援していこうではないか。

文庫版あとがき

スポーツ小説の「続編」は難しい。

理由は簡単。若さ、つまりスポーツ選手としての全盛期はごく短い期間しか続かないから、ということに尽きる。

しかし私はデビュー作『8年』の続編を、実に十九年ぶりに書いた。生まれたばかりの子どもが、プロ野球でデビューするような歳月が流れたことになるわけだ。その辺の事情を、執筆当時の様子を思い出しながら紹介してみようと思う。

『8年』を書いていた二十世紀末当時とは、野球・大リーグを取り巻く環境は大きく変わっている。あの頃は、大リーグに挑戦する日本人選手は一年に一人いるかどうかという時代で、誰が海を渡るかが大きなニュースになっていた。それが今は、毎年何人もの選手がアメリカに渡り、日本人大リーガーは珍しい存在ではなくなっている。

選手の能力も著しく向上した。二十年前は、百五十キロを投げるピッチャーは間違いなくトップレベルの「剛球派」だった。それが今は、百六十キロをコンスタントに投げるピッチャーもどんどん出てきている。一方で、パワーヒッターの活躍も目立つ。二〇二二年、日本ではヤクルトの村上宗隆《むねたか》が令和初・史上最年少の三冠王に輝いたし、大リーグではアーロン・ジャッジ（ヤンキース）がアメリカン・リーグのシーズン本塁打記録を六十一年ぶりに塗り替えた。

野球だけではない。現代スポーツでは、トレーニング理論や練習方法、戦術がどんどん進化し、さらにネット環境が整備された結果、最新の理論が世界中であっという間に共有される。そしてスポーツ医学なども選手をサポートする。

変化が目まぐるしい世界で、一人の主人公を軸にしてスポーツ小説の続編を書いたりシリーズ化したりするのはやはり難しい。周りはどんどん進化していくのに対して、主人公は確実に年齢を重ねて衰えていく――下り坂の選手を描くのは辛《つら》いものだ。

とはいえ私は、スポーツ小説のシリーズも持っている。孤高の天才ランナーを軸に選手の絆《きずな》を描く「チーム」シリーズ、架空のプロ野球チームを舞台にした「スターズ・クロニクル」がそうだ。しかし、「チーム」シリーズでは登場人物が学生から一流の長距離走者へ、そしてコーチ・監督へと変化していく。「スターズ・クロニクル」は登場人物がどんどん入れ替わっていく中で、「容れ物《いれもの》」のチームが主人公なのだ。普通の小説のシリーズ化、続編に比べれば、少し異質なものとして成立している。

そういう例外はあるものの、『8年』の続編を書くことはないだろうと思っていた。

必死で書き上げた思い入れのあるデビュー作だし、そもそも主人公がかなり年配だったので、何年かすると現役は引退していることになる。引退した選手を描くのもなあ……と躊躇《ちゅうちょ》する気持ちは当然あった。

ではどうして書いたか？　二〇二〇年の東京オリンピックに合わせた企画の一冊だったのだが、この大会で野球が復活したことが大きい。何しろ『8年』はオリンピックの野球競技が原点になった作品なのだ。だったらここで、もう一度「オリンピックと野球」を描いてみたい。

そして私は、『8年』の登場人物を一人も殺していなかった。

小説では、登場人物が生きてさえいれば何とかなる、ということを実感した次第である。とはいえ、『8年』で現役だった選手たちを、そのままプレーさせるわけにはいかない。そのため、早くから「藤原＝監督」案は考えていた。

藤原というのは、私の小説によく出てくる一匹狼《おおかみ》の原点のような人物であり、一つの国の代表監督を務めるなど、まずあり得ないと思っていたのだが……実際には、彼以上に強烈な一匹狼のキャラクターを既に何人も書いており、そういう人物に比べれば、「藤原＝監督」もないではないな、という感覚を抱いていた。自分のことしか考えていないようなわがまま男が、突然一つの国の代表チームを引き受けることになったら、むしろ面白そうだし。そもそも藤原も年齢を重ねているわけで、今でも現役時代同様に尖《とが》ったままだったら、それこそ変だ——多少常識人、大人になっているはずだから、代表監督をやらせてもいいのではないだろうか。

そもそも藤原は、自ら進んで「異世界」に飛びこんだ男である。一度そういうことをしたなら、もう一度やってもいいんじゃないか——という考えで、藤原をオリンピック野球アメリカ代表の監督に据えて続編を書くことにしたのだ。

日本人が野球のアメリカ代表監督になるという設定は、実際には現実味が薄いと思うが、野球だけでなくサッカーやバスケットボールでも、日本人選手が海外で活躍している。各国で、外国人監督が様々な競技の代表チームを率いる光景も珍しくはない。

『8年』から二十年近い歳月の間に進んだ変化を野球の代表チームで描こうとしたのが、『ホーム』の狙いである。藤原の代表監督就任だけではなく、若い選手の国籍選択の問題、さらにその選手をチームがいかに受け入れていくかなどの問題を入れこんで、この物語は完成したのだった。

とはいえ、野球の日本代表チームに海外出身の選手が入るのは、さすがにないだろうと思っていたら、今年（二〇二三年）開催のＷＢＣで、日本代表チームに日系アメリカ人のラーズ・ヌートバーが選出された。

一応、『ホーム』はこの状況を予言したような本（ＷＢＣとは真逆の設定ですが）だということを、ここに記録させておいて下さい。

本書は、二〇二〇年六月、集英社より刊行されました。
初出　「小説すばる」二〇一九年二月号～十一月号

集英社文庫

ホーム

2023年6月25日　第1刷　　定価はカバーに表示してあります。
2023年8月22日　第3刷

著　者　堂場瞬一《どうばしゅんいち》
発行者　樋口尚也
発行所　株式会社　集英社
東京都千代田区一ツ橋2-5-10　〒101-8050
電話　【編集部】03-3230-6095
【読者係】03-3230-6080
【販売部】03-3230-6393（書店専用）

印　刷　凸版印刷株式会社
製　本　加藤製本株式会社

フォーマットデザイン　アリヤマデザインストア　　マークデザイン　居山浩二

ISBN978-4-08-744536-7 C0193